직업으로서의 예술가:
열정과 통찰

일러두기

- 『직업으로서의 예술가』 시리즈는 총 두 권으로 구성되었습니다. 그중 이 책은 『직업으로서의 예술가: 열정과 통찰』입니다.
- 이 책의 모든 인터뷰는 정부의 코로나19 방역 수칙을 철저히 준수하며 진행되었습니다.
- 이 책에 사용된 사진은 모두 저작권자에게 사용 허락을 받은 것입니다. 저작권 출처는 판권 페이지에 별도로 명시했습니다.
- 영화와 드라마는 〈 〉로, 연극과 뮤지컬은 〔 〕로, 음반, 신문, 잡지는 「 」로, 단행본은 『 』로 표기했습니다.

직업으로서의
예술가
●
열정과 통찰

박희아 인터뷰집

지금,
끊임없이 새로움에
도전하는 26인과의
담백한 대화

카시오페아
Cassiopeia

내가 언제까지
인터뷰를 할 수 있을까

배우 강필석 씨의 한마디는 조금 충격적이었다. "제가 언제까지 뮤지컬을 할 수 있을까요?" 팬데믹 시대, 물리적으로 흐르는 시간, 과거에 하지 못했던 것들에 대한 후회를 모두 응축한 듯한 그의 한마디는 사실 나에게 묻는 말처럼 느껴졌다. "당신은 언제까지 인터뷰를 할 수 있을 것 같나요? 그것도 예술가들의 인터뷰 말이에요."

어쩌면 그날 그와 대화를 나눴던 남산 연습실의 차가운 공기 탓이었을지도 모르겠다. 그것도 아니라면, 그저 그가 나눠 준 자신의 고민거리가 유독 그날따라 연이은 인터뷰로 지친 나의 마음 한쪽을 후벼 파서일 것이다. 그 시점에 우리는 같은 고민을 하고 있었다. 나이도, 성별도, 가치관도 다르지만, 예술이라는 틀 안에서 직업의 한 가지 유형을 택했다는 점이 끊임없이 불안을 가중시키고 있었다. 예술가가 아닌 사람들에게는 그저 취미 생활, 유흥에 가까운 것들을 완전한 자아실현이 수단이자 돈벌이 수단으로 삼은 이들에게 팬데믹은 대화 중간중간에 소름 끼치는 정적을 만들어냈다.

이 책에는 실제로 만나서 인터뷰를 진행한 사람들이 대부분이지만, 유례없이 전화 통화를 통해 두 시간이 넘는 인터뷰를 진행한 사례도 있다. 하지만 앞에서 말한 소름 끼치는 정적은 인터뷰 방식을 가리지 않고 우리의 대화에 무거운 진실을 알려주려는 듯 끼어들었다. "우리가 전화로 이러고 있는 거, 정말 우습지 않아요?" 내가 물으니 어떤 인터뷰이가 다음과 같이 대답했다. "그러게요. 지금 우리, 괜찮은 거죠?" 괜찮지 않으면 어쩌겠어요. 나는 속으로 말을 묵히고 잠깐의 정적으로 그에게 속내를 꺼내 보였다.

사실 하나도 우습지 않았다. 어떻게 해서든 예술에 대한 이야기, 삶의 흐름이 통째로 바뀌어버린 순간의 이야기를 이어가려고 애를 쓰면서, 나는 2021년, 그러니까 팬데믹 이후를 논해야만 하는 아주 절박한 순간의 대화가 기록된다는 것이 어떤 의미인지 깨달았기 때문에. 매우 정치적이거나 종교적인 혹은 윤리적인 접근을 시도해야만 하는 대화가 갖는 다층적인 면에 관해서도 마찬가지였다. 이만큼 서로가 서로에게 진실할 수 있는 순간이 그다지 없다는 것을 경험상 잘 알고 있었다. 절박함이 만들어낸 공기는 그렇게 인터뷰이와 인터뷰어에게 스며들었다.

차례로 읽는 것이 지루하다면, 어느 페이지를 펼쳐도 괜찮으리라고 미리 당부해둔다. 이 책을 통해 누구와 만나든 당신은 스스로와 비숫한 구석을 찾아낼 것이고, 정반대인 구석 또한 찾아낼 것이다. 그리고 그 사이를 찬찬히 메우면서, 우리 모두의 삶이 얼마나 닮아 있는지부터 그토록 닮아 있는 부분을 예술가들이 어떻게 무대 위에서 표현하고자 하는지 알게 될 것이다. 그리고 방대한 양에 부득이하게 두 권의 책으로 나누면서 인터뷰이 각각의 장점이 더욱 잘 드러날 수 있는 방향을 고려했다. 열정과 통찰, 고백과 자각이라는 네 개의 단어는 그래서 선택된 것이다. 사실 이 책에 함께한 모든 예술가들의 인터뷰가 이 네 개의 영역으로 또렷하게 나뉘는 것은 아니지만, 인터뷰 당시에 내가 그를 바라보며 느꼈던 감정을 바탕으로 가장 가까운 곳에 배치했다.

무대에 서는 사람이 느끼는 희열이 열정의 영역이라면, 무대에서 카메라나 관객을 바라보고, 나아가서는 그 자리에서 내려와 나 자신을 바라보았을 때 비로소 깨닫게 되는 무언가가 바로 통찰의 영역이다. 그리고 스스로 내면을 보여줄 수 있는 용기를 내어 이 책의 페이지를 그들 자신이 채운 고백의 영역이 존재하며, 무대에 서 있는 현재를 인지함으로써 내가 어떤 일을 하고 있는지, 내가 생각하는 예술이란 무엇인지 온몸으로 말하고 있는 자신을 바라보았던 과정을 담은 자각의 영역이 있다. 부디 좋아하는 배우나 음악가, 작가가 있는 한 권의 책을 선택해서 읽기보다, 모든 인터뷰가 이 시대 한국 예술의 일면을 보여준다는 점에서 두 권을 모두 읽기를 감히, 또 자신 있게 권한다.

그래서 말인데, 사실 필석 씨의 자문에 나는 이렇게 답하고 싶었다. "하고 싶으실 때까지요." 정적은 고민의 시간을 의미하고, 적어도 그만한 고민을 하고 있는 사람에게는 "할 수 있을 때까지"가 아니라 "하고 싶을 때까지"라는 답이 더 어울렸다. 나도 그런 답이 더 어울리는 기자로 남고 싶다.

이 여정에 참여해준 54명의 예술가 여러분들에게 진심 어린 감사와 경의를 표한다. 사정상 두 분의 인터뷰가 빠지게 되었으나, 작업하는 입장에서는 충분히 기쁘고 설레는 만남이었다.

2021년 5월, 박희아.

예술가의 열정

01

「음악가 자신의 노래」, 「한 다발의 시선」, 「콜라보 씨의 일일」 등의 앨범과 여러 개의 프로젝트에 참여했다. 그의 음악은 단출하게 들리지만 직설적이고, 너무나 직설적이어서 따뜻한 목소리와는 정반대로 사람의 마음을 외려 시리게 만들기도 한다. 종종 극단의 지점에 서서 노래하는 것 같은 그에게 물었다. 왜 계속 음악을 하고 있냐고, 그리고 무엇이 당신을 내내 '감성적이지만 냉철하다'는 모순이 어울리는 음악가로 보이게 만들고 있냐고.

음악가
김목인

"아직도 미지의 영역이

남아 있어요."

뮤지션이라는 말보다 '음악가'라는 단어를 내세운 앨범을 내셨던 적이 있어요. 개인적으로 그 단어를 좋아해서 그 앨범을 처음 듣게 됐어요.

그 앨범을 낸 지도 벌써 10년 정도가 됐네요. (웃음) 그때도 그랬고, 지금도 그렇고 대중음악가들은 뮤지션이라는 말을 더 많이 쓰잖아요. 그렇다고 '나를 음악가로 불러달라' 그런 마음에서 쓴 말은 아니었고요. 밴드 생활을 하다가 혼자 활동하게 됐는데 그때 생각했던 게 있어요. 음악하시는 분들 누구나 그럴 텐데, 직업 자체에 편견이 많잖아요. 가령 수익이 있을 거라는 생각을 안 하시는 분들이나, 젊을 때 잠깐 하는 직업이라든가. 게다가 음악가들 중에서도 클래식이나 국악을 하시는 분들이라면 환경이 또 다르고요. 하지만 공통적으로 모든 예술가들 중에서도 이렇게 음악을 하는 '음악가'들만이 가지고 있는 공통점을 강조하고 싶었던 게 기억나요. 그냥 인디 신에서 활동하는 뮤지션에 대해서만 이야기하고 싶었던 게 아니었죠.

사실 '뮤지션'이라는 단어가 조금 더 트렌디하긴 한데요. (웃음)

맞아요. 뜻은 똑같은데 좀 더 트렌디한 음악을 만드는 사람의 느낌이 있죠. 혹은 스스로 '음악가'라는 단어와 거리를 두려고 도리어 '뮤지션'이라는 단어를 쓰는 경우가 있는 것 같고요. 예를 들어서 '요리사' 대신 '셰프'를 쓰듯이요. 그렇게 바꾸면 분명 새로운 흐름으로 신이 전환되는 효과가 생기기는 해요. 좀 권위가 생기죠. 하지만 개인적으로는 이 직업이 지닌 구조나 실제 모습을 표현하기 위해서는 '음악가'라는 말이 좀 더 느낌적으로 와닿을 것 같아서 그 말을 썼어요.

특히 '뮤즈가 다녀가다' 같은 곡을 들으면 그 시절 인디 신의 정서를 여전히 느낄 수 있어요.

뮤즈가 다녀가는 순간……. 어렸을 때는 감동을 잘하다 보니까 그런 날들이 더 많았죠. 지금은 그냥 넘어가는 순간들도 있고. 그 곡에서 당시의 정서가 많이 묻어나는 건, 그때 무대를 빌렸던 카페 분위기 때문일 거예요. 주인장들이 '어떻게 하면 옛날 예술가들이 다니던 살롱 같은 느낌을 낼 수 있을까?' 그런 욕심이 많았거든요. 왜냐하면 이미 그때도 기분으로만 음악을 할 수 있는 시기는 아니었기 때문에.

기분으로만 음악을 한다, 무슨 뜻인가요?

다들 이렇게 생업으로 일하듯이 음악을 하고 있었을 때예요. 그런데 그 장소 덕분에 일이 아니어도 연주하는 시간을 많이 가질 수 있었어요. 직업이 되다 보면 차츰 쉬고 싶다는 생각이 들고 그러면 연주조차 하게 되지 않아요. 하지만 그 장소에서 몇몇 사람이 부추기니까 서서히 다시 마음껏 연주하고 싶은 마음이 생긴 거죠. 하림 씨가 그런 역할을 많이 했어요. 본인이 활동하는 데 필요한 일들이 따로 있었을 텐데도 말이에요. 그 옆에서 사장님이 커피 한 잔씩 주고, 술 한 잔씩 하라고 하고. (웃음) 그러다 지인들이 하나둘 늘어나기 시작해서 그때 그 자리에 연관된 사람들이 무려 30~40명이 됐어요. 그 안에서 우리끼리 하는 프로젝트 같은 것들이 새로 생기기도 하고요.

정말 말 그대로 살롱이었네요. 저에게도 상당히 매력적으로 들리는.

우리가 그런 자리가 아니면 메이저에서 활동하는 세션 연주자들이라든가 국악을 하는 분들하고 같이 연주할 일이 없었겠죠. 거기에서는 정말 위화감이 없었어요. 무대에서 만났다면 무척 떨리거나 '내가 같이 해도 되나?' 이렇게 위축될 수도 있었을 텐데, 거기서는 서로에 대한 평가도 별로 없었고, 그런 분위기 자체가 굉장한 힘을 발휘했던 거죠. 그때 만났던 분들이 지금은 다 개인적으로 활동하러 돌아가서서 이제는 뮤즈가 다녀가는 순간이 조금 달라졌죠. 예를 들자면 가끔 좋은 음악을 들을 때 '아, 옛날에 이런 음악 참 좋아했었는데' 하면서 정말 순수하게 좋은 감정이 드는 때가 있잖아요. '요즘에는 어떤 음악이 있나' 이런 자세로 듣는 게 아니라요. 그런 순수한 감정이 들 때 옛날처럼 감흥이 생기는 것 같아요.

나이를 먹어가면서 변하는 것들에 대한 이야기를 하고 있는 느낌이에요.

그렇죠? 실제로도 그분들과 자연스럽게 인생의 어떤 단계를 함께 지냈던 것 같아요. 다시 또 그런 걸 하려면 각자 일을 하는 사람들끼리 만나야 하는 거죠. 그런 시기가 된 거예요. 그사이에 가정이 생긴 사람들도 있고 그러니까. 저도 마찬가지고요. (웃음)

요즘에는 음악을 만들 때 어떤 부분을 신경 쓰시나요.

계속 변하는 부분이기는 한데요. 예전에는 우리가 듣는 음악들이 대부분 녹음을 통해서 완성되다 보니까 항상 원하는 만큼 구현하지 못하는 게 많았어요. 좋아하는 사운드가 있는데 녹음을 해보니 그게 잘 안 나오는 거죠. 나는 그 소리를 들으려고 이 곡을 만든 건데. 들을 때

가사와 곡조가 있으면 별로 신경 쓰지 않는 대중분들도 계시지만, 만드는 사람들은 대부분 어떤 음악을 좋아해서 음악을 시작하는 경우가 많잖아요. 만약에 내가 1960년대 록 음악을 좋아했으면 당시 사운드 같은 질감을 내보고 싶어 하는 거죠. 그런데 원하는 대로 안 되니까 시행착오를 겪었죠. 이게 옛날의 제가 처음 겪었던 일이라면, 요즘은 소재면에서 신경을 쓰게 돼요. 좀 뭐랄까, 억지스러운 걸 하고 싶은 마음이 없어지다 보니까, 어떻게 하면 자연스러운 걸 쓸 수 있을지 생각해요.

목인 씨의 음악은 늘 특별한 단어나 메시지의 흐름이 있었는데요. 의도적이라는 생각을 많이 했던 건 사실이에요.

예전에는 기발하다는 이야기를 듣고 싶었어요. 요즘도 종종 '이건 되게 재미있는 소재가 될 수 있겠다' 싶은 게 있는데, 마음이 다르죠. 그런 이야기를 듣고 싶다는 마음이 예전처럼 들지 않아요. 아까 우리가 이야기한 1집만 해도 '내가 강하게 얘기한 게 없는데 사람들이 왜 이렇게 강한 이야기로 받아들일까?' 생각했던 적이 있거든요. 그런데 지금 들으니까 굉장히 직설적이고 적나라하게 표현된 부분들이 많더라고요. 어쨌든 지금은 그런 식으로 충격을 주고 싶은 마음보다는 감동에서 깊이를 좀 더 만들고 싶어요. 사운드 면에서도 어떤 사운드를 만들고, 어떤 장르를 하고 이런 게 중요하지가 않고 굉장히 사소한 부분이 더 신경 쓰여요. 사소한 어떤 부분이 감정의 문제와 뉘앙스를 결정한다는 걸 이제 알게 된 거죠. 그러니까 더 어려워진 거예요. 요즘에 사람들이 댄스곡 좋아하니까 댄스곡 하면 되겠네, 그런 문제가 아니라 뭘 하든지 그 안에 산뜻한 울림이 있다거나 마음을 건드리는 어떤 작은 부분이 있다거나⋯⋯. 이런 것들이 어렵죠. 그 고민을 많이 해요. 감정이 효과적으로 모아지는 곡들이 있어요.

감정이 효과적으로 모아지는 곡들이라, 그게 어떤 느낌인가요?

저는 그렇게 생각해요. 사람들은 음악이 다 평등하다고 이야기할 수 있지만, 실제로는 그들이 많이 듣는 음악이 있고 안 듣는 음악이 있잖아요. 생각해보면 감정이 효과적으로 모아진 곡과 아닌 곡이라는 차이가 있어요. 예를 들면 어떤 보컬리스트가, 사람들이 말하는 뛰어난 보컬리스트가 아닌데 자기가 가진 색깔에 딱 맞는 노래를 부를 때 발휘되는 효과가 있잖아요. 반대로 가창력은 굉장한데 어울리지 않는 노래를 부르는 사람도 많고. 그런 문제라는 거죠. 하지만 본인이 이걸 알아차리기가 되게 힘든 것 같아요. 센스가 있는 예술가들은 그게 다 맞아떨어지는 순간을 빨리 포착하죠. 저도 그걸 포착할 수 있느냐 없느냐가 제일 어려운 문제예요. 작업을 하고 나면 스스로도 어색한 느낌이 늘 남아 있거든요.

예술가로서 자신의 정체성을 지키기 어려웠던 적은 없으세요?

글쎄요. 사실 저는 부모님께서 그림을 그리셨기 때문에 예술이라는 게 되게 비현실적이라거나, 의미가 없다거나 이런 생각을 거치는 시간을 갖지 못했어요. 어떤 분들은 '내가 이 일을 하는 게 어떤 의미가 있나' 그런 고민을 많이 하실 수도 있는데, 저 같은 경우는 그런 고민이 빨리 정리된 거죠. '내가 음악을 만드는 데 이게 무슨 쓸모가 있나?'가 아니라 '어딘가에는 쓸모가 있겠지'라는 생각에서 시작을 하니까요. 그

건 부모님의 유산 같은 거죠. (웃음) 작업이 안 되면 작업이 안 되는 게 고민인 거지 왜 이걸 해야 하는지에 대한 회의감은 확실히 적은 편이었 어요.

풍장히 긍정적인 부분이네요.

그렇지만 예술에 영향을 끼치는 요소들이기는 하죠. 요즘에 예술 가들이 '왜 예술가들에게 대가를 충분히 주지 않는가' 이 질문을 많이 던지잖아요. 그런데 어느 날 이런 생각이 드는 거예요. 혹시 우리 사회 가 예술을 10%밖에 필요로 하지 않는데, 너무 많은 사람들이 예술을 하는 건가?

신선한 관점이기는 한데, 너무 회의적이라는 생각이 드는데요.

제가 100%를 하면 사회도 100%의 예술을 즐겨야 하는 건데, 그 래야 서로 소통이 되는 느낌이 있잖아요. 하지만 10%가 필요한 자리 에 누구든 가서 10%만 채우면 대중은 불만이 없을 수도 있는 거죠. 그 10%를 채우기 위해서 굳이 열 명씩 가서 경쟁을 한다……. 그렇다 보 니까 예술에 영향을 끼치는 고민이 생겨나죠. 예술가들이 일단 첫눈에 강력한 인상을 줄 수 있는 걸 만들어내야 한다는 강박도 심해진 것 같 아요. 음, 생각해보면 그래요. 요즘에는 인디 신을 구분 짓는 경계가 좀 흐릿해지기는 했지만, 인디 신의 역할이 그렇게 뜨거워진 대중의 시선 을 좀 식혀주는 게 아니었을까. 그래서 이 신에 관심이 있던 사람들은 음악을 좀 더 자세히, 오래 들을 수 있었던 게 아니었을까. 덕분에 음악 가들이 여러 가지 시도를 해볼 수도 있었고요.

요즘은 환경이 너무 달라졌죠?

다들 뭘 해야 하나 새로 고민하는 시기인 것 같아요. 책도 그렇고, 음악도 그렇고 소비하는 사람이 아주 많은 상황이라면 음악을 피상적으로 듣는 사람과 자세하게 듣는 사람이 함께 존재할 텐데, 워낙 몇 명 안 되다 보니까 "이거 좋다", "이거 나쁘다"에서 더 깊이 있는 이야기가 진척되기 어려운 느낌이라고 할까요? 그럼 그럴 만한 환경을 스스로 만들면서 가야 하나 싶어요. '예전에는 왜 그렇게 인디 신을 만들려고 했었는지 내가 잘 몰랐구나' 싶기도 하고요. '아, 이런 답답함들이 인디 신을 탄생시켰구나' 그런 생각이 들었어요.

물론 부모님께 좋은 유산을 물려받으시기는 했지만 (웃음), 계속 음악을 하실 수 있는 이유가 궁금한 건 사실이에요. 환경은 너무 많이 변했고, 음악가들도 변화를 피해갈 수 없게 된 때가 돼버렸으니까.

좀 소극적인 이유랄까요? 한 가지는 음악을 아직 많이, 충분히 안 해본 것 같아서예요. 시간이야 가만히 있으면 흐르니까 사람들이 보기에는 음악을 많이 한 것처럼 보일 수도 있어요. 하지만 가끔 생각해요. 내가 지금 그만둔다면 나중에 음악가나 작곡가로서 뭔가 했다고 이야기할 수 있을까? 뭔가를 충분히 많이 해봤다거나, 이러이러하게 했던 걸 바탕으로 좀 더 성숙한 작품을 썼다거나 하는 느낌이 아직 없거든요. 그래도 지금까지는 스스로 운이 좋았다고 생각해요. 어느 정도씩은 반응이 있었으니까요. 그런 걸 확인할 수 있는 것만 해도 운이 좋았던 거예요. 만약에 반응이 없었다면 내 작품이 어떤지 알 수가 없었을 거고, 더 무언가를 해보겠다는 생각을 하기 어려웠겠죠. 그리고 다른 하나는, 지금 음악을 듣거나 곡을 쓰려고 할 때 완전히 의무감만 든다거나, 음악 듣는 것조차 너무 재미가 없다거나 그렇지 않으니까. 아직 저는 그렇지 않고, 가끔 좋은 음악을 들으면 나도 이런 걸 쓰고 싶다는 마음이 들기도 하니까요. 그러니까 계속하는 것 아닐까 싶어요.

한국에서 예술가로 사는 일, 어떠신가요?

외국에서 예술을 안 해봐서 모르겠지만요. (웃음) 조그만 커뮤니티에서 계속 공연을 해오나 보니까 공연자로서는 피곤함을 느낄 때가 많아요. 생활에서 차지하는 비중이 워낙 크다 보니까 시간을 쓰는 데 어려움이 생기죠. 그 느낌이 해마다 반복되다 보니까 1년이 그렇게 흘러가버리는 게 예술가로서 건강해지는 느낌은 아니에요. 하지만 한국에서 예술가로서 살려면 그걸 다 해야만, 그게 총합이 돼야만 살아남을 수 있는 것 같죠. 저희도 언제인지는 몰라도 주목을 받는 때가 올 수도 있단 말이에요? 그런데 그게 언제인지 모르니까 막연하게 '그럴 때가 올지도 몰라'라는 생각을 가지고 움직이고 있는 그런 느낌이랄까. 음악판이라는 게, 언제 일이 들어올지 모르는 상황이고 항상 열어놓고 지내는 그런 느낌이 있죠. 요즘엔 그렇게 안 살려고 많이 고민하고 있어요.

고민을 하면서도 음악은 계속하실 거고요. 그렇죠?

미지의 영역이 남아 있는 그런 일인 것 같아서요. 내가 음악을 해봤는데 웬만큼 알겠더라, 별거 없더라, 이렇게 생각할 수도 있거든요. 근데 지금두 음악을 들으면 가끔 '악, 이걸 내가 평생 공부해도 할 수 있을까?' 싶을 만큼의 대단한 작품들도 많고. 다 비슷비슷하지 않나 싶다가도 어떤 사람이 전혀 새로운 방식으로 하면 거기에 또 놀라기도 하고. 내가 되게 뻔한 거 하고 있다고 생각하는 것과, 내가 지금 특별한 일에 종사하고 있다는 느낌, 그러니까 가치 있는 일을 하고 있다는 생각을 하면서 일을 하는 건 정말 천지 차이의 결과를 가져오는 것 같아요. 음악은, 여전히 특별한 미지의 영역을 지닌 일이에요, 저에게.

김목인의 음악을 아직 들어보지 않은 사람들에게, 그와 나눈 이 이야기들이 좋은 음악, 그리고 특별한 음악을 가리키는 이정표 같은 역할을 하면 좋겠다는 생각이 들었다. 내내 따뜻하게 데워진 잔을 쥐고 말을 이어가는 그에게서 보인 '차분하지만 냉철한' 음악가의 모습이 궁금한 사람이라면 당연히 그의 음악부터 들어보았으면 하는 바람도 전한다. 단 한 줄의 가사도 뻔하지 않은 세계가 기다리고 있다.

좋은 대화는 문득
모든 걸 잊게 하지
우리가 누구인지, 어디서
뭘 했었는지

음악가 김목인

02 _____

〔쓰릴 미〕를 시작으로 피아니스트 겸 음악감독 일을 해왔다. 〔천사에 관하여 : 타락천사 편〕, 〔아킬레스〕 등의 음악감독이 었고, 이외에도 여러 작품을 통해 관객들에게 최고의 음악을 선사하기 위해 노력했다. 클래식 피아니스트를 하면서 느꼈던 갈증을 뮤지컬로 해소하면서 이 자리까지 왔다. 배우들의 실수까지도 완벽하게 대처하며 극을 이끌어간다는 이유로 '오마리아'라는 별명을 얻기도 했다.

음악감독 겸 피아니스트
오성민

"폭발력을 느낀 몇 번의 순간 덕분에

이 일을 해요."

뮤지컬 팬들 사이에서 〔쓰릴 미〕의 피아니스트로 이름을 알리기 시작하셨어요.

일곱 시즌 정도 한 것 같아요. 워낙에 여러 번을 해서 안 친 지 2년이 다 됐는데 아직도 다 외우죠. 〔쓰릴 미〕 덕분에 4학년을 두 번 다녔을 정도니까. 처음에는 정말 아르바이트처럼 시작한 일이었어요. 뮤지컬인데 피아니스트가 무대 위에 올라가서 배우와 비슷한 눈높이를 가지고 연주를 해야 한다는 게 신기했죠. 그때는 '이게 뭐지? 뭔지 잘 모르겠는데 어쨌든 재미는 있겠네' 이러면서 시작했어요. 그런데 세상에, 객석에 아무도 없는 줄 알았다니까요? 너무 조용해서 정말 아무도 없는 줄 알고 공연을 끝냈는데, 커튼콜 때 보니까 그때 관객분들이 박수를 보내고 환호를 하시는 거예요. 그걸 느끼고 나니까 '아, 뮤지컬 재미있는 거구나' 싶더라고요.

그 정도로 관객들이 조용하게 보는 공연. (웃음) 강필석 씨도 비슷한 말씀을 하셨어요.

숨죽여 보는 공연이었던 거죠. 피아노 악보 한 장 한 장 넘기는 것까지 숨죽이고 보는 공연. 당시에는 모든 뮤지컬이 〔쓰릴 미〕 같은 줄 알았어요. 악보를 세게 넘긴 날은 제가 생각해보지도 않은 피드백을 받기도 했어요. 그게 세게 넘기려고 힘을 준 게 아니라 급하니까 팍 넘긴 건데, 극적으로 더 집중하게 만드는 요소가 됐다고 하시더라고요. 반면에 왜 책장을 그렇게 세게 넘겨서 극에 방해가 되게 만드냐고 하신 분도 계시고. 그때 '아, 이 작품은 정말 예민한 작품이구나' 하면서 〔쓰릴 미〕에 굉장한 매력을 느꼈었죠.

음악감독 일을 하고 계시기도 해요.

2018년도에 〔천사에 관하여 : 타락천사 편〕으로 시작했고, 리딩 공연들도 몇 개 맡아서 하고 그랬어요. 최근에는 〔아킬레스〕를 했어요.

음악감독 일에 흥미를 느끼신 계기가 있나요?

2009년에 〔스프링 어웨이크닝〕을 봤어요. 음악감독이 피아노를 치면서 지휘하는 모습에 완전히 매료됐죠. 무척 멋있는 거예요. 이거 해야겠다 싶더라고요. 저는 원래 클래식 피아니스트였는데, 이 모습을 보고 클래식에서보다 훨씬 더 매력을 느꼈어요. 운이 좋게도 그때부터 음악 조감독 일이 우연찮게 들어와서 지금까지 〔넥스트 투 노멀〕, 〔혐오스런 마츠코의 일생〕, 〔미스터 마우스〕, 〔위키드〕 등 여러 편의 작품을 했어요. 조감독으로 들어갔던 작품에서 조감독 겸 메인 피아니스트로 일한 거죠. 조감독 경력이 4~5년은 돼야 음악감독을 맡을 수 있겠다 싶어서 일을 계속 배우러 다녔어요.

음악감독과 피아니스트, 두 역할이 많이 다를 것 같은데.

상당한 차이가 있죠. 예를 들어 연습실에서의 상황을 따지면 바로 비교가 돼요. 제가 피아니스트일 때는 음악감독의 지시에 따라야 하거든요. 스타일이든 호흡이든 어느 정도 연주자로서 제가 판단해야 하는 부분도 당연히 있는데, 음악감독의 해석이 첫 번째로 들어가야 해요. 반면에 음악감독으로 연습실에 있으면 다른 파트와의 협업도 이끌어야 하고, 악기 구성에 있어서 음향팀과 장비 협업도 해야 하고, 당연히 연주자, 장비 비용 같은 것들에 관한 이야기도 회사와 나눠야 하죠. 오케스트라나 밴드가 들어가면 라이브 공연에 지휘자로 들어갈 수도 있고요. 바로 이 부분이 저를 가장 끌리게 만든 요소고.

아무래도 행정적인 일까지 관여하시는 게 많겠네요.

그렇죠. 연습 스케줄 짜는 것도 제 일이고요. 조감독 할 때도 제가 배우들 스케줄을 취합해서 가능한 연습 스케줄을 제시하면 음악감독이 판단하고 정해주는 역할을 했으니까. 사실 좀 익숙해요. 늘 피아니스트만 했다기보다 거의 조감독을 같이 했었거든요.

피아니스트일 때 어려우신 점이 있다면요.

외부와의 커뮤니케이션은 사실 저만 잘하면 되는 일이고, 사실상은 연주하면서 스스로 조심해야 하는 것들이 많죠. 아무래도 클래식 공연이나 콘서트 같은 것들은 일회성이라 길어봐야 2, 3회 하고 끝나는데요. 뮤지컬은 원 캐스트로 간다고 하면 한 시즌에 최대 120회, 130회까지 공연을 해야 해요. 그러려면 매 공연에 같은 걸 연주하면서 매너리즘에 빠지지 않으려고 노력하는 일이 제일 중요하고요. 자칫 방심하고 있다가 긴장을 푼 상태로 공연을 하면 정말 어이없는 실수를 하는 경우도 생겨요. 매번 넘기는 악보 한 장 한 장도 이게 제대로 떨어져 있는지부터 체크해야 해요. 악보가 손때를 타다 보면 두 장이 끈적끈적하게 붙을 때가 있거든요? 그리고 넘기면서 꾸깃꾸깃해지면 양면이 딱 붙어버리는 경우가 있어요. 그렇게 공연에 들어갔다가 정말 운이 안 좋은 경우에는 두세 장이 한 번에 넘어가고……. 이제 당황하면 실수로 이어지는 거죠. 그런 사소한 부분까지도 체크를 많이 하고 들어가는 습관이 필요해요.

정말 쉽지 않은 일이네요.

창작 초연인 경우에는 일정이 급하게 흘러가다 보니 꼼꼼하게 정리되지 않은 악보를 받을 때가 많아요. 오타가 있을 때도 있고. 연주자로서의 태도만 고집하면 그런 모습들을 보면서 화가 날 수 있는데요. 조감독까지 겸하다 보면 창작진의 상황을 좀 더 이해할 수 있어서 제가 그들의 상황을 고려해가며 어느 정도 수정해서 치는 거죠. 사실 이런 것들이 마음 한편에 불편함을 남기는 경우가 많은 건 사실이에요. 창작 초연인 작품들은 창작 과정부터 제작 과정까지 너무 급해서, 이런 부분들이 앞으로는 좀 개선됐으면 좋겠다 싶은 생각이 있어요.

처음 뮤지컬을 시작했을 때는 더 혼란스러우셨겠어요.

정말 재미있었는데 혼란스러운 부분이 있었던 것도 사실이죠. 처음 뮤지컬 시장을 경험하는 피아니스트의 페이가 워낙 적어서 놀라기도 했어요. 지금 생각해보면 말도 안 되는 페이를 받으면서 연주했죠. 연주자만 하던 시절에는 회당 페이를 받았는데, 밤 8시 공연 한 회차라고 가정했을 때 5시 30분에서 6시 시작이죠. 끝나고 정리하는 시간까지 치면 10시 30분 정도에 끝이 나요. 시간 자체도 길뿐더러, 중간에 리허설을 하면서 배우들과 호흡 맞추고 분위기를 파악하는 일들이 다 그 페이에 포함돼 있다는 게 충격적이었죠, 사실. (웃음)

클래식 피아니스트 때와 다른 점도 있으셨을 것 같고요.

연주자 중심이었다가 배우 중심으로 흘러가는 그 문화가 제일 적응하기 어려웠던 것 같아요. 피아니스트가 완전히 스태프 개념이더라고요. 스태프 중 한 명이지 연주자로 봐주는 게 아니라서, 모든 일정이 배우에게 맞춰져요. 배우가 분장 받고 화장실 가는 시간에 맞춰서 움직여야 하는 거죠.

그렇게 힘든 순간들을 계속 겪으면서도 아직 뮤지컬을 하고 계세요.

(웃음)

워낙에 사람을 좋아하고, 이야기하면서 서로 맞춰나가는 분위기를 좋아해서요. 독주자일 때는 제가 독주자로 무대에 서는 일이 성격에 맞다고 생각했는데, 그건 좀 외로운 싸움이었죠. 연습실에서 뭐가 됐든 혼자 해결해야 하는 일들 천지고, 무대 위에 혼자 올라가서 처음부터 끝까지 책임져야 했거든요. 그런데 뮤지컬 연습실에 있으면 안무가분, 음악감독님, 연출님, 회사, 조명팀, 의상팀 이런 식으로 쭉 앉아 계신단 말이죠. 그분들과 작품에 대해 이야기를 하면서 하나의 목표를 향해 함께 나아가는 게 재미있어요. 마음속에 따뜻함 같은 게 생겨서요. 그 따뜻한 분위기가 좋았던 것 같아요.

원래 성격이 협업하는 일과 잘 맞으시는 것 같기도 한데요?

맞아요. 학교 다닐 때 음대 부피가 좀 컸거든요. (웃음) 그때도 리더를 맡아 하면서 오케스트라 부르고, 합창단 세우고, 직접 피아노 콘체르토를 만들어서 응원곡으로 썼어요. 응원팀 100명에, 합창단 200명에,

오케스트라 120명에……. 이런 식으로 사람들을 아우르면서 일 진행하는 걸 좋아해요. 그래서 재미있었던 게, 제가 (쓰릴 미) 처음 했던 극장이 신촌에 있었거든요. 거기서 공연 끝나고 사인해달라는 분들이 생겨서 지나가다 본 학교 사람들이 오성민 스타 됐다고, 밥 사달라고.

밥 다 사셨어요?

그 페이에 어떻게 밥을 사겠어요. (웃음) 나 먹을 것도 없는데!

일하면서 가장 행복하셨을 때는 언제예요.

그래도 (쓰릴 미) 했을 때 제일 행복한 기억이 많아요. 제가 제일 좋아하는 배우들과 할 수 있었던 작품이고, 피아노 연주를 하면서 정말 소름이 바짝바짝 돋는 걸 느꼈던 작품이거든요. 무대를 힐끔힐끔 보면서 연주하는 건데, 소리만 들어도 지금 어떤 상황이 벌어지고 있는지 알 수 있잖아요. 배우들 목소리만 들어도 알 수 있는데, 그것만 듣고도 마음속으로 '레전드! 레전드!' 이러고 외치게 만들었던 형들이 있어요. 그렇게 많이 한 작품인데도 그중에 몇 번은 정말 처음부터 끝까지 저도 숨을 못 쉴 정도로 몰입해 있었어요.

굉장한 시너지를 맛보신 거네요.

폭발력을 느낀 그 몇 번의 공연 덕분에 지금 제가 아직도 뮤지컬을 하고 있는 거예요. 그럴 때는 저도 더 열정적인 사람이 되었고, 한 번 거기에 중독되니까 빠져나올 수가 없었어요. 무대 위에 있는 사람들끼리 그런 기분을 느낄 정도였다면 바깥에 계신 관객분들은 얼마나 더 짜릿하셨겠어요. 두 배, 세 배로 그 감정이 느껴지셨겠죠. 그런 순간이 있어요. 공연을 구성하는 모든 요소들의 타이밍이 정확하고 매끄럽게 맞아떨어지는 순간들이. 그러면 배우들끼리의 시너지와 스태프들끼리의 시너지가 합쳐져서 엄청난 공연이 탄생하는 거죠. 뭐라고 표현할 수 없을 만큼 소름 돋아요.

그런 순간들 정말 흔치 않잖아요.

그걸 맛봤기 때문에 여기서 제 작품을 써보고 싶다는 소망도 있어요. 하고 싶은 이야기, 보고 싶은 소재, 새로운 표현 방식이나 표현 기법 등 여러 가지로 아이디어를 많이 가지고 있어요. 이런 것들을 쭉 표출하면서 뮤지컬로 제 세계를 펼쳐 보이고 싶다는 바람이 있는 거죠.

피아노곡도 계속 내고 계시잖아요.

태생이 피아니스트였으니까, 아무래도 대사나 가사보다 피아노 선율이나 소리의 질감으로 제 상태를 표현하는 게 훨씬 쉽거든요. 그래서 피아노 앨범도 꾸준히 내고 싶어요. 아니, 사실은 다 하고 싶어요. 작곡도 하고, 연주도 하고, 음악감독도 하고.

다 해내실 수 있을 것 같은데요!

일단 곡을 많이 쓰는 게 눈앞에 놓인 첫 번째 과제겠죠? 배워야 할 게 거기서도 산더미예요. 예전에 작곡하던 것처럼 오선보에 손으로 쓰는 게 아니라 컴퓨터를 활용해야 하니까요. 프로그램도 얼마나 많이 익혀야 하는지……. 이것저것 다 해보려면 밤낮 안 가리고 열심히 살아

오성민

야죠. 서른 중반까지 뮤지컬을 열심히 해온 것처럼, 앞으로도 쭉 열심히 그렇게요.

뮤지컬 팬들 사이에서 '마리아'라는 별명이 붙었을 만큼 인기도 있었지만, 이 시절이 마냥 평탄하게 흘러왔던 것만은 아니다. 인터뷰에 다 실을 수 없을 정도로 곤란했거나 화가 났던 순간들도 많았다. 그 시간들을 모두 겪고 다음을 준비하는 중이기 때문에 그는 오만해지지 않을 수 있고, 욕심을 부려도 그 정도를 아는 예술가로 남을 수 있다.

앞으로 일어날 모든일에

몸과 마음이 함께하는 일만

가득하길 .

Music Director & Pianist 이성민

03 ⎯⎯⎯⎯⎯⎯⎯

〔빨래〕, 〔리지〕, 〔Via Air Mail〕, 〔빅 피쉬〕, 〔테레즈 라캥〕, 〔시라노〕, 〔시데레우스〕, 〔위키드〕 등의 작품에 이름을 올렸다. 작고 귀여워 보이는 인상과 달리, 키가 훤칠하고 시원하게 말하는 의외의 모습을 갖춘 나하나는 별것 아닌 얘기에도 자주 웃음을 터뜨렸다. 스스로를 "음악쟁이"라고 말할 정도로 여전히 음악을 만드는 일에 관심이 있고, 혼자서 연습실을 빌려 연습하지 않으면 제 할 일을 다 못 끝낸 것 같다는 명랑한 그의 이야기는 여기서부터 시작된다.

배우
나하나

"'아름답다'고 사유할 수 있는 게

사람이 가진 특권이라고 생각해요."

〔위키드〕 오디션에는 정작 글린다가 아니라 네사로즈 역에 지원하셨다면서요.

전혀 상상도 못 했어요. 제 성격 자체가 네사나 엘파바에 가깝기도 하고요. 제가 뮤지컬을 하면서 제일 많이 받은 디렉팅 중 하나가 "치마 입고 구두 신고 오세요"였거든요? 글린다는 원체 그런 역할이라 힐을 안 신고 연습할 수가 없어서 계속 발뒤꿈치가 까졌죠. (웃음) 저에게 여러모로 큰 도전이었어요. 예상치 못했던 결과라 감사했고요.

이제 데뷔하신 지 5년 정도 됐어요. 활동을 꽤 많이 하셨죠.

학교에서 제적당했어요. (웃음) 제가 어쩔 수 없는 일이라 마음을 비웠죠.

너무 즐겁게 말씀하셔서 제가 당황을……. 입시 준비 열심히 하신 거 아니에요?

아, 사실은 제가 연기 입시를 딱 일주일 했어요. 1차 붙고 나서 2차 시험 준비하기 전까지 일주일 동안 급하게 학원에 다녔고, 사실 학교도 한국예술종합학교밖에 시험을 안 봐서. (웃음) 뮤지컬 배우가 되고 싶어서 내년 시험을 준비하려고 미리 한번 지원했는데 막상 1차 시험을 붙으니 2차 시험 준비를 해야겠더라고요. 그 바람에 최종 합격하고 나서 연기 배우느라 고생을 많이 했어요. 동기들은 다 연기를 잘하는데, 저는 혼자 재능만 믿고 있다가…….

미리 시험 삼아 원서를 넣어볼 정도면 성격이 꽤 계획적인 편이신가 봐요.

충동적이지는 않아요. 의외죠? 무척 계획적인데, 저에게 일어나는 일들이 오히려 예상치 못한 게 많아서 주변에 충동적인 사람처럼 비춰지는 것 같아요. 이번에도 철저한 계획하에 네사 역을 준비했는데 갑자기 글린다로 불러주서서 '와, 이거 정말 어떡하지? 뭘 어떡해. 감사하니까 해야지!' 그랬죠.

항상 삶이 이렇게 깜짝 파티의 연속처럼 흘러왔나요.

(도리안 그레이) 때도 갑자기 주인공을 해야 하는 상황이 됐었고요. 돌발 상황이 많았어요. 저는 항상 계획해놓고 사는데 주변 상황이 그렇지가 않아요. (리지) 드레스 리허설 기간에는 제가 사는 건물에 불이 나서 죽을 고비를 넘겼어요. 한동안 연습실에 엄청나게 큰 배낭을 메고 다녔다니까요? 희한하게 불이 나는 상황을 몇 번이나 겪었죠. 뉴욕 가서 불이 나는 바람에 뉴욕 소방차도 봤으니까.

밝게 말씀하시지만 아찔한 상황이 많았네요. 연기하시면서 겪었던 어려운 점은 없었나요?

학교 다닐 때 연기를 처음 해보면서 시행착오를 많이 겪었죠. 공연할 때 그 인물에 너무 몰입하다 보니까 실제로 감정이 너무 힘들고 우울해지더라고요. 그러고 나서 어느 순간부터 저와 캐릭터를 딱 분리하기 시작했어요. 제가 어떤 캐릭터를 연기하는 건 맞지만, 캐릭터 안에 제가 있다고 생각해본 적은 없죠. 교수님 말씀도 잘 들었어요. 학교에서 메소드 연기를 장려하지 않았거든요. 예를 들면 담배를 실제로 피우는 사람이 담배 피우는 연기를 하는 게 무슨 연기냐는 거죠. 담배를 안 피우는 사람이 그 행동을 다 관찰하고, 습성을 파악해서 그걸 똑같이 해내는 게 연기라고 배웠어요. 이런 식으로 교육을 받다 보니 캐릭터를 받아들여도 제 안에서 어떤 면을 가져와 이입하는 편은 아니에요.

그럼 어떤 식으로 캐릭터를 보여주려고 노력하세요?

대본을 분석할 때, 제가 맡은 캐릭터가 말하는 것보다 주변에서 그 캐릭터를 대하는 태도, 주변 인물들이 이 캐릭터에 대해 어떻게 말하는지를 많이 봐요. 그걸 파악한 뒤에 내 역할을 어떤 식으로 표현할지 찾는 거예요. 〔시라노〕의 록산에 대해 이야기하는 다른 사람들의 대사를 보고, 〔테레즈 라캥〕의 테레즈에 대해 이야기하는 다른 사람들의 대사와 행동을 보는 거죠. 라캥 부인이 테레즈를 어떻게 대하는지에 따라서 테레즈라는 사람의 반응이 나오고, 그 사람의 성격이 만들어지잖아요. 이때 오히려 제 안에 있는 것들은 많이 배제하려고 하죠. 무의식이 나오는 걸 경계해요. 내가 가진 습관이 나올까 봐 조심하고. 그래서 '나라면 이 상황에서 어떻게 했을까?'라는 생각은 안 하는 편이에요.

대본을 통해 캐릭터의 원래 성격을 파악하고, 주변 인물들을 통해 완성시켜가는 거네요. 자신을 최대한 배제하고.

그렇죠. 저는 신체적으로 표현하는 데 뛰어난 재능이 있는 배우가 아니에요. 감각적이지도 않아요. 그래서 몸으로 표현하는 건 정말 어려워하거든요. 제 식대로 다른 방법을 찾아서 그 캐릭터를 표현하려고 노력해온 것 같아요. 아, 감각적으로 반응하고 몸도 잘 쓰는 배우분들 정말 부러워요. 저는 처음에 시작했을 때도 머리로는 알겠는데 실제로는 표현이 안 돼서 정말 힘들었거든요. 하지만 그런 배우분들조차도 다들 캐릭터를 만들어가는 방식이 다를 거예요. 몸을 잘 쓴다고 해서 캐릭터에 감각적으로만 접근하는 것도 아니니까.

계획적인 성격이신 걸 잘 알겠어요.

사람들이 평소 제 모습을 보고 제가 캐릭터에 스스로를 몰입해서 연기한다고 생각하더라고요. 사실 그걸 굉장히 꺼리는 사람인데, 잘 안 된 거죠. 제가 원하는 대로 구현이 안 돼서 그런 거예요. 아직 완전히 캐릭터와 나를 분리하는 게 가능한 실력이 안 돼서요.

어떤 역할을 맡았을 때 뿌듯하신가요.

그 작품에서 필요한 사람이 되는 게 중요해요. 롤이 크고 작고를 떠나서 정말 필요한 인물일 때 뿌듯함을 느끼죠. 〔빅 피쉬〕에서 아주 적은 분량의 제니라는 역할을 맡았었는데요. 저는 제니가 굉장히 중요한 말을 하는 사람이라고 생각했고, 극 중에서 가장 중요한 포인트가 되는 사람 중 하나라고 생각했어요.

〔리지〕처럼 여성 배우들끼리만 작품을 하는 것도 즐거우셨을 것 같아요.

너무 새롭고 신기한 경험이었죠. 재미있었어요. 작품은 굉장히 강한 메시지를 던지는 내용이었는데, 정작 배우들은 다 순한 성격이라 같이 건강하게 작품을 했던 것 같아요. [리지] 속 인물들이 모두 다 건강하지 않았던 것과는 정반대의 느낌이었죠. 아무튼 새로웠어요.

하나 씨는 얼결에 시험에 붙어서 배우가 되었고, 얼결에 주연을 맡았고, 운명적으로 불길 속에서 살아나 무대에 건강하게 서고 계시잖아요. 이런 일들을 쭉 겪으면서 왜 예술이 하나 씨의 인생에서 중요해졌는지도 말씀해주실 수 있을 것 같아요.

생명력을 유지해주거든요. 늘 이야기하는 건데, 예술이라는 건 생명력 그 자체예요. 우리가 살아가는 데 아주 많은 요소들이 필요하잖아요. 의식주, 인간관계 등 참 많은 삶의 요소들이 있는데, 저는 무대에서 또 다른 삶의 이유를 찾아요. 관객으로서도 그렇고, 배우로서도 그렇고 극장에 갔을 때 서로 공유하는 생명력이라는 게 분명 있단 말이에요. '내가 살아서 이걸 보다니!', '내가 살아서 이걸 듣다니!', '내가 살아서 이걸 하고 있다니!' 이런 감탄을 하면서 나 자신이 살아 있다는 걸 확인하는 거죠. 무척 단순한 건데도 참 감사하다는 생각이 들 때가 많아요. 특히나 제가 관객의 입장에서 좋은 공연을 보면 극장에서 나올 때 '나 정말 살아 있는 것에 감사해야겠다. 어떻게 이걸 봤지?'라는 생각을 자주 하게 돼요. 이게 극장, 공연 예술, 나아가서 예술이 우리에게 주는 생명력인 것 같아요.

그리고 하나 씨는 그걸 전달하는 분이시기도 하고요.

저는 기운을 전달하고 있는 것 같아요. (웃음) 뭔가 마법 같지 않나요? 내가 살아 있음에 감사할 수 있고, 살아 있어서 누릴 수 있는 것에 감사할 수 있다는 거요. 특히나 공연은 어떤 인물을 그 순간에 포착하는 재미가 있어서 관객 입장에 놓이면 기분이 짜릿하죠. 분명히 저 배우가 거짓말을 하고, 연기를 하고 있는 걸 다 아는데 순간 정말 저 세계에 저 인물이 서 있는 것 같은 느낌. 거기 있는 모두가 함께 여행을 하고 온 느낌……. 와, 거기서 나오는 생명력은 엄청난 거예요.

우리에게 예술이 필요한 이유도 말씀해주실 수 있겠네요.

사람이 사람다워지는 데 필요한 게 예술 아닐까요? 그렇게 생각하지 않는 분들도 계시겠지만, 저는 그렇게 생각해요. 의식주가 모두 해결돼야 사실 예술도 가능한 거겠죠. 그래도 아름다운 걸 보고 '아름답다'고 사유할 수 있는 게 사람이 가진 특권이라고 생각하거든요. 그 사유를 내 삶에 적용시킬 수도 있고요. 그 고유한 특권을 건드리는 게 예술 분야라고 생각해요. 저는 사람들이 본능적으로 예술이 필요한 이유를 알고 있다고 봐요. 그래서 여태까지 예술이 살아남은 거라 생각하고. "난 예술 없이 살 수 있어!" 아마 안 될걸요? (웃음) 인간사의 모든 것들은 그만큼 유기적으로 연결돼 있기 때문에.

본인이 생각하시는 좋은 작품은 어떤 작품인가요?

하나의 작품에는 두 가지의 요건이 필요한 것 같아요. 첫 번째는 어떤 인물의 목적이 숭고한 목표 지점에 다다라 있는가. 즉, 사람들이 숭고하고 고귀한, 인간이 단련해서 이뤄낼 수 있는 가치 있는 무언가를 따르는 이야기를 하고 있는가. 두 번째는 우리가 이 시내에 생각해보고 반드시 개선해야 하는 부분들을 이 작품에서 영리하게 보여주고 있는

가. 즉, 관객들을 생각할 수 있게 만드는가. 이 두 가지 요소를 모두 지닌 작품이면 저는 좋은 작품이라고 생각해요. 그래서 〔시라노〕를 아주 좋아해요.

목표가 궁금해졌어요.

제가 느꼈던 그 생명력을 관객들에게 전달할 수 있는 배우가 되는 거요. 그 특별한 순간을 선물할 수 있는 날이 얼른 오도록 오늘을 부끄럽지 않게 살 거예요. 그래서 개인 연습도 꼭 하는 거고, 빼먹으면 죄책감에 시달리고. 그렇지만 그 순간을 위해 적어도 내가 가만히 있지는 않았고, 움직였다는 게 정말 중요한 것 같아요. 개인적으로는 이타적인 삶을 사는 게 목표인데, 무대에서 이타적인 삶을 살고 있다는 점을 보여드릴 수는 없잖아요. 하지만 그 마음을 퍼포먼스로 보여드릴 수는 있겠죠. 그 퍼포먼스의 순간도 역시 연습이 필요한 거고요. 연습에 소홀하지 않은 내가 떳떳하고, 부끄럽지 않게 살려고 해요.

개인 연습은 어디서 하세요?

저희 집 근처에서 시간당으로 빌려요. 연습실비 진짜 많이 나가요. (웃음) 작품이 없을 때는 연습하러 더 많이 가요. 음악을 너무 좋아하고 오래 해와서 습관적으로 연습하는 자세가 몸에 밴 것도 있지만, 아까 말한 것처럼 부끄럽지 않고 싶으니까 계속하는 거죠. 사람들이 나에게 집중하는 시간, 나의 몸에 집중하는 시간이라면서 명상을 하잖아요. 저는 개인적으로 노래하는 시간이 그런 시간이에요. 완전히 다른 제 감각에 집중하는 시간.

이렇게 열심히 하실 수 있는 동력은 어디서 나오는 건가요.

어떤 일을 하든 희로애락이 있을 거면, 내가 좋아하는 일을 하면서 그걸 느끼는 게 축복이라는 생각을 늘 해요. 뮤지컬을 너무나 사랑하지만 이 일이 직업이 됐을 때 어려움이 없는 것도 아니고, 사실은 너무 힘들 때가 더 많고, 해결되지 않는 문제들을 직면할 때도 많아요. 그런데요, 언제 죽을지 모르잖아요? 절 움직이는 건 사실 이거예요. 내일 내가 죽을 수도 있다는 거. 그래서 제 좌우명이 'Perhaps today'예요. 내일이 아니라 오늘 당장 죽어서 신 앞에 설 수도 있다는 사실은 늘 저를 힘이 나게 해요.

사람의 마음을 흔드는 시원한 웃음을 짓던 그가 'Perhaps today'라는 말 앞에서는 경건해졌다. 어쩌면 오늘, 어쩌면 내일, 그렇게 우리가 예상하지 못했던 순간에 삶을 잃어버릴 수도 있다는 그 말은 나에게도 작지 않은 무게로 다가왔다. 내일이 없을 수도 있다고 생각하는 순간에 찾아오는 두려움은 이렇게 커다란 동력이 될 수도 있다. 나하나라는 예술가가 그 사실을 일깨워주었다.

Perhaps today.

배우 나하나

04

안테나 소속으로 「보이지 않는 것」, 「진아식당 Full Course」, 「소리풍경」 시리즈, 「캔디 피아니스트」 등의 앨범 및 싱글을 발표한 음악가. 이진아의 음악을 복잡하고 독특한 화성에 대한 이야기로 분석하는 사람들이 많지만, 그 화성의 쓰임이 이진아의 천재적인 능력을 보여주는 것 외에 얼마나 섬세한 수준의 감정까지 표현해낼 수 있는지에 관심을 갖는다면 그의 음악을 더욱 행복한 마음으로 마주할 수 있을 것이다. 이진아라는 사람이 사실 그렇다. 천재적이지만, 섬세하게 아름다운 그림을 그릴 줄 안다.

음악가
이진아

"음악으로

그림을 그린다고 상상해요."

서바이벌 프로그램이 끝난 이후로 이제는 꽤 많은 추억이 쌓였을 것 같아요.

안테나에 들어와서 (권)진아랑 같이 산 게 특별히 기억이 나요. 거기서 강아지랑 고양이를 같이 키웠거든요. 털이 되게 많이 날렸고, 워낙에 아기 때부터 키워서 강아지가 똥을 싸는 사소한 모습들이 생각나요. 둘이 같이 살 빼자고 한강에서 운동했던 것도 재미있었어요. 아, 아침마다 건강한 음식 먹자면서 진아가 요리해준 것도 기억나고.

나이에 따라서 진아 씨를 '큰 진아', 권진아 씨를 '작은 진아'라고 부르잖아요. 남들이 구별하는 호칭이기는 하지만, 그만큼 두 분이 가깝죠. 서로에게 영향을 많이 끼치진 않으셨을까.

그런데 음악에는 영향을 끼친 부분이 없어요. 그냥 둘이 이야기도 많이 하고, 서로의 음악을 좋아하고 존중해주는 것뿐이에요. 저도 진아의 음악을 좋아하니까요. 진아는 목소리가 정말 좋아요. 그래서 그냥, 그 친구의 음악을 그 친구의 음악 자체로 좋아하는 거예요. 음악을 함께 만들거나 그런 편은 아니라서요. 아, 몇 번 함께 만든 적이 있기는 하다! (웃음) 요즘 들어서는 서로가 음악을 만들면서 조금씩 그 내용을 공유하기도 하네요.

진아 씨의 음악은 지금 진아 씨의 이야기를 그대로 멜로디와 가사로 옮겨놓은 느낌이에요. 그냥 일상 그대로의 것들.

말씀하신 대로 되게 사소한 것들을 생각하기도 하고, 그냥 자연스럽게 생각나는 것들을 소재로 삼는 것 같아요. 거창한 게 거의 없어요.

그냥 제가 살면서 느끼는 것들? (웃음) 사람이라든지, 살면서 느끼는 것들 있잖아요. 제 이야기를 좀 많이 하는 편이기도 하고……「캔디 피아니스트」는 제가 냈던 앨범 중에 제일 투정 부리는 내용의 노래들이 가득한 것이기도 했어요. 사실 그 앨범 타이틀을 '어웨이크(Awake)'로 할까 했었거든요. 그런데 또 너무 심각한 사람이 되고 싶지는 않은 거예요. 그러면 타이틀은 귀엽게 가고, 내용은 약간, 아주 약간 진지한 내용을, 투정도 조금 부려보는 그런 내용으로 넣어보자고 했죠.

이전에 냈던 앨범보다 좀 진지하시다는 생각이 들었던 게 착각이 아니었네요. (웃음)

희한하죠. 진지한 걸 의도한 건 아니었는데, 제가 생각이 좀 많아졌나 봐요.

진아 씨의 음악은 늘 진아 씨를 그대로 보여주고 있어서 좋아요. 음악에, 사람이 거울처럼 비쳐요.

저는 늘 제가 하고 싶은 걸 해요. 머리가 그렇게 좋지 못해서, 계산적으로 이야기를 만들어내고 '이렇게 해야지, 저렇게 해야지' 계획적으로 내용을 짜서 진행할 수 있는 사람이 아니거든요. 마음 상태라든지, 지금 내가 노래하고 싶은 것들이 음악이 되는 거예요.「캔디 피아니스트」에 뭐가 있었더라? 아, 첫 번째 트랙에서요. 난 너무 욕심이 많아, 난 너무 먹고 싶은 것도 많고, 하고 싶은 것도 많고……. 이러면 바로 노래로 만드는 거예요. (노래를 부르면서) 이렇게요.

요즘에는 어떤 생각을 가장 많이 하시나요?

'깨어 있음'에 대한 생각을 많이 해요. 거창한 거라기보다는요, 잠들지 않고 깨어 있는 것 그 자체요. 잠을 안 자고 깨어 있으면서 계속 뭔가 하고 싶다는 생각에 꽂혀서 'Awake', '나를 막는 벽' 같은 게 나온 거예요. 음, 나를 깨우는 것에 관한 노래가 또 뭐가 있었지? 지금 제 노래가 생각이 잘 안 나요. (웃음) 아, 생각났어요. '꿈같은 알람'도 그런 곡이에요.

진아 씨의 음악은 지금 가장 강하게 마음속을 치고 들어오는 것들을 자연스럽게 받아들이는 과정을 그리는 것 같아요.

그림 그리는 걸 좋아해서요, 음악으로 그림을 그린다고 생각하면서 이미지화를 시켜요. 저는 그렇게 음악을 해요. 하고 싶은 이야기를 그림으로 그린다는 게 곧 음악으로 만든다는 뜻이에요. 만약에 계단이라고 하면, 계단을 음악으로 표현해보고 싶어서 먼저 생각해봐요. '계단을 음으로 표현하면 어떤 이미지일까?' 계단은 하나하나 올라가야 하는 모양으로 생겼잖아요. 그러면 멜로디로 제가 생각한 계단과 똑같은 모양으로 올라가보는 거예요. 실제로 그림을 그려보기도 하고. 요즘에는 그림 그리는 것도 좋지만 뭔가 좀 더 자연스러운 걸 해보자는 생각을 하고 있어요.

자연스러운 게 참 어렵더라고요. 가장 나다운 것.

요즘에 키스 자렛(Keith Jarrett)이란 재즈 피아니스트를 자주 찾아봐요. 그분이 했던 말들을 찾아보고 있는데, 그분이 어떻게 음악을 했는지 배우다 보니까 저도 약간 그 방식을 닮아보고 싶다는 생각이 들더라고요.

어떤 식인데요?

음, 그분은 자작곡이 별로 없어요. 그냥 자기 자신이 음악을 꺼내는 통로라고 생각하고, 어린 시절에 듣던 곡들을 가지고 즉흥 연주를 해요. 물론 제가 그럴 실력이 아니어서 그렇게까지는 못하겠지만, 그 모습처럼 자연스럽게 내 안에서 꺼낼 수 있는 무언가를 요즘 찾아보고 있어요. 키스 자렛의 그런 면들을 가지고 나는 어떤 것을 할 수 있을지 고민해보는 거죠. 저는 롤모델도 딱 한 명을 정해두지 않아요. 이 사람의 이런 면, 저 사람의 저런 면…… 이렇게 배울 점을 찾는 것 같아요.

말 한마디, 한마디를 할 때마다 너무 아기자기한 느낌이 드는 거 아세요? 제가 행복해져요.

제가 그런 걸 되게 좋아해서 그런가? (웃음) 음악도 그렇게 하고 있는 것 같아요. 예쁜 거, 아기자기한 걸 정말 사랑해요. 소품 숍 가는 것도 좋아하고요. 그런데 예쁜 소품들을 좋아할 때 약간의 죄책감이 들어요. 나는 음악을 좋아해야 하는데 왜 이런 걸 좋아하지? 이런 생각들? (웃음) 그러면서도 계속 구경하고 있어요.

그 소품들을 늘어놓고 노래를 만드시는 거예요. 도움이 될지도 모르잖아요. (웃음)

사실 그런 소품들이 음악하는 데 완전히 적용되는 것 같진 않은데

환기가 되기는 하는 것 같아요. 음악을 하다가 한 차례 뭔가를 끝내고 스트레스를 풀 때 도움이 된다고 해야 하나? 신기하게도 아직은 그런 소품들을 가지고 음악을 만들어봐야지, 한 적은 없네요. 오, 생각보다 없어요.

하지만 음악의 만듦새에는 이미 그런 면들이 많이 드러나요.

맞아요. 아기자기한 면들이 비슷하게 다가올 수 있을 것 같아요. 'LIKE & LOVE'라는 곡이라든가. 그 노래가 제일 아기자기하네요. 실제로 그 곡은 아예 그런 식으로 만들어보고 싶어서 쓴 곡이었던 게 기억이 나요. 「캔디 피아니스트」에 실린 노래 중에도 있는 것 같고. 제 음악 중에 아기자기한 거 좋아하는 이진아의 노래라면 이 곡들이 가장 그 특징을 잘 반영한 것 같아요.

자신의 모습을 이렇게 하나씩 발견해나갈 때 어떤 느낌이 드세요?

되게 신기하고 그래요. 그런 걸 느꼈을 때부턴가…… 특히 요즘 들어서 만들고 싶은 노래 주제가 생겼는데요. '실감'이라는 노래를 만들고 싶더라고요. 제 친구가 얼마 전에 이별을 했대요. 오래 사귄 친구랑. 너무 위로를 해주고 싶은데 이상하게 실감이 안 나더라고요. 어떤 분이 하늘나라를 가셨는데도 너무 실감이 안 났어요. 저희 할아버지가 돌아가셨을 때도. 그래서 '아, 나는 되게 실감을 못하는 사람이구나' 그런 생각을 하곤 했어요. SBS 〈일요일이 좋다 - 서바이벌 오디션 K팝스타 시즌4〉에서 제 모습이 화제가 됐을 때도 그냥 저 멀리에서 나를 보는 것 같았어요. 너무 들뜨지도 않았고, 그냥 저 멀리서 나를 보며 '그렇구나,

감사하다…….' 그런 느낌이었어요. 요즘 그런 제 모습을 노래로 만들고 싶어요.

진아 씨에게 영감을 주는 것들이 있나요.

제가 결혼을 했잖아요? 저는요, 남편 잠자는 모습에서 되게 영감을 많이 받아요. (웃음) 잠자는 모습을 가만히 보고 있으면요, 제가 보는 그 모습을 모두 사진으로 찍어서 그림을 그리고 전시회를 하고 싶을 정도로 예뻐요. 되게, 너무 예뻐요. 그걸 영감이라고 부르는 게 맞죠?

이 이야기를 보고 놀라거나 부러워하시는 분들 많을 거예요. (웃음)

작품으로 만들고 싶은 것들은 그런 것들이에요. 또 꼽자면, 자연, 하늘, 구름 같은 것들이 있죠. 아, 그리고 제일 큰 영감은 강아지를 볼 때 와요. 제가요, 강아지를 보면 그 아이들의 마음이 이해가 된다고 해야 하나? (웃음)

강아지의 마음이 들리시나요.

어떻게 그런 생명체가 존재할까요?

음……. 귀여워요. 진아 씨도, 강아지도요.

정말로 그런 생명체가 어떻게 존재하나 싶어서 미칠 것 같을 때가 있어요. 한강 같은 데 걸어가다 보면 솜털 덩어리가 으쌰으쌰 걸어오는데, 그걸 음악으로 만들고 싶거든요. 너무요. 그런데 사실 저 지금 되게 심각한 병에 걸려 있어요. (웃음)

무슨 병이요?

"나 이제 예쁜 건 그만할 거야" 그러고 있어서요. 아까 자연스러운 것들을 해보고 싶다고 말씀드렸잖아요. 거기에 집중하고 있어요. 물론 예쁜 것, 귀여운 것, 사랑스러운 것에 집중하는 일도 꾸준히 계속하겠지만, 지금 당장은 자연스럽게 제 안에서 음악을 꺼내는 일을 해내고 싶어요.

저는 진아 씨에게서 계속 사랑스러운 것들을 향한 애정이 담긴 음악이 나올 거라고 생각해요.

그럴까요? 사실은 너무 신기해요. 저를 이루는 모든 것들이 자연의 일부분이잖아요. 강아지를 비롯해서 모든 동물이 그렇고, 인형도, 빈티지 옷도 좋아하고. 그런 것을 좋아하는 제 마음이 신기하고, 그 모든 걸 음악으로 만드는 게 제 역할인가 싶기도 해요. 아기자기하고 세상의 귀여운 것들을 음악으로 만드는 게 제 일은 맞나 봐요.

의성어를 많이 쓰시는 것도 그래요. 마음에서 우러난 소리를 노래로 만드신 것 아닌가 싶어요.

그런 것 같기도 하네요. '냠냠냠'은 진짜, 왜 그 노래를 썼는지 웃겨요. (웃음) 어떻게 쓰게 된 거냐면, 연습실에서 이별 노래, 심각한 발라드 이런 것만 쓰다 보니까 질려버린 거예요. 슬픈 것만 계속 쓰다 보니까 지겨워서 그냥 장난식으로 혼자 불러봤던 노래죠. '이건 진짜 그냥 나 혼자만 들어야지' 하고 녹음을 했는데 길 가다가 들어보니까 나쁘지 않더라고요? 그래서 세상에 나오게 된 곡이에요. 그런데 '냠냠냠'을 가사로 쓴 게 아직도 웃겨요. 이걸 진짜 써도 되나 했는데……. 꽤 오래됐는데도 그날이 다 생각나서 신기하네요.

음악가로 살면서 진아 씨는 무엇을 얻으셨나요.

나를 표현하는 도구가 있다는 걸 알게 됐어요. 아휴, 그런데 요즘 공부하고 있는 것과 또 말이 좀 달라지네요. 그건 나를 표현하는 게 아니라 나를 통해서 내 안에 있는 걸 꺼내는 거라고 했는데! (웃음)

어느 쪽이든 진아 씨의 것이에요. 괜찮아요. 부럽고요.

내가 느끼는 걸 말이 아니고 음악으로 같이 나눌 수 있다는 건요, 정말 너무 큰, 너무 큰 축복 같아요. 그리고 내가 걸어온 인생의 길을 돌아보면, '아, 이제 내가 하고자 한다고 해서 다 마음대로 되는 건 아니구나'라고 되게 많이 느끼게 돼요. 제가 의도적으로 뭔가를 하려고 하면 잘 안 되더라고요. 항상 눈앞에 놓인 것들이 다 축복인 것 같아요. 억지로 노력할 때는 잘 안 되고, 그냥 다 도와주시는 분이 계시는 것 같다고 느끼죠. 그래서 지금까지 걸어온 시간들을 보면 감사함이 제일 큰 것 같아요.

진아 씨, 2020년에 제가 가장 많이 들은 노래가 진아 씨의 '오늘을 찾아요'였어요.

힘이 될 수 있는 음악이었다니 기뻐요. 기본적으로 음악을 하는 이유가 사람들에게 힘이 됐으면 좋겠다는 건데요. 그렇게 살면 죽을 때 후회를 안 할 것 같거든요. (노래를 부르기 시작하는) "오늘이 오면은 하고 싫었던 게 많았는데 궁시렁 궁시렁 핑계들만 늘어놓는 오늘을 보며 차가운 바람과 따뜻한 이불을 좋아하는 나의 모순을 되돌아보네……"

녹음실 소파에 나란히 앉아서 이진아와 이야기를 나누었다. 눈을 마주했다가, 때로는 앞을 보았다가 이야기는 계속됐고 그 나른함에 젖어서 이 아티스트의 말 한마디 한마디가 귀에서 흐르는 음악처럼 들리는 순간에 이르기까지 했다. 이진아의 음악은 그렇다. 쾌감도, 흥분도 아닌 오직 선량한 다독임과 엉뚱함 같은 것들로 채워져서 사람을 나른하게도, 때론 눈을 반짝 뜨이게도 만든다. 마치 그 소파에서 내가 푹 잠이 들어도 그대로 재미난 꿈을 꾸게 해줄 것처럼.

Love never Fails
사랑은 지지 않는다

- 이진아 -

05

『경애의 마음』,『복자에게』등의 장편 소설을 비롯해 여러 편의 글을 발표했다. 2020년 오늘의 젊은 예술가상, 2020년 김승옥문학상 대상 등을 받았지만, 수상 이력보다 놀라운 것은 그의 말솜씨였다. 어느 순간, 자신이 쓴 소설의 한 장면 속으로 나를 끌고 들어가는 한 소설가가 지닌 흡입력은 문장이 아닌 사람 그 자체의 매력이었다.

소설가
김금희

"빛을 쬐어야 하는

인물들의 삶을 기록하는 거예요."

시기적으로 보니, 이상문학상 우수상을 거부하신 뒤로 딱 1년 정도가 지났더라고요.

그 일이 제가 생각했던 것보다 저 자신에게 굉장히 큰일이었더라고요. 일종의 내부 고발을 하고 나서 불이익이 있을까를 염려했다, 그래서 큰일이 아니고요. 저는 계속 글을 써야 하는 사람인데, 환멸감 같은 게 끊임없이 드는 거예요. 그런 식으로 작가를 존중하지 않았던 사람들이 굉장히 오랫동안 문학계에서 중요한 역할을 하는 것처럼 자리했다는 사실도 충격적이었고, 그런 식으로 작가를 대하는 회사에서 내가 상을 받은 거니까. 모든 작가들은 다 자기 인생을 갈아 넣어서 글을 쓰잖아요. 창작자들은 다 그럴 거예요. 그래서 개인적으로 포기하는 삶이 무척 많거든요.

그렇게까지 하면서 글을 써왔는데 나를 존중하지 않는다는 생각이 드셨던 거고.

그렇죠. '여태껏 그만큼 노력해서 써왔는데 그게 다 뭐였지?' 같은 환멸감이 너무 크게 밀려왔어요. 그 감정이 꽤 긴 시간 동안 저를 놔주지 않았고요. 일이 있고 나서 초반에는 사람들 만나는 것도 꺼려졌고. 사람들이 두려웠어요.

지금은 괜찮아지신 거죠?

지난 1년 동안 계획했던 책도 내고, 여러 마감들을 하면서 많이 진정됐어요. 일상의 마음으로 돌아왔죠. '이러이러한 일들을 해서 강한 환멸감의 수위를 통과했다는 게 결국에는 자산으로 남겠지?' 이런 생각이 들어요.

사실 괜찮아지셔야 하고요.

맞아요. 만약에 그 일 때문에 작업에까지 지장이 있으면 제가 잃는 게 너무 많잖아요. (웃음) 더 이상 잃지 않기 위해서라도 평정심을 유지해야 했던 것 같죠.

『복자에게』를 포함해서, 소설에 등장하는 주인공들이 현실적이면서도 뻔한 관행에 수긍하지 않는 인물들이 많아요.

저는 개인이 힘을 가지고 있는 순간들을 그리길 좋아하는데요. 그러자면 그 개인이 자기만의 윤리를 가지고 있어야 한다고 생각해요. 즉, 가치관 같은 거죠. 그래야 복잡한 세상 속에서 자기 힘으로 서 있을 수 있거든요. 휩쓸리지 않고. 사람들이 가지고 있는 그러한 면을 소설적으로 그리는 걸 좋아했어요. 이런 성향 때문에 몇몇 작품들에 그런 인간상들이 나타나는 것 같아요. 말씀하신 『복자에게』도 그렇고, 첫 장편이었던 『경애의 마음』에서도 그랬고.

자기만의 윤리, 여기에 대해서 좀 더 설명해주세요.

제가 말하는 윤리라는 것은 다수가 동의하는 윤리가 아닐 수도 있어요. 결국 각자가 가지고 있는 것, 윤리는 곧 자기가 책임질 수 있는 방향으로 나아가는 걸 뜻하고, 그것이 그 사람한테 맞는, 좋은, 적합한 자기만의 윤리가 된다는 생각이 있거든요. 그러니까 모두가 동의할 수 없는 길을 가더라도 그 선택에서 오는 일들을 책임질 수 있으면 된다……. 그 의지 안에서 어떤 힘이 나온다는 거죠.

언제부터 그런 윤리와 가치를 이야기로 만들어야겠다고 생각하셨던 건가요?

언제부터였는지는 잘 모르겠어요. 그런데 그런 생각은 들었던 것 같아요. 글을 시작할 때, 작품을 쓰기 시작할 때, 저는 예술가로서 제가 가지고 있는 어떤 미적 가치관 같은 것을 사람들한테 전달하고 싶다는 충동보다 제 주변에 있는 사람들한테 빛을 쐬어주고 싶다는 생각이 들었거든요. 그 사람들을 기록해주고 싶었던 거예요. 내가 가지고 있는 능력이 글 쓰는 능력이라면 그 능력으로 빛을 쐬어야 하는 인물들을 기록해서 많은 사람들한테 알리고 싶다는 충동. 여기에 좀 더 가까웠던 것 같아요.

예술이란 개념에 대해 고민하시기도 전에 일어난 본능적인 충동이었던 거군요.

그래서 내 주변에 있는 타인들의 삶을 가져올 때, 그들의 삶 중에 어떤 면면들을 가져올지 선택해야 하잖아요. 그럴 때 그 사람들이 세상에 보여주고 있는 자기 자신만의 어떠한 가치관, 자기 자신의 생활을 책임지는 자세 같은 것들을 집중해서 보고 그런 면모들을 글에 가져왔던 것 같아요. 그랬을 때 독자들이 "이 부분이 정말 좋았어요"라고 하면, 제가 한 인물을 이해시킨 것 같아서 그 기쁨이 제일 컸죠.

한 인물을 이해시켰다는 건, 그 인물이 가지고 있는 가치를 이해시켰다는 거나 마찬가지죠.

그렇죠. 그 사람이 속해 있는 세상을 이해시켰다는 건데, 그들은 사실 제가 주로 속했던 세상에서 온 인물들일 거 아니에요. 제 주변 인물들이니까. 그러니까 나 자신이 이해받은 느낌도 들고……. 그냥 그런 게 좋았던 것 같아요.

인스타그램을 보면 이런저런 이야기를 많이 하시는 편이더라고요. 평소에는 뭘 좋아하는지, 마감은 언제 끝냈는지 등등.

제가 먹는 걸 참 좋아해요. 먹는다는 행위 자체를 정말 중요하게 생각해서, 하루 세끼를 꼭 먹어야 해요. 만약에 시간 때문에 한 끼를 놓쳤으면 자정이라도 뭘 먹어요. 왜냐면 그 끼니는 돌아오지 않으니까. (웃음) 어렸을 때부터 그랬어요. 엄마 말로는 제가 어렸을 때 감기에 걸려도 먹긴 먹었대요.

그런데 굉장히 중요한 부분인 거 아시죠? 많은 예술가들이 식욕을 잊고 작품에 빠졌다고 얘기하는데……. (웃음)

안 돼요, 안 돼요. 제가 20대 때는 직장을 다녔거든요. 잡지사도 다니고, 출판사도 다니고 했는데, 그 상태로 직장 그만두고 바로 등단을 준비하다 보니까 직장인일 때의 생활 방식이 그대로 체화된 거예요. 낮에 일하고 밤에 쉬는 출근과 퇴근 루틴이 그대로 왔고, 거의 유지도 했죠. 웬만하면 글은 반드시 낮에 썼고요. 요즘엔 밖에 나가지 못하면서 조금 흐트러졌지만. 독자분들이 가끔 "일상을 어떻게 보내세요?" 그러면 뭔가 예술가다운 멋진 대답을 해야 하는데, 저는 말 그대로 나인 투 식스(9 to 6)의 삶을 살고 있다고 얘기해요. 정말 재미없죠. (웃음)

아니에요. 건강한 사례를 보여주고 계신 거예요.

그렇게라도 신체를 유지하지 않으면 너무 바닥으로 향하게 될 수도 있어서요. 글을 쓴다는 직업 자체가 굉장히 화가 나는 작업을 하는 거잖아요. 내가 너무 고통스러우니까. 그런데 거기다가 생활 리듬까지 깨지면 저는 진짜 남아나지가 않겠더라고요. 그래서 그거는 지키고 싶어요. 대체로 거의 지켰던 것 같고. '밤에 쓴 작품이 뭐냐?'라고 물으면 아주 급할 때 퇴고한 것 정도예요. 밤에 작업한 게 잘 생각이 안 나죠. 대신에 노동 강도로 따지면 『경애의 마음』이 가장 셌어요. 이제 그렇게 하라면 못할 것 같아요.

어떤 면에서요?

일단 원고량이 올해 낸 장편 소설보다 두 배 이상 많아서 물리적으로 너무 힘이 들었고, 처음 쓰는 장편이니까 평가 같은 것들도 신경이 많이 쓰였어요. 게다가 그 작품 같은 경우에는 1년 동안 문예지에 연재한 작품이기도 해서요. 제가 펑크를 내면 눈에 너무 드러나는 펑크인 거예요! (웃음) 실은 제가 대체로 글을 먼저 써놓지 않는 편이에요. 마감이 있을 때 전력투구해서 완성하는 스타일이라 1년 내내 상시적인 긴장감이 있죠. '무슨 일이 생겨서 이거 마감 못 하면 어떡하지?' 이런 상태에서 작업하다 보니까 작품 끝내고 나서 거의 피골이 상접해 있었어요. 몸에 무슨 이상이 있나 건강 검진을 해볼 정도로. 고통스러운 작품이었죠. 첫 장편이니까 의미는 있는데 정말, 정말로 너무 힘들었어요. 처음이라 힘 조절을 못 한 거죠, 제가.

작가로서 그동안 쌓아온 추억들도 많으실 것 같아요.

첫 책을 냈을 때 정말 기뻤어요. 조카가 저한테 문자 보낸 걸 아직도 기억하는데요. '이모, 꿈을 이룬 걸 축하해요.' 왜냐하면 제가 책이 안 나올까 봐 너무 불안해했었거든요. 잡지에 발표해야 하는데 시간이 5년이나 걸리니까……. 그걸 조카가 알고 있었는지 그런 이야기를 해줬어요. 또 하나는, 『너무 한낮의 연애』가 젊은작가상을 받았을 때요. 저는 그냥 마감한다는 생각으로 썼는데, 그게 제 인생을 바꿔놓을 거라고는 생각을 못 했어요.

처음 '작가' 내지는 '소설가'라고 자신을 소개했을 때 어땠는지 기억하세요?

아마 등단했을 때 같은데, 비행기 타고 해외로 갈 때 직업란이 있잖아요. 저는 직업란에 '소설가'라고 적었거든요? 내가 이렇게 어렵게 소설가가 됐는데 써야 하잖아요. (웃음) 그런데 다른 작가분들이 그렇게 안 쓴다는 거예요. 회사원, 편집자 이런 식으로 쓰신다고. 저는 그동안 계속 작가라고 써왔는데 말이죠. 그때 스스로 느꼈어요. '아, 내가 일면은 생각이 단순하고, 일면은 작가가 된 게 나 자신에게 굉장히 중요한 일이었나 보다.' 정작 지금도 가장 또렷하게 기억하는 순간은 따로 있지만요.

어떤 순간이신가요.

신춘문예 시상식을 끝내고 돌아오던 그 차디찬 밤이 아직도 떠올라요. 사람들과 같이 있을 때는 내가 뭔가를 이룬 거 같았거든요. 하지만 시상식이 끝나고 꽃다발을 든 상태로 집까지 구두를 또각거리면서 걸어오는데, 너무 춥고 쓸쓸하더라고요. 그러고 나서 알았죠. 그게 모두가 겪는 과정이란 걸. 등단하고 나면 그 순간엔 반짝이는 조명을 받지만, 그 뒤부터는 마냥 기다림 같은 거잖아요. 청탁을 기다려야 하고, 책을 낼 수 있기를 기다려야 하고. 그런 상태가 이어지는 걸 보면서 '아, 그때의 그 쓸쓸함이 일종의 어떤 예감이었구나'라는 생각을 했었어요. 실제로 2년 동안은 청탁이 아예 없어서 무척 고통스러운 시간을 보냈어요. 내 글을 아무 데에서도 원하지 않으니까, 내가 작가라는 걸 느낄수가 없었거든요.

두 번째 장편 『복자에게』는 제가 가장 좋아하는 작품이에요. 이 작품을 보면서 생각했던 게, 공간과 사람이 마주하는 순간이 무척 아름답다는 거였어요.

취재를 다닐 때 목적을 가지고 하나하나를 확인하면서 다닌다기보다는 그냥 무작정 다녀요. 이곳저곳에서 만나는 사람들이나 이런 것들이 딱, 제 마음에 묻어 있길 바라면서 혼자 막 다니는 거죠. 그렇게 많이 다니면요. 정말 이상하고 신기한 게, 어떤 장면을 갖게 되더라고요. 사진으로 남기듯이 이렇게, 글이 갖게 되더라고요. 『복자에게』에서처럼 가파도 섬에 있으면서 자주 다녔던 그 길의 모습이 바로 제 글이 갖게 된 공간의 모습이죠.

역시, 공간을 무척 중요하게 여기시는군요.

공간에 되게 많이 의존해요. 실제로 가서 보는 게 너무나 중요한 이유고. 실제로 가서 보는 행위는 제가 할 수 있는 상상 이상의 것을 줘요. 늘 영감을 주는 거죠. 오히려 어려운 건 등장인물의 직업을 정할 때예요. 제가 모르는 분야일 경우에는 엄청난 양의 자료를 모으는데, 결과적으로는 30% 정도만 소설에 반영하고 나머지는 다 버리죠. 하지만 배경이 되는 공간은 완전히 저의 몸이 거기로 가다 보니까 글에도 더 많이 반영하는 것 같고.

그러면 이 과정을 모두 거치고 '작가'로서 만나는 즐거운 순간은 어떤 것인가요.

제가 쓴 등장인물인데 독자분들이 오히려 변호하실 때가 있어요. 『너무 한낮의 연애』에 등장하는 남자 주인공에 대해 제가 겸양을 한다고 "어우, 비호감이죠" 이렇게 말씀드렸더니, 그렇게 생각하지 않는다고 말씀하시면서 본인 생각을 얘기해주시는 거예요. 그런 순간에 깨달아요. 내가 쓴 글이지만 내가 이 글의 주인은 아니라는 거요. 그리고 『복자에게』와 『경애의 마음』은 정말 많이 들었던 말이 "저희 언니 이름이 복자예요", "저희 장모님 성함이 경애예요" 같은 얘기였거든요. 또 자기가 어느 지역 출신인데 이렇게 표현해줘서 고맙다는…… 그런 식으로 독자분들이 한마디씩 해주실 때는 이게 뭔가 마술 같다는 느낌이 들어요. 제가 쓴 글이 나한테만 의미 있는 게 아니라, 다른 사람한테도 의미가 있는 거잖아요.

글은 내가 썼지만, 모두에게 가서 하나씩 중요한 의미를 남길 때……. 인상적이네요.

그래서 책임감이 느껴지는 부분이 있어요. 각자 의미 있는 사람에게 주는 이야기가 된다는 점에서 가장 그렇죠. 책을 선물로 주시는 분들이 참 많은데, 그건 사실 자기가 정말로 전하고 싶은 정신의 영역을 건네주는 행위잖아요. 그런 모습들을 발견하는 것도 좋아요. 정말로 내 글이 내 손을 떠났다는 걸 확인하는 순간이기도 하죠.

결국, 소설을 쓰는 예술가로 산다는 것은 어떤 의미인가요.

한국에서 소설가로 산다는 건, 불행을 연습해본 사람들의 삶을 들여다본다는 뜻이에요. 팬데믹 사태를 겪으면서 우리나라 사람들이 얼마나 불시에 일어나는 불행에 전체적으로 움직이는지 보았잖아요. 이게 왜 가능한 것인지 생각해봤는데, 우리는 이미 역사적으로 내전도 겪은 나라의 사람들인 거죠. 어떤 일이 일어났을 때 이 일이 곧 불행으로 번질 수 있다는 생각을 빠르게 하는 사람들 같다는 생각이 들었어요. 그러면 자연스럽게 드는 생각이 '내가 소중하게 여기는 무언가를 지켜내야 한다'는 것일 테고. 이렇게 불행을 미리 연습해본 사람들의 삶을 들여다보면서 그것을 문학으로 풀어낸다는 건……. 솔직히 말씀드리면 무척 조심스러운 일이기도 해요.

어떤 면에서 가장 조심스러우신가요.

그들이 가지고 있는 어떤 생의 에너지 같은 것들을 찾아내야 하니까요. 그 사람들을 한데 묶어서 '불행한 사람들'이라고 쓸 거면 문학,

왜 하겠어요. 그냥 이야기 안 하고 말지. 그런데 그 안에서 그들이 가지고 있는 생의 에너지를 발견하고 그걸 문학적으로 어떻게 조명할 수 있을지 세심하게 살펴야 하죠. 인간이 가지고 있는 무척 복잡한 결의 불행과 실패들을 드러내되, 열심히 사는 많은 이의 삶까지 함께 그려내야 해요. 그러니까, 찬 것과 뜨거운 것을 동시에 가지고 있는 사람들을 문학적으로 표현해낸다는 것이 상당히 복잡한 거예요. 저에게는 투지를 불러일으키는 일이기도 해요.

투지……

복잡한 실타래 같은 이 현실에서 서로가 지닌 장력들을 내가 이 작품 속에 다 옮겨낼 수 있을까? 늘 의문을 가지고 시작하는 거예요. 세상을 넓고, 깊게 봐야 하는 일이죠. 그리고 그 투지는 밥을 먹어야 나옵니다.

세끼를 꼭 챙겨 먹어야만 힘이 난다는 그에게서는 갓 지은 밥 냄새와 갓 구운 토스트의 냄새가 공존했다. 어느 쪽의 정서라도 그에게서 풍기는 느낌은 다채로운 시각으로 세상을 대하는 소설가의 것으로 손색이 없었다.

경애하는 당신,

마음을 떠나보내지 말아요

백기완

06

뮤지컬 〔미드나잇 : 앤틀러스〕, 〔미드나잇 : 액터뮤지션〕, 〔땡큐
베리 스트로베리〕, 〔개와 고양이의 시간〕, 〔세자전〕을 비롯해
연극 〔생쥐와 인간〕, 〔트레인스포팅〕 등에서 다양한 역할을 맡
아 연기했다. 그중에서도 〔미드나잇〕 시리즈는 인간의 악한 면
모를 낱낱이 파헤치는 '비지터' 역할을 맡은 그에게 "고상호가
없으면 안 된다는 이야기"로 찬사를 안겨준 작품. 드라마 SBS
〈낭만닥터 김사부 2〉에서는 이기적이고 얄미운 면을 지닌 의
사 양호준으로 분해 원성을 많이 샀고, 최근에는 tvN 〈빈센
조〉에도 얼굴을 비췄다. 결국은 다 잘하는 배우라는 이야기를
하려고, 이렇게 소개가 길었다.

배우
고상호

"공연은

살아 있는 생물이에요."

드라마 〈낭만닥터 김사부 2〉에 출연하면서 대중에게는 새로이 얼굴을 알리셨어요. 상당히 임팩트가 강한 역할이기도 했는데, 개인적인 변화가 있으셨나요.

그 후로 공연의 소중함을 다시 한번 느꼈어요. '아, 내가 해온 무대들이 기본 토대가 되어서 연기에 투영할 수 있는 뭔가를 정말로 주는구나.' 매체를 하고 나서도 공연을 놓거나 할 생각은 추호도 없었지만, 마음가짐이 좀 달라졌죠. 그래서 드라마를 한 뒤에 바로 공연을 한 거고요. 솔직히 개인적으로라……. 아직도 잘 모르겠어요. 어쨌든 또 다른 도전을 위해서 매체를 시작한 거긴 한데, 아직까지는 제 바탕이 무대 연기이다 보니까 거기에 대한 나 자신의 갈망을 절대 무시할 수가 없었고, 자연스레 또다시 무대를 하게 된 거죠. 이제 또 어떻게 될지는 모르지만요.

새로운 걸 경험하고 난 뒤에는 사람의 내면도 따라서 성장하게 마련이잖아요.

맞아요. 마음이 많이 열렸거든요. 대학로 혹은 뮤지컬을 좋아하는 사람들만이 공유하는 어떤 울타리가 있었다는 생각이 들더라고요. 매체를 겪고 나니까 팬층이 좀 더 다양해지고, 브라운관을 통해서 다양한 사람을 '관객'으로 만나게 되다 보니 시야가 넓어진 게 느껴져요. 예전에는 작은 일에도 일희일비했다면, 지금은 받아들이는 토대 자체가 커지게 됐어요. 좋은 부분이죠. 크게는 심적으로 그랬고, 세세하게는 연기를 하는 방법에 관해서 더 고민이 많아졌어요. 여기서는 이런 것들을 더 연습해야겠구나, 이런 것들을 더 챙겨야겠구나. 이렇게 사소한 것들에 대한 고민이 생겨나기도 했고요.

**거기에 팬데믹 사태 때문에 불가항력적인 일도 생겼고요. 공연이 중
단된 상태라 마음이 어떠실지 걱정을 많이 했어요.**

당장 공연이 중단된 것에 대해서는 공연계뿐만 아니라 다른 분들
도 많이 힘드시니까 감당해야 할 부분이라고 생각해요. 평소에 뉴스
를 많이 보는데, 그런 생각도 들더라고요. "역사적으로 전염병이 창궐하
고 난 뒤에 늘 급격한 발전이 있었다"는 이야기를 듣고 고개를 끄덕였
죠. 이렇게 팬데믹 사태 이후로 우리 공연계가 어떻게 변화할지에 대한
생각은 좀 많아졌어요. 그럼 나는 어떤 식으로, 연기를 해나가면서 어
떤 방향으로 나아가야 하나. 하물며 지금 공연이라는 것 자체가 언제까
지 지속될 수 있을지도 모르는 상황에서 이미 극장 안에 카메라만 놓
고 다양한 방법으로 바깥에 공개되는 공연들도 생기기 시작했고요. 참
모르겠어요, 지금은. 뭐가 어떻게 될지.

**녹화나 다른 방식의, 예를 들어 웹 뮤지컬 같은 이야기가 나와서 말
인데요. 사실 배우라는 직업은 현장감을 쾌감으로 안고 사는 직업이
잖아요.**

라이브, 현장감 이런 말들이 실제로 주는 희열이 있죠. 눈앞에서
펼쳐지는 것들에 대한 희열이. 보는 입장에서도, 하는 입장에서도 마찬
가지예요. (미드나잇 : 액터뮤지션)을 할 때 그걸 유난히 많이 느꼈어요.
무대 위에서 연주자들이 배우를 겸하면서 함께 연주를 해준다는 게 특
별한 느낌을 줬어요. 일반 오케스트라가 해주는 반주와는 느낌이 달라

요. 내가 노래를 부르고 있는데 모든 게 같이 숨 쉬고 있다, 진짜로 숨 쉬고 있다는 느낌을 주는 작품이라서 굉장히 좋아하는 작품이죠. 다른 공연들도 마찬가지예요. (미드나잇 : 액터뮤지션)과 마찬가지로 내가 느낄 수 있는 관객의 호흡과 어떤 공기가 있으니까. 내가 연기를 하고 있을 때 '집중도가 너무 좋네'와 '아, 지금 좀 집중도가 많이 떨어졌다' 이런 식으로 다 느껴지거든요. 어느 정도 연차가 차다 보니까 그걸 경험적으로 알게 되는 것일 수도 있긴 한데요. 조그만 움직임들이 관객석에서 많아지기 시작하면 딱 알아요. 이게 전체적으로 세세하게 보인다기보다 가만히 있는 게 아니라 뭔가가 지겨울 때 나오는 부산한 느낌이 있거든요. 아무리 마스크를 끼고 계신다고 해도 너무 잘 느껴져요. (웃음) 그 기운이라는 게.

그럴 때는 어떻게 하시나요.

'이 흐름에서 내가 이 정도로 꺾어줘야 되겠구나.' 현장에서 즉흥적으로 판단해서 결정을 내려야 할 때가 정말 많거든요. '오늘은 좀 빨리 가야겠다' 이런 것들. 지겨워한다는 공기가 느껴지면 오늘은 템포를 당기는 거죠. 그리고 낮 공연과 저녁 공연 관객이 다르고, 주말이냐 평일 화요일 공연이냐에 따라서도 컨디션이 달라질 수 있는 거고요. 배우들도 그걸 고려해서 다르게 움직여야 해요. 관객의 입장에서 생각을 해봤을 때, 화요일에 공연을 보러 오는 느낌과 금요일에 공연을 보러 오는 느낌, 일요일에 공연을 보러 오는 느낌이 다를 테니까요. 개인적으로는 극장의 온도도 무척 중요하게 생각해요. 약간 추워야 한다고 생각하는 주의인데, 그래야 사람이 나른해지지 않고 뭔가에 더 집중을 잘할 수 있는 것 같거든요. 일단 외부적인 환경으로 먼저 졸음이 오게 만들면 안 되는 거예요! (웃음) 안이 따뜻한데 작품까지 졸리면…….

음, 갑자기 너무 감상적인 얘기를 꺼내서 죄송한데 (웃음) 저는 '온도' 라는 단어를 굉장히 중요하게 생각하는 사람인데요. 지금 이 이야기를 관객과 배우 사이의 온도를 좁혀나가는 과정이라고 이해해도 되겠죠?

그렇겠죠? 사실 장면 중간중간에는 제가 연기하는 데 너무 빠져 있어서 그걸 느끼기가 어려웠던 것 같아요. 오히려 극이 끝났을 때 그 느낌을 많이 받죠. 아, 그런데 아직도 참 알기 어려운 부분이 있는데요. 오늘 공연이 만족스럽지가 않은데, 관객분들은 앞에서 좋아하시고 기립 박수를 쳐주시고 그러면 되게 부끄럽단 말이에요. 스스로에게 무척 창피해요.

만족하시는 공연 자체가 너무 적은 건 아닐까요?

흔치 않죠. 그럼에도 불구하고 그래도 어느 정도는 '오늘은 잘했다', '잘 흘러갔다' 이런 느낌이 들 때 그런 게 나오면 나도 같이 좋아할 수 있을 텐데. 우리끼리는 호흡이 잘 안 맞은 부분도 있고 전체적으로 좀 어수선했다 싶은데 그런 호응을 받으면 기쁜 게 아니라 오히려 반성하게 되죠. 그래서 이제는 기립박수가 나와도 그냥 수고했다고 해주시는 거라고 받아들여요. 배우라면 그런 반응보다는 일단 소신대로 밀고 나가야 하는 게 맞는 거기도 하고.

원래 성격이 좀 단호하신 것 같은데, 소신 있으시고. 제가 느끼기에는 그래요.

소신이 있어서 고집을 피우는 부분은 연기적인 부분이고요, 그 외에 일에 있어서는 고집 센 성격이 아니에요. 가족이나 주변 사람들에게도 "응, 다 해. 하고 싶으면 다 해" 이러는 성격. (웃음) 그런데 연기에 있어서만큼은 내가 확고하게 얘기해야 하는 부분을 다 챙겨요. 명확하게 제 의견을 얘기하는 스타일이죠. 그러고 보니 그 외의 부분에 있어서도 즉흥적인 걸 피하는 성격이기는 해요. 좀 두려워요. 갑자기 내가 예상하지 못하는 상황이 발생했을 때의 당황스러운 느낌을 별로 좋아하지 않아요. 그런 당황스러움을 즐기고 싶어 하지만, 막상 그럴 수 있는 사람은 아닌 거죠. 성격 자체가 뭔가를 즉흥적으로 결정하는 일은 잘 없는 사람이에요.

애드리브도 능숙하게 하시는 편이잖아요.

아, 웬만한 애드리브들 중에서 제 마음 내키는 대로 나온 건 전혀 없어요. 늘 공연 전에 오늘은 이렇게 한번 해보고 싶은데, 대부분 내가 이 부분에서 이렇게 할 테니까 혹시나 당황하지 말라고 이야기를 한 뒤에 시도해요. 물론 미세하게 자잘한 애드리브들, 다른 배우들과 호흡하는 중간에 나오는 부분에 있어서는 일단 그 상황을 절대 벗어나지 않는 선 안에서 하는 거죠. 만약에 상대 배우가 애드리브가 불편하다고 하면 저는 무조건 안 하거든요. 애드리브 자체를 그렇게 좋아하는 스타일이 아니에요, 제가. 매 공연은 항상 비슷해야 한다고 생각하는 주의이고요.

하지만 상황에 따라 변화가 생길 수밖에 없는 날도 있으실 테고.

비슷하게 하려고 해도 비슷할 수가 전혀 없기는 해요. 그날그날 하루가 다르고, 아침을 뭘 먹었고, 지금까지 어떻게 시간을 보냈는지가 사람마다 다 다르잖아요. 아무리 똑같이 하려고 해도 그런 건 어렵죠. 그리고 바로 그게 공연이 지닌 현장성과 연결되는 거고요.

연기하는 사람의 기분도 중요하고요.

그렇죠. "오늘 애 왜 이래?"라는 대사에 "너 오늘 진짜 왜 그러냐?"처럼 "진짜"가 붙을 수도 있어요. 딱 이 정도죠. 이 정도는 무조건 무대 위에서 구현할 수 있어야 해요. 화학 반응처럼 즉흥적으로 보이게끔 만들어내는 애드리브라고 해야겠죠. 그런데 그게 아니라 우리가 약속하지 않은, 신과 관련되지 않은 별개의 애드리브가 들어오는 건 경계해요. 그것 때문에 신 전체가 흔들리게 되니까. 그거는 정말 안 좋은 거라고 생각해요. 그리고 우리 공연을 여러 번 보는 분들도 계시지만, 오늘 처음 본 사람이 어떤 내용인지 같이 따라올 수 있을 정도의 토대는 늘 유지가 되어야 이 공연이 궁극적으로 무엇을 위해 존재하는지 말할 수 있다고 생각하거든요.

연기에 있어서만큼은 상당히 계획적인 분이시네요.

제가 하는 많은 시도들은 대부분 프리뷰 기간까지예요. 프리뷰 기간까지 이것저것 할 수 있는 대로 다 해보고, 본 공연에 들어가면 첫 번째 공연과 마지막 공연을 웬만하면 다 비슷하게 하려고 하죠. 토대를 프리뷰 기간에 만드는 거예요. 그래야만 공연 기간 내에 비슷하게 죽

흘러가더라도 이 공연이 어떻게 성장했는지가 보여요.

"어떻게 성장했는지"가요?

공연은 살아 있는 생물이에요. 아기 때와 끝날 때, 그러니까 성인이 되었을 때 즈음의 공연은 또 다른 작품이 되어 있을 수 있다는 뜻이에요. 제가 아무리 계획적인 성격이라 똑같이 하려고 해도, 관객들도 처음과 마지막 공연에 느끼는 바가 다르고, 배우들도 연기할 때 농도 자체가 달라져요. 호흡을 맞추면서 은연중에 자연스럽게 변화하는 부분들의 대사, 행동에 의미를 부여하게 되기도 하죠. 그런 게 공연의 묘미고.

개인적으로 중요하게 생각하시는 가치가 무엇인가요.

'존중'이에요. 서로가 서로에 대해 존중하는 것을 정말 중요한 가치라고 여기고요. 우리나라는 유교 사회의 영향을 받아서 윗사람의 말이 다 맞다고 은근슬쩍 주장하는 사람들도 있고, 남성과 여성 사이에도 그런 게 존재하잖아요. 서로 존중했으면 좋겠어요. 배우 대 배우로서, 관객 대 배우로서도 서로를 좀 더 존중하면 좋겠다는 생각도 있고요.

그런 메시지가 들어가서 선택하신 작품이 있나요?

존중은 제 개인적인, 사람에 대해 지키고 싶은 어떤 가치관이고요. 배우로서의 선택에 영향을 끼치는 키워드는 '공감'이 좀 더 가까워요. 일단 내가 대본을 읽고 공감이 가는지, 내가 하는 것들이 관객들에게 공감이 될지, 내가 과연 그걸 해낼 수 있을지 고민을 많이 하고요. 작품을 선택할 때 제가 지닌 인간관계에 대한 가치관을 투영시키는 건 조금 다른 문제라고 생각을 해서요.

그러면 최근에 거절하신 작품은 어떤……. (웃음)

양심에 찔려서 교복을 못 입겠더라고요. 이건 정말 안 되겠다. (웃음) 그리고 예전에 관객분들이 좋은 평가를 해주신 작품 중에서도 다시 하려니 막상 선택하기 어려운 작품이 있었어요. 개인적으로는 그렇더라고요. 사회의 영향을 받아서 제 가치관이 계속 형성돼가는 것 같아요. 이 인터뷰를 수락한 이유도 그거예요. 대부분의 인터뷰를 하는 편이기는 한데, 작품 이야기를 하는 인터뷰 같은 경우에는 조금 꺼리고 두려워해요. 제 해석을 입으로 얘기하면서 연기하고 싶지 않거든요. 게다가 관객분들이 제가 생각한 걸 그대로 느껴주시면 다행이고, 다르게 느끼시더라도 그게 틀린 건 아니기 때문에. 하지만 이건, 배우이자 인간 고상호에 대한 이야기를 할 수 있는 자리니까요.

고상호는 늘 넘치게 잘하는 배우다. 그의 연기 앞에서는 '과유불급'이라는 말이 적절치 않다. 그가 무대에 서 있는 동안에 관객들은 숨을 죽이고 그를 바라보며, 극이 끝나야 숨통이 트이는 느낌을 받는다. 버림받은 개를 연기하든 빈정거리며 사람의 내면에 있는 악한 성질을 끄집어내는 비지터를 연기하든, 그는 극장 안의 공기를 조율할 수 있는 능력을 지닌 뛰어난 배우다. 그런 능숙함을 지닌 배우의 연기가 사실은 모두 계획된 그림 안에서 나왔다는 사실을 알게 된 지금, 조금 소름 돋지 않는가. 어떤 예술가는 가끔 이렇게 사람을 당황시킨다.

Never say never,
because limits , like fears,
are often just an illusion .

                   - 23. Jordan

           배우 고상호

07

여섯 번의 시험을 보고 연기를 전공하는 대학에 입학해서 마침내 서울예술단에 입단했다. 퇴단 전후로 꾸준히 활동을 계속해 왔고, 〔잃어버린 얼굴 1895〕, 〔윤동주, 달을 쏘다.〕, 〔곤 투모로우〕, 〔더데빌〕, 〔마리 퀴리〕, 〔미아 파밀리아〕, 〔듀엣〕, 〔랭보〕, 〔아이위시〕, 〔무인도 탈출기〕 등 수많은 작품에 출연했다. 큰 키에 얇고 긴 목, 조금은 슬퍼 보이고 처량해 보이는 눈매 같은 것들이 그를 어느 때는 망국의 왕으로, 어느 때는 스러져가는 조국을 서러워하는 시인으로 만들었다. 그리고 언제 그랬냐는 듯이 뻔뻔스러운 코미디를 해내기도 하는 이 배우의 이름은, 영수다. 평범해 보이지만 실은 하나도 평범하지 않은 박, 영수.

배우
박영수

"저는 결코

녹슬지 않을 거예요."

왜 본인을 인터뷰하는지 물어보셨잖아요. 인터뷰이에게 그런 질문은 처음 들어봤어요.

정말요? 보통 온라인으로 나가는 기사 인터뷰가 아니라 책이라고 하셔서, '내가 무슨 이야기를 할 수 있을지 나도 잘 모르는데 왜 날 하려고 하시지?' 그런 생각을 했어요. 사실 데뷔 초반에는 기자분들에게 많이 여쭤봤어요. 왜 저를 인터뷰하시는지. 다들 비슷한 대답을 하셨던 기억이 나요. "주목받는 신인이어서"라고…….

그럼 뭐라고 대답하셨어요.

감사하다고 했죠. 옆에서 좋은 이야기를 많이 해주신다고 해도 "아, 그래요? 감사합니다" 이러고 말아요. 성격상 남들의 평가를 별로 신경 쓰지 않는 것 같아요. 그때도 그랬어요. 달콤한 이야기를 별로 좋아하지 않아요. 그렇다고 쓴소리를 좋아하는 것도 아니지만. (웃음) 그냥 제가 제 길을 가는 게 가장 좋아요.

단점 같은 경우에는 다른 사람이 조금 더 객관적인 시선으로 봐줄 수도 있지 않나요?

정말 가까운, 깊은 관계를 맺고 있는 사람의 조언이라면 진심으로 들어요. 그렇지 않으면 사실은 좀 대충 듣는 편이죠. 웬만한 단점은 스스로 거의 다 알고 있다고 생각해서요. 좋은 소리든 쓴소리든 다 저를 위해서 해주시는 거니까 일단 듣고, 제 안에서 한 번 더 생각을 해보죠. 정말 저에게 필요한 칭찬인지 지적인지에 대해서. 그다음에 판단해요. 그래서 처음에 좋은 평가를 받았을 때도 별로 신경을 쓰지 않을 수 있었던 것 같아요. 연습만 했어요. 정말 오직 연습만, 연습에 관한 것만 신경 쓰면서 살았어요.

마스크 쓰고 이야기 나누기가 참 힘드네요. (웃음)

그러게요. 평소에 제가 예술이나 예술사, 아니면 역사 전반에 관한 책이나 전시 보는 걸 좋아해요. 그 시대를 살아갔던 예술가들이 어떻게 시대의 한계를 극복해나갔고, 그런 와중에 어떻게 현실을 예술적으로 표현해냈는지에 대해서 저도 고민을 하게 되더라고요. 나는 지금 어떤 시대를 살고 있는지에 대해서도 진지하게 계속 생각하고요. 우리가 마스크를 쓰고 1년 넘게 생활하고 있는 동안에 느낀 것들을 제가 공연에서 어떤 캐릭터를 만나 어떻게 표현할 수 있을까요? 배우라는 직업이 그런 고민들을 하게 만들어요.

예전에 그런 이야기를 들었어요. 처음부터 끝까지 모든 것을 혼자서 작업한 1인극을 만들고 싶어 하신다고요. 그게 목표라고.

일종의 로망이 있어요. 배우는 실상 선택되어져야만 하는 입장이고, 제가 만들지 않은 대본을 연기하는 거잖아요. 제가 연기를 하기는 하지만 어느 정도 작품의 틀은 다 갖춰진 상태인 거거든요. 그런데 예술이라는 범주 안에서 어떤 일을 하는 사람으로 남든지, 조금 더 자유롭고 크리에이티브하게 창작하는 사람이 되고 싶은 거죠. 지금도 그렇게 살고 계신 분들을 보면 동경하게 되고, 그래서 사진도 찍는 거예요. 제가 생각하는 것들을 카메라에 담을 수 있고, 제가 보는 시공간을 찍을 수 있으니까. 미술 쪽은 더 재미있어해요. 아예 처음부터 제가 모든 걸 창작할 수 있으니까요. 그런 것들에 대한 갈망이 있어요.

하지만 아직 영수 씨는, 선택받는 입장에 놓인 배우이신 거고요.

그래서 같은 대사를 하더라도 어떠한 상태로 그 대사를 표현하느냐가 배우의 몫이라는 거죠. 나는 이 인물의 어떤 걸 표현할 수 있는 사람일까 묻는 거예요. 어차피 대본은 정해져 있고, 자, 그러면 그런 대본을 가지고 나는 어떤 인물을 만들어내면 될까? 사실 대본이라는 건 배우들 각각이 바라보는 시각에서 너무 달라요. 소설책이 재미있는 것처럼, 대본도 딱 그 지점에서 재미가 생기거든요. 어차피 가고자 하는 방향은 다 정해져 있지만, 그 안에서 어떤 말을 좀 더 적극적으로 표현하고 인물의 성격이 드러나게끔 행동하고 강조하느냐, 그래야만 남들과 다른 게 보인다고 저는 생각해요. 배우가 할 수 있는 게 바로 그 부분인 거죠. 무대 예술은 그렇게 존재하는 거예요. 물론 그 과정에서 필요한 조율은 연출님과 함께하는 거지만요.

연출가와 생각했던 방향성이 다르셨던 적도 있겠네요.

〔듀엣〕이 조금 그랬어요. 저는 배우이다 보니 이 대본에서 다음 장면에 뭐가 나올지 아는 사람이잖아요. 그런데 개인적으로는 연기하는 기술에 있어서 다음 장면을 모르고 연기를 해야 한다, 그런 생각이 있어요. 끝까지 나는 다음 장면을 모르고 가야만 해요. 그렇지 않으면 연기가 정말 거짓말이 되어버린다고 생각하고. 하지만 이런 제 생각이 투영되기가 힘든 공연이 〔듀엣〕이었어요. 아주 오랜만에 이런 작품을 만났어요. 인물 간의 관계성에 있어서 또 두 사람이 만나서 끝까지 싸우

고 해결하면 된다고 생각했는데, 연출님은 버논이 여기에서 감정을 끝내고 다시 시작하는 과정보다 호기심이라는 감정을 계속 끌고 가야 한다고 하셨죠. 이런 게 재미있는 거예요. 제 생각과 다른 부분을 발견해나가면서 알아나가는 거요. 처음에는 '아니야'라고 생각했는데, 계속 대화를 나누고 대본을 보다 보니까 더 알게 되는 게 생기더라고요.

〔듀엣〕 이야기가 나와서 말인데, 사실 오래전에 만들어진 작품을 다시 무대에 올릴 때 어려운 점이 있을 것 같다는 생각이 들었어요. 예를 들어 지나치게 우유부단한 소녀의 태도라든가.

충분히 그럴 수 있죠. 지금 우리가 볼 때는 소녀의 마음과 태도가 이해되지 않지만, 저는 연기를 하는 입장에서 이해해야 하잖아요. 그 시대에는 이런 태도가 이해가 됐던 거구나, 하면서 하나씩 이야기를 만들어나가죠. 그런데 제가 요즘 읽고 있는 책이 미술사에 관한 책인데요. 원시 미술부터 르네상스, 바로크 등 시대를 쭉 훑으면서 딱 하나의 키워드를 발견했어요. 모든 게 사람으로부터 시작된다는 거예요.

모든 게 결국 사람의 이야기라는 거죠?

그렇죠. 태양왕의 자기중심적인 태도가 더 화려하고 절제되지 않은 뭔가를 만들어내고자 하는 후대 귀족들의 심리를 자극한 것처럼요. 예술은 결국 사람 이야기인 것 같아요. 그 시대는 대체 왜 그랬냐는 질문에 답을 주는 건 결국 사람이에요. 제가 〔윤동주, 달을 쏘다.〕를 했잖아요. 하지만 윤동주가 살았던 시대를 우리가 정말로 이해할 수 있나요? 역사를 배우면서 많이 들어온 시인의 이야기, 그 시인이 살던 시대, 그 이상을 이해하지 못한단 말이에요. 정보들은 많지만 100년 전의 상황을 우리가 어떻게 진심으로 이해할 수 있겠어요. 하물며 〔듀엣〕은 어떻겠어요. 오래전 외국의 사랑 이야기인데요.

하지만 배우는 무슨 수를 써서라도 '이해'하려는 데 집중해야 하니까요.

공연에 나오는 게 외계인은 아니니까. (웃음) 정말 우리와 다른 무언가에 대한 이야기가 아닌 사람의 이야기를 받아들이려고 애쓰죠. 그러면, 정말 이해하려고 하면 이해가 돼요. 배우듯이 연습해서라도 하면 돼요. 모든 상황들을 생각해보죠. 이 사람은 어떻게 살았을지 매일같이 생각해보고, 누굴 만났을까, 하루의 시작에서 바라보는 아침은 어땠을까 같은 거. 작가는 그렇게 쓴 게 아니라도 배우는 그렇게 해야 하죠. 그 사람의 일상을 생각해보지 않으면 절대 몰라요.

한 지인이 저에게 "배우는 그냥 텍스트의 전달자"라는 이야기를 한 적이 있어요. 물론 저는 여기에 반대하는 입장인데, 배우의 입장에서 들으면 화가 날 만한 이야기인 것 같았죠.

(한참 동안 다른 방향을 응시하다가) 그거는 명확한 방증이 있어요. (박)건형이 형이 표현하는 버논 거쉬와 제가 표현하는 버논 거쉬가 다른 것만 봐도 알 수 있잖아요. 누구를 데려다 놔도 다 다를 텐데? 배우가 단지 텍스트만 읽어주는 사람이라면⋯⋯. 그 말은요, "매일 보는 하늘은 같아"라는 말이랑 너무 비슷해. (앞에 놓인 대리석을 톡톡 치며) 이 대리석이 매일 같은 상태라고 말하는 거랑 똑같아요. 매일 똑같아 보일 수도

있지만, 이 친구는 매일 다른 공기와 마주하죠. 지금 제가 손가락으로 치면서 만들어낸 마찰력 때문에 변화를 겪었고. 느끼지 못할 수 있겠지만, 배우들은 단지 텍스트를 읽어주는 사람이 아니에요.

지금 생각하면 이상할 정도란 말이죠. 이런 재능과 열정을 가지신 분이 왜 여섯 번이나 시험을 봐야 했을까.

제가 못했던 시절이 있었던 거고, 교수님들 마음이기도 하고. (웃음) 그런데 저는 당락은 정말 신경이 안 쓰여요. 이거는 인생에서 제가 가장 크게 마음속에 새기고 사는 거기도 한데, 당락은 내가 정하는 게 아니라는 거. 그러니까 의미가 없는 거예요. 저, 학교는 여섯 번밖에 안 떨어졌어요. 오디션도 떨어진 다음 날 항상 연습만 했어요. 떨어진 다음에 내가 뭘 하는지가 중요한 거죠. 떨어진 거는요, 그냥 그날 하루 있었던 일에 불과해요. 그 하루 동안 누군가의 걱정과 위로를 받는 입장이 되는 것뿐이고요. 빨리 붙으면 좋죠. 하지만 제가 여섯 번째에 붙었다고 해서 다섯 번이 의미 없는 시간이 되나요? 아니거든요.

뭐든지 쉽게 좋은 결과를 기대하시는 성격은 아닌 것 같아요.

맞아요. 음, 배우라는 직업의 가장 큰 장점 중 하나는 시간에 구애를 받지 않는다는 점이에요. 좀 극단적인 예를 들면, 제 주변에도 이미 매체에서 유명해진 선배님들이 계시잖아요. 그거는 각자의 인생이라고 생각해요. 20대 때, 그러니까 지금보다 제가 조금 더 관심을 많이 받던 시절에 엔터테인먼트 회사들에서 달콤한 말을 많이 들었어요. 그런데 안 듣는 성격이니까 연습만 주야장천 한 거죠.

그렇게 해서 얻으신 것 중에 가장 의미 있는 건 뭔가요.

나 자신이요. 연습을 정말 많이 하면, 저 자신에 대해 조금은 더 잘 알게 돼요. 100%는 아니라도 조금 더 디테일하게 나의 모습을 발견할 수 있어요. 다른 사람들이 바라보는 내 모습과 내가 바라보는 내 모습 사이에 차이는 있겠지만, 교집합이 되는 부분에 대해서는 제가 스스로에 대해 더 많이 알고 있다고 생각해요. 그렇다 보니까 아무리 주변에서 달콤한 이야기를 던져도 제가 준비돼 있지 않다는 생각이 먼저 들고. 사람들 중에는 저보고 장점을 살려서 빨리 다른 일을 해보라고 하는 분들도 있는데, 제 성격이 그렇지가 못하죠. 하나하나 다 채워봐야 마음이 편해요. 마음도 채워야 하고, 머리도 채워야 해요. 명예욕이나 관심을 받고 싶다는 욕심은 생각보다 없어요. 아직은. 대신에 개인적으로 채우고 싶은 것들에 대한 욕심은 너무 많고요.

주변 분들이 더 조급해하시겠어요.

그러니까요. (웃음) 하지만 저에게 있어서 배우의 시간이라는 건, 빨리 성과를 이뤄야겠다는 것보다 조금씩 더 단단해져가야겠다, 여기에 가까워서요. 저는 바닥부터 하나씩 밟아왔고, 저보다 뛰어난 친구들이 연기를 그만두는 것도 너무 많이 봤어요. 그 친구들의 인생은 거기에 있고, 저는 여전히 여기에 있는 거예요. 제 일을 해나가는 거죠.

요즘 들어서 배우로서 특별히 어렵다고 느끼는 부분이 있으세요?

30대가 된 후로는 공연을 보는 게 너무 힘들어요. 계속 몸이 반응하고, 뇌가 반응을 해버리니까 정말 힘들어요. 외국 공연을 보면 오히려 편한데, 한국 공연을 보면 일이 되어버리는 듯한 느낌이죠. 20대 때는 그저 공연장이라는 곳에 대한 로망이 컸기 때문에 "와, 내가 오늘 또 새로운 걸 봤다!" 이러면서 좋아했거든요. 그런데 이제는 사실 좀 일이 되어버린 느낌이 있어요. 이런 말 있잖아요. 내가 꿈을 가지고 도전할 때와 정말로 그 일을 직업으로 삼는 건 너무 다른 거라고요. 책임감이 너무 커져서 하루에 한 번 공연하는 것도 정말 많이 신경이 쓰여요. 좀 버리라는 사람들도 있는데, 제가 못 그러나 봐요. (웃음)

웃고 계시기는 한데, 상상 이상으로 무거워요. 이야기가.

아이가 생긴 뒤로는 육아를 하다가 로맨틱 코미디나 〔미아 파밀리아〕 같은 작품을 공연하러 올 때 좀 힘들더라고요. 어디서 아빠의 정서가 묻어나버릴까 걱정도 되고요. 좀 더 얘기해보자면, 〔윤동주, 달을 쏘다.〕처럼 극단적인 감정까지 몰리는 공연을 한 뒤에 내가 제정신인가 싶을 때도 있어요. 그래서 배우들의 정신 건강에 대해 고민도 해보게 돼요. 분명 전환이 필요하거든요. 홀쩍 떠나버릴 때도 있어요.

연습량은 예전과 똑같으신가요. 워낙에 영수 씨 이야기를 하면 늘 연습 이야기로 끝을 맺어야 할 것 같은 느낌이라.

예전에 비해서는 조금 부족한 것 같긴 해요. 생활하는 환경 자체가 그러기 어렵게 바뀌었으니까. 그래서 지금은 조금 더 좋은 환경에서 질 좋은 연습을 하기 위해 노력하는 부분들이 있어요. 책도 요즘 들어 더 많이 읽고 있고요. 노래, 연기, 몸 쓰는 것까지 모두 다 결코 녹슬고 싶지 않아서 하는 거예요. 할 게 너무 많네요.

놀라워요. 초심을 잃지 않는다는 게 이런 거군요. (웃음)

처음부터 다짐했던 거니까요. 둔해지지 말자는 거. 최대한 내 감각을 예민하게 깨워두자고요. 그건 사실 나 자신에 대한 예의라고 생각해요. 예전에는 좀 고지식하게 '왜 저 사람은 나처럼 안 하지?'라는 생각을 하기도 했었는데요. 지금은 그런 생각 거의 안 해요. 유해졌죠. 그러면서 외쳐요. 저 사람은 안 할 수 있지! 너나 잘해!

녹슬지 않는 배우가 되겠다는 그의 다짐은 사실 특정 직업을 떠나 모든 사람들에게 해당되는 이야기일 것이다. 끊임없이 자신이 하고 있는 일의 가치를 고민하고, 고통스러운 순간에 맞닥뜨리더라도 나 자신을 잃지 않기 위해, 심지어 그 고통을 동력으로 만들기 위해 애쓰는 일은 어렵다. 그 재능조차도 타고난 박영수에게 부러운 마음이 들었다. 그는, 최선을 다해 살고 있었다.

08

『보건교사 안은영』, 『시선으로부터,』, 『피프티 피플』, 『지구에서 한아뿐』, 『목소리를 드릴게요』, 『옥상에서 만나요』, 『덧니가 보고 싶어』 등의 책을 썼다. 반가운 사람을 보면 얼굴에 함박웃음이 피고, 생기 넘치는 동물과 식물의 어떤 힘을 사랑하는 작가. 정세랑이 내민 손을 잡으면 언제든 판타스틱한 세계로 빠질 수 있을 것만 같은 기분이 든다. 현실과 판타지의 기묘한 경계에서 다시 힘을 얻고 싶어진다.

소설가
정세랑

"지구에서

행복하고 싶어요."

**제가 『보건교사 안은영』에서 좋아하는 부분이 있어요. "은영은 죽
겠다, 힘들다, 피곤하다를 입에 달고 살면서도 사실은 의욕이 넘치
는 보건교사였다."**

일하는 것 좋아하시죠?

네.

저도요. 아빠를 닮은 것 같아요. 지금은 은퇴하셨지만, 아빠가 일
을 굉장히 좋아하시는 분이었거든요. 그 성격을 그대로 닮았어요. 유전
자가 뭐기에 이렇게까지 지배당해야 하는 걸까요? (웃음) 삶과 일의 밸
런스가 그렇게 좋은 것 같진 않아서, 몇 년 동안 고민하고 있는 중이죠.
그런데 호기심이 많으니까 계속 새로운 거 해보고 싶어 하고, 안 해본
일 해보고 싶어 하고, 사람 만나는 거 좋아하고……. 이러니까 계속 일
이 생겨요. 딱 한 달만 바닷가에 살아봐도 진짜 좋을 것 같은데. 생각
하나도 안 하고, 계획도 하나도 안 하고.

안은영이 꽤 오랜 시간이 걸려서 완성하신 인물이라고 들었어요.

2010년에서 2015년까지 쓴 소설이라 처음 의도와 마지막 완성했을
때의 의도가 좀 달라졌어요. 처음에 단편으로 썼을 때는 제 현실이 많
이 반영돼 있었어요. 그때 투잡 중이었거든요. 낮에는 회사원이고, 밤에
는 글을 쓰고 하면서 20대 후반, 30대 초반의 어떤 열심히 일하는 여성
의 캐릭터를 담자는 생각을 했죠. 사실 직업적으로 다양한 여성 캐릭터
가 나온 지 그리 오래되지 않은 데다가, 캐릭터들이 사명감을 지닌 영
역에 충분히 이르렀다는 생각이 들지 않았어요. 그래서 책임감, 사회적

인 지위, 그에 따라오는 여러 가지 의무 등에 대해 가볍게라도 들어가 보자는 생각이 들었죠.

5년 뒤에는 어떤 변화가 일어났나요.

'어른은 무엇인가?'라는 질문을 스스로에게 던지기 시작했어요. 어떤 어른이 좋은 어른일까? 어떻게 하면 자기보다 약한 존재들을 지킬 수 있을까? 이런 질문들이 제 안에서 좀 더 강해지면서 후반부의 안은영이 완성됐어요.

안은영을 통해서 무엇을 퇴치하고 싶으셨던 건가요.

보이지 않는 어떤 부조리함이었어요. 너무 익숙해져서 안 보이는 부조리함 말이에요. 아주 전복적인 이야기는 아니지만 (웃음) 어떤 사리사욕 때문에 사람들을 이용하는 게 싫다고 분명하게 말하고 싶었어요. 공적인 것이 사적인 것에 의해 침해를 받을 때가 있잖아요. 작품 안에서 예를 들면 학교가 주술의 도구로 쓰인다거나. 이게 공공의 영역이고 잘 지켜져야 하는 영역인데 침해를 받을 때 그걸 방어하는 것. 그게 안은영의 역할이 아니었나 싶어요.

싫어하시는 게 뭔가요.

폭력. 폭력적인 걸 싫어해요.

소설에 나오는 도구들이 왜 아동용 장난감인지 이해가 가요.

네. 정말 칼을 들면 잔인해지니까.

그런데 실제로 총과 칼을 들게 하는 분들도 굉장히 많잖아요. 그걸 장난감 칼과 총으로 대체했다는 건, 특별한 이유가 있을 거라고 생각했어요.

인류한테 내재된 폭력성이라는 게 있잖아요. 개인적으로 그러한 폭력성에 대해서 고민을 많이 해요. 물론 안은영이 특별한 액션들을 선보이지만, 그 대상이 살아 있는 사람인 경우는 거의 없어요.

『보건교사 안은영』이 드라마로 만들어지는 동안 어떤 느낌을 받으셨나요.

일단 젤리에 대해 단순히 투명하고 끈적한 정도로밖에 생각을 안 해서 훨씬 컬러풀한 세계가 나온 게 재밌고 좋았어요. 텍스트에서는 괴물의 생김새가 크게 중요하지 않아서 머릿속이 뿌연 상태였는데, 알록달록하게 구체적인 세계로 그려진 게 매력적이라고 생각했어요. 그리고 무엇보다 각 분야의 전문가분들을 바라보는 게 신기하고 즐거웠어요. 예를 들어서 "이 디자인은 이렇게 가려는데 어떠세요?", "이 학교로 골랐는데 상상 속의 학교와 비슷한가요?" 이런 질문들을 저에게 해주시니까 재미있더라고요. 만들어진 후에는 번역하시는 분들도 고민이 많고, 홍보하시는 분들도 이런저런 신선한 아이디어를 내시는 걸 보고 '아, 이게 몇백 명의 사람이 함께하는 프로젝트구나'라고 실감할 수 있었죠. 작품 전체에서 제 지분은 줄어들었지만, 제 작품이 단계마다 다른 사람의 손으로 넘어가서 새로운 모습으로 탈바꿈하는 게 흥미로웠어요.

큰 유명세를 얻고 난 뒤에는 방송에도 출연하셨어요.

늘 새로운 경험을 하고 있어요. 현장이 궁금하고 뵙고 싶은 분들이 계셔서 한두 번 나가봤는데, 말하는 건 제 특장이 아닌 것 같아요. (웃음) 워낙 느리고 두서없이 말해서 편집된 부분이 많아요. 주변에서 많이 이끌어주시지 않았으면 큰일 날 뻔했어요. 순발력이 없는 편이구나, 깨달았어요.

그래서 글을 쓰시는 분일 수도 있죠.

맞아요. 시간 관리를 잘해야 글 쓸 시간을 확보할 수 있기 때문에 다른 활동을 거의 못 하는 것도 있어요. 그저 오래오래 생각해서 글을 쓰는 게 좋아요. 사실 작가 중에는 달변이신 분들도 많거든요? 즉흥적으로 시작해도 완벽할 정도로 매끄럽게 끝맺는 분들이 부러워요. 저 같은 경우에는 그보다 미리 생각해둔 게 있어야 주섬주섬 대답할 수 있는 타입인 것 같아요. 물론 노출되는 자리를 지나치게 피하면 그것도 할 몫을 하지 않는 게 아닌가 싶기도 한데, 그럼에도 불구하고 글쓰기를 가장 앞에 두려고 하죠.

글을 보면서 느꼈어요. 사람을 정말 좋아하시는 분 같다고.

아, 정말로 사람을 좋아해요. 진심으로 만나고 싶은 사람이 있을 때는 어떻게든 만나고 싶다, 이런 생각들을 자주 하는 것 같고요. 일단은 좋아하는 사람이 많기도 많더라고요. 주변 사람들부터 다른 작가, 배우, 가수…… 기본적으로 쉽게 애정을 느끼는 타입인 듯해요. 한번 좋아하면 계속 좋아하는 편이기도 하고요. 오래오래 계속 성장하는 모습을 보고 싶은 동시대 아티스트들이 많으니까 그런 애정을 늘 갖고 있나 봐요.

또 좋아하시는 건 뭐예요?

동식물!

글에도 좋아하시는 것들이 영향을 끼치나요?

아무래도 많이 끼치죠. 제 글 속의 세계를 생태주의적 관점으로 바라보는 측면도 거기서 나온 것 같고요. 꽃을 선물 받으면 오래 들여다봐요. 하나하나 특이하거든요. 가까이에서 여러 번 보면, 정말 어떻게 이런 디자인이 존재하나 싶어요. (웃음) 자연적으로 진화한 것도 있고, 사람들이 이파리를 풍성하게 만든 것도 있고 그렇잖아요. 기르는 식물들의 작은 변화를 발견해도 기분이 좋아지고요.

호기심이 많은 성격이신 것 같아요.

어떤 기계가 어떻게 돌아가는지, 처음 들어보는 직업은 어떤 직업인지, 내가 안 가본 도시는 어떤 모습일지…… 늘 궁금해요. 아까 바닷가에서 살아보고 싶다고 말씀드렸잖아요. 저는 바닷가에서 서핑도 더 배워보고 싶고, 매일매일 해가 뜨고 지는 것도 어떤 모습일지 보고 싶어요. 지금은 도시에 사니까 수평선, 지평선이 다 안 보이는데, 확 트인 공간에 살면 어떨지 궁금하거든요.

사실 바닷가 정도는 가실 수 있을 것 같은데!

사람을 너무 좋아하다 보니까 누가 재미있는 일을 제안하면 거절을 못 해요. 이게 저의 장점이자 단점인데, 평소 좋아하던 사람이 제안하면 귀가 얇아져서 쉬어가기로 했던 계획을 바꾸게 되는 거죠.

사람의 어떤 부분이 좋으세요.

모든 사람들이 다 아름답다는 건 아니에요. 마음 다칠 만큼 잔인할 때도 많죠. 그럼에도 지세히 보면 사람들이 아주 사랑스러운 순간이 있어요. 기본적으로는 사회를 좋은 방향으로 이끌어가려고 다들 관심을 갖고 이야기를 나누잖아요. 팬데믹 사태는 여전히 참혹함 속에 있지만, 좋지 않은 상황 속에서도 발현되는 이타성을 만나요. 공동체가 꼭 살아 있는 생물처럼 느껴질 때 자극이 돼요.

사람을 아주 오랫동안 천천히, 꼼꼼하게 뜯어보신 적이 있으세요?

아무래도 친구들을 그런 눈으로 봤던 것 같아요. 친구들의 영향을 크게 받아왔어요. 사실 친구라는 게, 우연으로 만나는 경우가 많잖아요. 같은 동네에 산다, 같은 학교에 다닌다, 친구의 친구다 그런 우연들. 하지만 오래 겪으며 한 사람이 어떻게 깊어져가는지 알게 되면 특별해지죠. '아, 저 사람이 저렇게 어른스러워졌구나', '저 사람이 저런 것에 관심이 있고 그걸 발전시키려고 노력하는구나', '저 사람이 주변 사람들에게 저런 태도를 보이는구나' 그런 것들을 보면서 시간이 쌓여서 빚어진 단단한 얼굴들을 마주하게 돼요. 어떤 입체적인 면들을 기쁘게 발견하게 된다고나 할까.

글에 친구들의 이야기도 많이 녹아 있겠네요.

아무래도 픽션이니까 흩어지고 재조합되어 있죠. (웃음) 자세한 정보들이 드러나는 경우는 없어도, 친구들의 고민이라든가 삶을 대하는 태도는 가운데로 스며드는 것 같아요. 예를 들면 어떤 나이대에 이르러서야 가질 수 있는 시야 같은 게 있잖아요. 그런 걸 공유하다 보니까 글이 저 혼자 쓰는 게 아니라 대화 같은 거구나, 생각하게 되었어요. 앞으로도 기대가 되는 게, 이 대화는 계속 이어질 예정이니까요.

가까운 친구를 나의 글 재료로 쓴다는 게 부담이 되는 일이기도 하실 텐데요.

저는 판타지를 많이 쓰니까 확실히 그런 점에서는 좀 부담이 적긴 해요. 리얼리즘 소설을 쓰는 분들은 아무래도 영향을 더 많이 받으실 것 같긴 한데, 제 경우에는 일단 친구들을 목성으로 보내거나 괴물로 만들기 때문에. (웃음) 그래서 친구들도 가벼운 마음으로 재미있어하는 것 같아요. 끝내는 괜찮아지는 이야기를 많이 쓰는 것도 그래서가 아닌가 싶네요.

판타지라는 장르가 지닌 이점이 뭐라고 생각하세요?

더 큰 이야기를 할 수 있다는 거요. 한두 사람에 대한 이야기가 아니라, 단위를 키울 수 있는 게 좋아요. 판타지는 어떤 세계의 조건 하나를 바꿔보는 거잖아요. 내가 사는 세계 전체에 대해 말하고 싶을 때 쓰기 좋은 장르인 거예요.

리얼리즘적인 방향성에서는 같은 이야기를 좀 더 직설적으로 전달할 수 있잖아요. 그런데 굳이 판타지를 선택해서 비유적으로 이야기를 전달하시는 이유는 무엇인가요.

거리감을 뒀을 때 잘 보이는 게 있으니까요. 『보건교사 안은영』이 판타지가 아니었으면, 르포 소설 같았으려나요? 같은 이야기를 하려고 해도 현실에 밀착해서 그리는 것과 몇 걸음 떨어져서 그리는 것은 다른 결과물을 가져와요. 판타지로 멀리 떨어져서 즐겁게 본 다음에 다시 거리를 좁히면 그 전괴는 다른 인상을 받기도 하고요.

그렇다고 현실과 괴리감이 있는 작품을 많이 남기신 건 아닌.

몇 편 있기는 한데, 거의 단편이죠. 아예 현실을 확 떠나버릴 때는 정말 읽고 쓰는 사람들의 즐거움만을 위해서 쓸 경우예요. 쾌감을 위한 거죠. 하지만 개인적으로 동시대인에게 의미 있는 이야기를 쓰고 싶다는 명확한 집필 방향성이 있어서 그렇게는 잘 안 쓰게 되더라고요. '지금 한국 사람들에게 그게 어쨌다는 거야?'라는 질문을 스스로에게 자주 던져서요. 이왕이면 비슷한 시대를 살아가는 사람들과 호흡하고 싶어요.

「Littor 릿터」에서 다른 작가분들의 인터뷰를 맡아서 진행하신 적이 있어요. 작가가 작가에게 궁금한 것은 무엇인가요.

한 작가가 마음속에 품고 있는 질문이 무엇인지가 늘 궁금해요. 그게 결국은 작가를 쓰게 만드는 동력인데요. 저 같은 경우는 '인간의 폭력성은 지금보다 나아질 수 있을까?'거든요. 어떤 작가님의 질문은 '세계가 어떻게 작동하는가'일 수도 있고, 또 다른 작가님은 '내면의 상처는 삶에 어떤 영향을 미치는가'일 수도 있죠. 항상 가장 오래 곱씹는 질문, 떠났다가도 다시 돌아오는 질문이 궁금하더라고요. 결국 작품이란 그 질문에 대한 답의 변주거든요. 그래서 작가들을 읽거나 만나면 탐색을 시작해요. 이 사람을 움직이는 질문은 뭘까.

더 나아진 세상은 어떤 모습일 거라고 생각하세요?

모든 것의 중심을 자기 자신한테 두지 않고 바깥으로 두는 세상이요. 중심이 너무 가까운 데 있어서 발생하는 문제점들이 많아요.

나에게 가까워져 있다, 그 말씀이시죠?

네. 나의 이익, 내 가족의 이익, 내 회사의 이익, 우리나라의 이익. 중심을 가까이 둘수록 시야가 좁아지기 쉽잖아요. 사람마다 가지고 있는, 혹은 공동체마다 가지고 있는 중심을 어떻게 멀리 둘 것인지 고민해봐야 해요. 이건 선함의 문제이기도 하지만 이제 나아가 생존의 문제이기도 한 것 같아요. 기후 위기의 시대는 좁은 현실 인식에서 비롯되기도 했으니까요. 이렇게 기술이 발전하고 정보가 잘 확산되는 세상에서도 여전히 우리는 스스로를 작은 원 안에 두곤 해요. 크고 복잡한 세계를 제대로 인식하는 일은 쉽지 않죠. 그리고 그 좁은 원을 넓히는 데 판타지와 SF가 어떤 역할을 할 수 있지 않을까 싶어요.

이제는 뭘 하고 싶으세요?

의미 있는 거요. 물욕은 없는데 쇼핑 욕구가 들 때가 있어서 그럴 때마다 조금씩 기부를 해요. (웃음) 얼마 안 되는 돈이라도 현장에서 활동하시는 분들에게 보내는 일이 정말로 즐거워요. 저는 지구에서 행복하고 싶어요.

지구에서 예술이 뭐라고 생각하세요?

한 사람이 자기 자신을 필터로 삼아서 세계의 정보를 걸러낸 결과물이요. 여기서 세계란, 자기가 아닌 바깥을 의미해요. 예술과 예술가가 따로인 게 아니라, 예술가 자체가 어떤 거름망이라고 생각해요. 사회에 대한, 감정에 관한, 사람들에 대한……. 주제는 계속 달라지겠지만 한 주제에 대해서 '나는 지금까지 내가 만들어온 내 삶으로 이렇게 걸러냈다'를 보여주는 게 예술인 거죠. 이때 어떤 사람이 얼마나 촘촘한지, 느슨한지, 구멍이 세모인지, 동그라미인지에 따라 걸러지는 정보가 다를 것 같아요.

결국 자기 자신이 도구가 되는 거네요.

맞아요. 자기 자신을 도구로 써서 정제된 것을 보여주면 그게 예술이 아닐까 해요.

정세랑이라는 예술가를 통해 걸러지는 정보는 어떤 모양을 지니고 있을까. 분명한 것은 사람의 형상을 띠고 있을 것이라는 점이다. 아니면 귀여운 동물, 혹은 싱싱한 식물. 다양한 인간 군상을 글로 풀어내면서 그는 자신이 좋아하는 사람들의 모습을 하나씩 환상의 영역으로 들여놓

고, 환경과 지구에 대한 고민을 곁들인다. 정세랑의 글이 엉뚱하고 다정한 이유가 여기에 있다.

밤새도록 낙들
잔뜩 안내지길요!

내일은가

09

〔올드위키드송〕, 〔귀환〕, 〔신흥무관학교〕, 〔쓰릴 미〕, 〔엘리펀트 송〕, 〔여신님이 보고 계셔〕, 〔뉴시즈〕, 〔가족이란 이름의 부족〕, 〔올모스트메인〕, 〔번지 점프를 하다〕 등에 출연했다. 드라마와 영화에도 종종 얼굴을 비춘다. 길고 깊은 눈매, 꽉 다문 입이 강단 있는 사람의 얼굴을 연기하도록 도와주며, 저 굳게 닫은 입에서 어떤 이야기가 나올지 자꾸만 궁금증을 자극한다.

배우
이재균

"아무것도 모르는 게

재밌는 거죠."

제대가 비교적 최근이에요. 제대 이후로 달라진 게 있으신가요.

예전에는 사실 입대에 계속 쫓기는 느낌이었는데, 이제는 드디어 군필자가 돼서. (웃음) 작품에 임하는 마음이 안정적이죠.

제대 후에 하신 작품 중에 〔올드위키드송〕이 굉장히 어려운 상황에서도 공연을 이어갔어요.

'두 자리 띄어 앉기'였기 때문에 30% 정도밖에 안 되는 자리에만 관객분들이 계셨어요. '이걸 계속해도 되나' 그런 마음이 들 정도로 참 복잡한 날들이었어요. 그래도 선생님들과 함께 공연을 하다 보니 배우는 게 참 많아요. 예를 들면 마음가짐 같은 것들. 45년씩 연기하신 선생님들이 아직도 저보다 더 떠실 때도 있어요. 저에게 "이 부분 어떠냐"고 항상 여쭤보시기도 하고요. 선배로서 후배들을 가르치려고 하시는 게 아니라 소통을 하려고 하세요. 정말 배우고 싶은 부분이에요. 공연을 그렇게 오래 하시다 보면 긴장도 안 하실 수 있고, 안 떠실 수도 있고, 후배들에게 해주실 말씀도 많을 텐데……

10년 정도 배우 생활을 해오셨어요. 처음에 어땠는지 생각나세요?

낯을 많이 가렸어요. 그래서 데뷔했을 때 선배들이 저를 어려워했죠. 그때 선생님이 한 분 계셨는데, 그 선생님보다 제가 더 어렵다는 이야기를 들을 정도로 말을 잘 안 했어요. (웃음) 그런데 시간이 좀 흐르고 형들과 계속 만나서 함께 작업을 하다 보니까 말이 술술 나오기 시작하더라고요.

연기할 때도 겁을 먹어본 적이 있으신가요.

음, 두렵다는 생각을 해본 적은 없는 것 같아요. 정신이 없을 뿐이었죠. 처음 배울 때부터 같이했던 사람들이 좋은 사람들이라 그런지, 오로지 제가 어떻게 하면 그 캐릭터처럼 될 수 있을지만 고민했어요. 내가 정말 이 캐릭터를 마음으로 느껴서 사람들에게 보여주고, 사람들이 내 감정을 고스란히 전달받을 수 있도록. 그러니까 나 스스로와 되게 치열하게 싸웠지, 외적인 두려움이 있었던 건 아니에요.

지금은 어떠세요.

똑같아요. 그때 어려웠던 것과 지금 어려운 것, 하나도 안 다르고 똑같아요. 지금도 처음 연기했을 때 하던 방식과 똑같이 다가가고 있다고 생각하는데, 언제나 생각하는 게 몇 년이라도 더 했다고 해서 연기는 잘할 수 있는 게 아니라는 거예요. 또 그 시기에 어떤 배역을 맡느냐에 따라서도 느낌이 많이 달라지는 것 같아요. 나와 딱 맞아떨어지는 배역을 만날 수도 있고 아닐 수도 있는 거거든요. 항상 새롭고 항상 처음 같은 느낌이죠.

그때나 지금이나 고민하시는 게 별로 달라지지 않았다는 게 인상적이네요.

그때도 그렇고, 지금도 그렇고 완벽하지 않아서 그래요. 수학 문제 같은 건 계산해서 답을 찾아갈 수 있는데, 배우가 꺼내놓는 문제들에는 답이 있지 않으니까 완벽해지려야 완벽해질 수가 없죠. 누군가에게는 제 연기가 맞는 답일 수도 있고, 누군가에게는 틀린 답일 수도 있잖아요. 그래서 옛날이나 지금이나 똑같은 것 같아요.

재균 씨 원래 성격은 어떠세요.

어릴 때는 어두운 편이었어요. 그러다가 연기하기 시작하면서 조금씩 밝아졌어요. 낯 가리는 건 여전하지만, 그래도 많이 쾌활해진 편이에요. 술이 들어가면 텐션이 조금 더 높아지고. (웃음)

무대에서 애드리브를 거의 안 하는 배우예요. 늘 차분하시다는 생각이 들죠.

맞아요. 저는 애드리브를 거의 안 해요. 연극 대본은 이미 너무 완성된 경우가 많아서 사실 내가 무언가를 넣고 더하는 것들이 필요하다는 생각이 잘 안 들어요. 그런데 드라마나 영화를 찍을 때는 많이 넣는 편이에요. 많이 넣어야 할 상황들이 생기기도 하고요. 매체 연기 같은 경우에는 감독님과 이야기를 하면서 '이러이러하면 더 잘 살겠다'는 방향성을 만들어가는 느낌이 더 강하죠.

최근에 영화도 계속하고 계시잖아요. 개인적으로 만들어낸 설정들이 있으신가요.

〈세트플레이〉라는 독립 영화가 하나 개봉했는데, 소설이 원작이에요. 사실 대본상에는 길거리를 돌아다니면서 먹는 장면 같은 게 없었는데요. 제가 맡은 친구가 집에서 밥도 잘 안 챙겨주고 하니까 "밥이 좋아"라고 말하는 대사가 있거든요. 그것 때문에 감독님과 상의를 했어요. 계속 입에 뭔가를 넣고 있으면 어떻겠냐, 혼자 있을 때나 길을 돌아다닐 때나. 원래는 그냥 걷는 신인데도 뭘 입에 넣고 계속 먹으면서 걸었어요. 그리고 저는 소품이나 의상을 활용해서 캐릭터를 표현하는 걸 정말 좋아하는데요. 예전에 〔가족이란 이름의 부족〕이라는 연극을 할 때 의상이 되게 특이했거든요. 청각 장애인 역할이라 수화를 해야 했는데, 당시에 입었던 옷이 (이마에 손을 올리며) 목은 이만큼 올라올 수 있고, 팔 길이도 아주 길어지는 옷이었어요. 그 옷을 입고 나니까 연기가 굉장히 많이 바뀌더라고요. 제가 그 의상을 입고 나서 액션이 바뀌는 걸 느끼니까 재미있었죠.

사실 매체에서나 무대에서나 밝은 역할로 재균 씨를 만난 경우가 드물었어요.

최근에 〈샤크〉라는 영화를 하나 찍었는데요. 거기서 유일하게 밝은 역할이었어요. (웃음) 소년원에서 벌어지는 일을 다룬 작품인데, 거의 처음으로 밝은 역할을 맡은 거죠. 그 작품을 하면서는 진짜 대본을 새로 썼다 싶을 정도로 계속 변화를 췄던 것 같아요. 매 테이크마다 대사도 다 다르게 하고요. 아주 재밌는 작업이었어요. 신기하기도 했고요.

밝은 역할 해보시니 어때요? (웃음)

생각보다 잘 맞는 것 같아요. '나도 코미디를 할 수 있겠다'는 생각도 들었고요. 저 사실 특별한 사건 없이 되게 평범한 상황을 연기하는 게 정말 재미있거든요. 그냥 지금 저희 둘이 이야기하고 있는 상황 같은 거요. 그런데 그동안은 힘을 세게 줘야 하는 역할들만 들어왔으니까……

그럼 힘드셨을 수도 있겠네요.

힘들 때가 있기는 한데 그 힘든 게 재미있어서 계속하는 거기도 해요. 그 역할을 맡기로 결정했으면 안 맞는다고 말할 게 아니라 맞춰야 한다고 생각하죠. 엄청나게 힘들어도 결국에는 거기에 제가 맞춰지던데요? 그런데 정말 힘들었던 적이 있어요. 군대 가기 전에 찍었던 독립 영화가 한 편 있는데, 그 작품도 상당히 폭력적이었어요. 거기에 집중하려고 '어떻게 하면 이 애를 더 괴롭힐 수 있을까?' 이런 생각을 온종일 했거든요. 와, 잠자다가 오한이 오고 가위에 눌리더라고요. 누군가를 계속 괴롭히는 상상을 종일 한다는 게 심리적으로 너무 힘든 일이었어요. 분명히 다른 방식으로 연기하는 배우분들도 계실 텐데, 저는 늘 캐릭터에 이런 식으로 다가갔기 때문에 다른 방법을 잘 몰랐던 거죠.

계속 상상을 하시면서.

어떻게든 조금 더 이해하려고 했던 것 같아요. 이해를 많이 할수록 대사 하나하나를 더 제대로 구현해낼 수 있잖아요. 얘가 이 말을 왜 하는 건지 그 심연을 놓치지 않을 수 있는 거예요. 제가 사실은 (히스토리 보이즈) 초연을 할 때, 처음에는 포스너가 하는 대사를 하나도 이해하지 못했어요. '도대체 이 순간에 왜 이런 대사를 하는 거지?', '이 순간에 왜 웃지?' 하루 종일 이 생각을 하고 다녔단 말이에요. 그러다가 지하철을 기다리고 있는데 앞에 유대인에 관한 조그만 서적이 하나 있더라고요. 혹시 몰라서 그걸 봤어요. 그 책에서 유대인 포스너에 관한 많은 것들을 발견했어요. 책에서 읽은 유대인의 민족성에 대한 요소들이 포스너란 캐릭터에 아주 조금씩 다 녹아들어 있더라고요. 그 애가 고통을 표현하는 방식도 이해가 됐어요. 제가 그런 과정을 거치지 않고 연기했다면 아마 포스너는 굉장히 다른 캐릭터가 되었을 거예요. 그러니까 어떻게 해서든 이해하려고 상상하고, 이해하려고 고민해요. 어디선가 발견한 하나가 무척 큰 변화를 가져올 수 있으니까.

그러고 보니 〔히스토리 보이즈〕의 포스너는 재균 씨의 잔상이 굉장히 강한 캐릭터로 남았어요.

사실 2020년에는 데이킨을 제안받았어요. 그런데 그새 촬영이 있었거든요. 촬영하면서 데이킨을 새로 만나고 연습을 해나간다는 게 불가능할 것 같더라고요. 그렇다고 포스너를 다시 맡으면 어릴 때 나왔던 예전의 그 느낌을 다시 낼 수 있을 것 같지 않았고요. 고민하다가 결국에는 포스너를 다시 선택했어요. 예전에 제가 유일하게 해결하지 못했던 2막 1장을 다시 해보려고요.

성인이 된 포스너가 어윈 선생을 찾아가서 사인을 해달라고 하는 장면이죠?

맞아요. 머리로는 이해했는데 (가슴 쪽을 가리키며) 이쪽으로 오는 게 많이 없어서 아쉬운 순간들이 많았던 신이죠. 결과적으로 다시 해보고는 아주 만족스러웠어요. 이번에는 저 나름의 답을 찾았던 것 같아요. 아니, 사실은 포스너를 홀홀 턴 것 같아요. 더 이상은 하지 않을 거예요. 이제 저도 넘겨줘야죠.

데이킨처럼 안 해보신 역할에 대한 궁금증이 생기진 않나요?

옛날에 〔번지 점프를 하다〕를 할 때 저는 현빈이를 맡았었어요. 그런데 (강)필석이 형, (성)두섭이 형 등이 다 인우를 했잖아요. 진심으로 정말 궁금했어요. 나를 지금 진짜 자신의 첫사랑인 태희로 보고 있는 건가? 현빈이도 되게 어려운 캐릭터였는데, 인우도 진짜 어려울 것 같았어요. 지금도 생각해봐요. 나라면 어떨지. 저도 나중에 해보고 싶은 역할이에요.

10년 동안 해오면서 그만큼 나이도 드셨어요.

(한참 고민하다가) 알고 있는데, 계속 몰라야 할 것 같은 기분이라고 해야 하나. 나이를 먹을수록 아는 게 많아지잖아요. 그런데 뭔가를 알고 있다는 게 굳이 좋지만은 않은 것 같아요. 의식적으로 지우고, 옛날처럼 생각하려고 노력하는 이유예요. 이게 맞는 표현인가요?

틀린 게 어딨나요.

배우로서도 너무 아는 게 많아지면 결국에 선입견이라는 게 생겨버리니까요. 인물을 표현할 때도 그림이 바로 그려져버리면 너무 재미가 없어요. 아무것도 모르는 게 재밌는 거죠. 이게 어떻게 흘러가서 내가 어떤 식으로 표현하게 될지 굳이 알고 싶지 않아요.

재균 씨는 왜 배우를 하시는 거예요?

아무리 많이 해도 지겹다는 생각이 안 들어서요. 재미있어서요.

"재미있어서요." 이 한마디는 어디선가 많이 들어본 평범한 대화의 한 토막 같지만, 막상 지나가는 누군가를 붙잡고 물어보면 자신이 하고 있는 일을 "재미있어서" 한다는 사람은 흔치 않다. 하지만 이재균을 비롯한 많은 배우들이 자신이 계속 배우를 하고 있는 이유에 대해 같은 대답을 내놓았다. 턱을 괴고 이재균을 바라보며 그들의 얼굴을 하나씩 떠올렸다. 의자에 기대서 다른 어떤 말도 덧붙이지 않는 그를 보며 새삼 부러워졌다가 내가 왜 이 자리에 앉아 있는지 떠올랐다. 재미있어서요.

전

행복하진 않지만

불행하지도 않아요.

이재훈

10

〔그리스〕, 〔헤드윅〕, 〔HOPE : 읽히지 않은 책과 읽히지 않은 인생〕, 〔여신님이 보고 계셔〕, 〔머더발라드〕, 〔록키호러쇼〕, 〔시라노〕, 〔검은 사제들〕 등 여러 작품에서 활약했다. JTBC 〈팬텀싱어〉를 통해 대중에게도 많이 알려졌지만, 여전히 무대 위에서 노래하고 몸을 움직이는 그의 모습은 그 전이나 후나 크게 다르지가 않다. 제4회 한국뮤지컬어워즈에서는 남우 주연상을 수상했지만, 역시나 조형균은 조형균이라는 배우로 남아서 무대를 지킨다. 그게 얼마나 쉽지 않은 일인지, 알 사람은 다 안다.

배우
조형균

"같이 일했던 사람들이

다시 찾는 사람이 되려고요."

오늘 예술가 조형균 씨의 인터뷰를 하는 건데…….

아, 예술이라고 하면 왜 이렇게 부담스러워지지? (웃음) 되게 무게감 있게 느껴져요. 왠지 예술가라고 하면 정말 대가들에게나 붙는 말 같고, 저는 그냥 뮤지컬 배우.

형균 씨의 기준에서라면 예술가라고 불릴 분들이 몇 분 안 계시는데요. (웃음)

그러면 듣기만 할게요. 사실 제가 여태까지 살면서 몇 번의 전환점이 있었어요. 첫 번째가 원래 부산에서 살다가 처음으로 서울에 전학 와서 연극이라는 걸 하게 됐을 때, 두 번째가 군대 다녀와서 앙상블로 계속 활동하다가 배역을 맡고 싶은데 잘 안 됐을 때, 세 번째가 배역을 맡았는데 생각했던 것만큼 성과가 나오지 않아서 서른 살 때 관두려고 했을 때. 이렇게 세 번이 있었거든요. 너무 그럴 법해서 예술가라는 이야기가 부끄럽나 봐요.

힘들었던 시기들을 전환점으로 꼽으시네요. 그때 느낀 게 많으셨나 봐요.

내 안에서 시작된 슬럼프는 아니었고, 열심히 해도 잘 안 되는 그런 시기가 있잖아요. 별거 안 해도 잘될 때가 있는데, 정반대로 아무리 뭘 해도 안될 때요. 그때 한번 이 직업에 대해 다시 생각을 해봤어요. 그 위기를 지나고 나니까 쭉 잘 살고 있어서 다행인 정도죠. 참 희한한 게, 당시의 저는 나름대로 굉장히 치열하고 드라마틱하다고 생각했거든요? 그런데 지나고 보면 남들보다 대단히 드라마틱한 흐름은 아니었던 것 같아요.

그럼 드라마틱했다고 말할 수 있는 순간은 있으신가요.

기억나는 순간은 있어요. 제가 비보이였다가 우연찮게 연극 동아리에 들어가게 됐어요. 거기 노래를 굉장히 잘하는 형이 있었는데, 그 형이 한국예술종합학교 연극원에 들어간 거예요. 그때 뮤지컬이라는 걸 처음 알게 됐죠. 그런데 형이 수시로 붙고 나서 입학 전까지 아르바이트로 어린이 뮤지컬을 하다가 사고로 돌아가셨어요. 발인하고 이틀 뒤에 제가 꿈을 꿨는데, 형이 "야, 나는 네가 뮤지컬을 좀 했으면 좋겠다" 그러시는 거예요. 그때부터 수능 점수 비중이 높지 않은 학교를 막 찾아봤어요. 그 전까지는 대학교 지원을 안 했었거든요.

그렇게 뮤지컬을 하시게 된 거라고요? 놀랐어요.

심지어 연극과를 지원했어요. 그런데 당시에 뮤지컬과가 학교에 막 생긴 거죠. 교수님 한 분 밑에서 두 개의 과가 모두 수업을 받는 2과 1체제였는데, 그걸 알고 뮤지컬과 선배들이 제 서류를 바꿔치기해서 뮤지컬로 접수를 시켰어요. 실제로 접수시킨 그 형들도 여전히 활동하고 있죠. 듣는 사람의 관점에 따라서는 드라마틱한 이야기죠?

서른 살에는 왜 포기하려고 하셨던 건가요?

앙상블을 열심히 하고 있었어요. 지금은 뮤지컬 쪽도 매니지먼트나 회사가 많아서 배역을 따낼 수 있는 기회가 좀 늘었는데, 당시에는 안 그랬거든요. 1세대부터 3세대 선배님들이 완전히 꽉 잡고 있던 시기였어요. 그때는 앙상블을 열심히 하다가 커버를 하게 되고, 메인이 되고 이런 시스템이었죠. 그러다 처음으로 배역을 맡았는데 목이 안 좋아져버린 거예요. 당시에 충무아트홀 대극장에서 〔그리스〕의 두디 역을 맡아서 하는데, 이 작품은 커버가 없어요. 그래서 이 작품 하나 하고 1년을 쉬었죠. 앙상블 하면서 공연 전에 아르바이트하고, 공연 끝나면 대리 운전하고 이런 식으로 돈을 벌어서 버티다가 겨우 배역을 맡았는데 목이 안 좋아져버리니까……. 1년을 쉬면서 마음이 너무 안 좋았죠. 집에도 눈에 보일 만한 결과를 보여드려야 하는데 마음대로 안 되고. 정규직도 아니고, 4대 보험도 안 되는 직업이니까.

그러다가 〔여신님이 보고 계셔〕라는 작품을 만나신 거군요.

소개받은 작품들을 하긴 했는데, 뭔가 제가 성장하는 느낌이 들진 않았어요. 계속 어딘가 한곳에 멈춰 있는 느낌이었죠. 그러다 서른 살에 딱 그 작품이 들어온 거예요. 그때는 제가 인기와 명예를 너무 좇았던 시기였어요. 그 상태로 이 작품에 들어가서 형들이 연기하는 모습을 봤어요. 내가 어리석었다는 게 느껴지더라고요. '와, 내가 이 사람들의 연기 실력, 노래 실력의 반도 못 따라가는데 이 실력으로 인기를 누리고 싶어 했구나.' 내가 이 정도 실력으로 일이 안 풀린다면서 투덜델 게 아니었죠. 그 작품 덕분에 욕심을 많이 내려놓았어요.

서른 살쯤에 많이들 겪는 시행착오 아닐까 싶어요.

보통 사회생활을 하는 사람들에게도 서른이라는 나이가 크게 다가오잖아요. 사회적으로 뭔가를 해내야, 어떤 위치가 돼 있어야 할 것 같은데 현실은 그렇지 않다 보니까. 저보다 훨씬 더 나이가 많은 형들에게 물어보면 다들 그래요. "나도 그랬어."

더군다나 직업이 직업이다 보니, 인기나 명예 등 하나쯤은 욕심내실 수도 있었을 거예요.

이 말에 거부감을 가지실 분들도 있겠지만, 어쨌든 배우는 상품이 잖아요? 상품이고, 그 상품에는 분명 인지도라는 개념도 존재할 것이고, 질이 얼마나 좋은지도 중요하게 평가될 부분이 있을 거고요. 다민 우리는 물건이 아니라 사람이기 때문에 이 사람의 인성이 어떤가와 같은 질문이 늘 따라붙고, 그만큼 복합적인 상품이 되는 거예요. (여신님이 보고 계셔) 이후에 생각했어요. 그냥 좋은 배우가 아니라 좋은 사람이 되자고요. 관객들이 찾는 배우? 그러면 너무 좋죠. 그건 누구나 꿈꾸는 건데요. 만약에 그게 안 되더라도, 같이 작업했던 사람들이 찾는 배우가 되자고 다짐했어요. 마인드를 바꾼 거죠.

주변에서 좋은 예를 많이 보셨나 봐요.

제가 보고 들은 것, 지금 다짐한 게 정답이 아닐 수도 있겠죠. 하지만 제가 존경했던 형들이 결국은 굉장히 잘되고, 저를 다짐하게 만든 그런 멋진 배우의 모습으로 삶을 유지하고 있는 걸 보면 괜찮은 것 같아요. 확고하게 내 결심을 유지해나가는 게 맞지 않나.

배우분들이 인터뷰에서 인성에 대한 이야기를 많이 하시더라고요.

무대는요, 연습하다 보면 보여요. 관객은 모를 수도 있지만.

앙상블 시절의 느낌, 기억하시나요.

완전히 생생하게요. 그때 어리기도 해서 질투도 많이 하고, '나는 그냥 그림인가?'라는 부정적인 생각도 많이 했어요. 그래서 오기로 했던 것 같아요. '내가 진짜 되고 만다' 이런 마음으로요. 지금 생각해도 그게 후회되지는 않아요. 당시에 내가 할 수 있었던 최고의 감정 소비였으니까. 아무것도 모르고 공연하던 시절이라 지금 생각해도 제일 재미있었고요. 3초 만에 옷 갈아입어야 하고, 바로 튀어나와서 춤춰야 했으니 다른 생각을 할 겨를이 없었어요.

앙상블에 대한 시각이 달라졌다는 점도 느끼실 것 같아요.

사실 아직도 대부분의 대극장 작품에서는 변하지 않은 느낌이 있긴 해요. 하지만 인식이 많이 달라진 건 사실이죠. 옛날에는 정말 메인 캐스트만을 위한, 메인 캐스트를 보기 위한 공연 관람, 이 느낌이었거든요. 그래서 서운한 게 참 많았어요. "우리는 앙상블이니까……." 이런 식으로 얘기하는 마인드도 강했고요. 요즘에는 관객분들이 앙상블을 예전보다 소중하게 여겨주시고 팬덤도 많아요. 하지만 제일 중요한 건 메인 캐스트도 앙상블과 관계를 맺는 법이 달라졌고, 앙상블을 바라보는 시각이 변했다는 점 아닐까 싶죠. 사실 저도 앙상블이란 말조차 잘 안 해요. 그냥 원 캐스트라고 하죠. 제가 앙상블을 할 때 메인, 앙상블로 나누는 게 아니라 "우린 하나야!"라고 가르쳤던 형들이 있어요. 그 형들 덕분에 저도 '나중에 메인 캐스트가 되면 동생들부터 챙겨야지' 이런 마음을 갖고 일하게 됐고요. 사실 앙상블 진짜 힘들어요. 지금도 힘들고요. 대사 한마디 제대로 하려고 정말 열심히 연습하고.

계속 눈에 밟히실 수밖에 없을 것 같아요.

요즘 메인 캐스트는 원 캐스트가 아니고 더블, 트리플, 쿼드 이런 식이잖아요. 앙상블 친구들은 매일 극장에 와서 일하는데, 그래도 제가 오는 날만큼은 재미있었으면 좋겠다고 생각해서 장난도 많이 쳐요. 만약에 아직도 위계질서가 심해서 막내는 맨날 바닥 닦아야 하고 이러면 극장 올 때 얼마나 힘들겠어요. 그러면 개는 자기 실력을 펼쳐보지도 못하고 관둘지 모르잖아요.

저는 가끔 그런 생각을 해요. 배우들은 인성도 연기할 수 있지 않을까. (웃음)

그렇죠. 그런데도 눈빛에서 보여요. 정확하게 말해서 연기라는 건 결국은 거짓말이잖아요. 그럴듯하게 하는 것, 그럴듯하게 보여주는 것이란 말이죠. 그래서 자기 모습을 돋보이게 하려고 무대에 서는 배우가 있는 반면에, 절대적으로 상대방을 빛내기 위해서 상대방에게 계속 에너지를 주고 결국에 시너지를 만들어내는 배우가 있어요. 여러 종류의 배우들이 있지만, 연습하다 보면 약간이라도 느껴져요. 저 배우가 어떤 성향의 사람인지.

원래 성격은 어떠세요.

원래도 좀 밝은 걸 좋아해요. 뭐, 굳이 화낼 필요가 있나. 순간순간 화가 나기도 하는데 집에 가서 정화하고. 사람이 웃기잖아요. 오늘 싫다가도 내일 좋고 그렇죠. 물론 가끔 이럴 때도 있어요. 스스로 계속 긍정적인 사람이 되자, 좋은 사람이 되자고 되새기면서 사는 거지 제가 태어날 때부터 성인군자도 아니고……. (웃음) 계속 이런 마음을 안고 가다 보니까 사실 그 다짐 때문에 상대방에게 도리어 상처받을 때도 많아요. 나는 이만큼 진심으로 대했는데 저 사람은 100에서 30만 주는 것 같고. 이럴 때 스스로에 대해 속상한 마음이 생기더라고요. 몹쓸 마음이죠. 사람은 다 다른 건데, 전부 내 기준에 맞출 수 없는 건데.

많은 감정을 연기하시다 보면 현실이 가끔 심심하게 느껴지진 않을까, 그런 생각도 해요.

심심하다기보다 되게 공허해요. 배우들 보면 공연 끝나고 집에서 술 마시는 사람도 많은데, 그게 삶이 고되기 때문이 아니라 그냥 공허한 마음이 생겨서 그런 경우가 많거든요. 분장실에서 시끌벅적하게 있다가, 또 관객들 앞에서 노래하고 박수받고 난 뒤에 집에 혼자 오면 너무 적막하잖아요. 그럴 때 오는 공허함이 있죠. 사실 배우들뿐만 아니라 모든 사람은 관심받는 걸 좋아할 텐데, 배우들은 관심을 받아야 하는 게 직업이다 보니 그게 익숙하지가 않죠. 집에 왔을 때의 고독함은, 불과 한 시간 사이에 삶의 모습이 완전히 달라지는 거니까. 그런데 이게 우울함과는 달라요.

가끔 우울해하시는 연예인분들을 보는데, 가수분들에 비해 상대적으로 배우분들은 좀 더 감정을 쏟아내면서 스스로의 상태를 컨트롤할 수 있게 만드시더라고요.

공연은 매일 하잖아요. 매일 하니까 우울함을 느낄 필요가 없는 것 같아요. '야, 오늘 공연 뭔가 되게 좋았던 것 같다', '오늘 걔 진짜 웃겼는데' 이렇게 스스로 체크를 하거나 무대 에피소드 같은 걸 떠올리면서 혼자 생각을 정리하는 시간이 공허함의 시간인 거죠. 한숨 푹 자고 다음 날 또 나오면 또 재미있거든요.

아직도 공연 날이 재미있게 느껴지세요?

사람들을 볼 수 있는 시간이 길어야 4개월이잖아요. 재미있을 수밖에 없어요. 개인적으로는 같이 공연하는 사람들끼리 분장실에서 떠드는 시간이 제일 재미있어요. 계속 농담이니 하다가 "어우야, 거기서 그렇게 해도 되겠다!" 하고 극에 대한 아이디어가 갑자기 나오기도 해요.

살면서 제일 중요하게 생각하시는 것은 무엇인가요.

저는 사람, 특히 우리 같은 직업군은 사람이 제일 중요한 것 같아요. 소극장부터 대부분 2인극 이상이잖아요. 그리고 특수한 경우에 1인극을 하더라도 그 한 명을 빛내기 위한 스태프들이 무척 많고요. 결국은 그런 거 아닐까요. 사람과의 어떤 신뢰나 관계가 중요해야 작품에 대한 기억도 좋게 남을 거예요. 공연이 안 좋을 수 있죠. 재미가 없을 수도 있고 작품의 완성도가 떨어질 수도 있어요. 하지만 그건 관객들이 평가할 몫이고. 단, 그 안에서 우리끼리 잘해보자고 한 상황이었다면 얘기가 다르죠. "작품 잘 안됐어도 그때 뜨거웠지." 이게 낫지 않아요?

이제 여쭤볼 때가 된 것 같아요. 어떤 사람이 형균 씨가 되시고픈 좋은 사람인가요?

"걔 어때?"라고 물어봤을 때 "어?" 하고 한 번쯤 고민하게 되는 부분이 없는 사람이요. 그리고 제가 나이를 더 많이 먹고 나서, 누군가 제가 없는 자리에서 작품 얘기를 나누다가 "형균이 걔랑 작업할 때 진짜 재밌었는데"라고 추억해주면 좋겠어요. 그걸로 만족해요.

검은색 코트를 입고 온 그에게서는 무대 위에서 그를 만났을 때보다 좀 더 어른의 느낌이 났다. 당신을 편하게 해주지 못하는 것은 아닌지 걱정하는 나에게 "지금 무척 편하게 얘기하고 있는 것"이라며 안도를 주어 고맙기까지 했으니까. 과장 하나 없이 이야기를 끌어가면서도 그는 상대를 웃게 만들었고, 그저 그런 2030 세대의 실수와 앞으로의 바람을 이야기하면서도 고개를 끄덕이게 만들었다. 늘 안정감을 주는 배우의 특징이 무엇인지 알 것 같았다. 계속 이런 모습으로 그가 무대에 설 것이라고 생각하니 또 한 번 안도의 마음이 들었다.

넌 충분하다.

넌 살아 냈다.

늦지 않았다. -배우 조형균-

11

「작은 것들의 신」, 「1Q87」 등의 앨범을 발표했고, 많은 아티스트들과의 협업을 시도했다. Mnet 〈고등래퍼〉, tvN 〈놀라운 토요일〉 등에 출연하며 인지도를 높였고, 그 바람에 지금은 "방송을 하면서 음악을 한다는 게 쉬운 일이 아닌 상황"에 봉착해 있다. 이런 상황에 그는 어떤 생각들을 하고 있을지 궁금해서, 어느 날 라디오 게스트로 만난 김에 이 인터뷰에 참여해달라고 부탁했다.

음악가
넉살

"개인적인 걸 모두가 느낄 수 있게,
모두가 느끼는 걸 지극히 개인적이게."

예능 프로그램들을 통해서 제가 음악으로 접한 넉살 씨의 성격보다 훨씬 재미있는 분이라는 걸 알게 돼서요. (웃음) 어릴 때는 어떤 아이였나요.

평범한데, 학교 가면 좀 웃긴 애? (웃음) 4남매라서 학교 끝나고 집에 가면 바글바글했죠. 음악은 누나들 덕분에 좋아하게 됐어요. 음악 방송도 같이 보고, 힙합도 누나들이 좋아하니까 되게 어릴 때부터 접할 수 있었고. 6학년 때였나, 허니패밀리나 드렁큰 타이거 앨범 같은 게 눈에 띄니까 가져다 듣고 그랬죠. 중학교 때는 비보이 만화책이 유행하면서 친구들끼리 브레이크 댄스도 추고 그랬고요. 고등학교에 올라가서 랩 음악 가사를 써보기 시작했어요.

가사를 쓰기 시작하신 계기는 무엇인가요.

계기란 게 뭐라고 딱 말하기 애매해요. 원래 힙합 음악을 좋아했으니까 자연스럽게 쓰게 된 거죠. 중학교 때 찬수라는 애가 있었는데, 그 친구네 집에 외국 힙합 앨범이 엄청나게 많았거든요. 찬수의 형이 Mnet에서 방영 중이던 〈힙합 더 바이브〉라는 프로그램에 나가서 그 집에 우리가 접할 수 있는 게 정말 많았죠. 음악도 듣고 외국 잡지도 보다가 우리도 가사를 한번 써보자 싶더라고요. 그때부터 비트를 구해서 써보기 시작했어요.

워낙 가사에 깊이가 있어서 문학을 좋아하셨나, 그런 생각도 했었는데. 시작은 굉장히 무난하셨네요?

무난했어요. 주변에 음악하는 가족이나 친척이 있는 것도 아니었고요. 그냥 음악을 좋아하는 친구들끼리 모여서 노래방에 갔죠. 당시에도 컴페티션(Competiton, 힙합 신에서 래퍼들끼리의 경쟁을 뜻함)이 있었으니까 MP3로 녹음도 해보고. 그 시절에는 힙합 음악가들이 MR을 시중에 풀고 인스트루멘탈(Instrumental, 반주)을 따로 공개한 다음에 아마추어들이 녹음해서 보내면 잘하는 사람을 뽑아서 선물도 주고 그랬어요. 또 힙합 커뮤니티에 자작곡도 올려보고, 친구들끼리 돈 모아서 녹음실도 빌려보고요. 기술적으로는 아무것도 모르는 애들끼리 모여서 무작정 하고 싶은 데로 해봤던 기억이 나요.

그때 스스로도 랩 음악에 재능이 있다는 걸 아셨어요?

처음에는 몰랐죠. 공연을 해본 것도 아니고. 그렇게 마음 가는 대로 해보다가 성인이 됐는데, 같이 고등학교 때 랩을 하던 친구가 대학을 갔어요. 우연히 연이 닿아서 친구의 학교 힙합 동아리 선배를 만났고, 그 형이 저한테 힙합을 알려준 선생님 같은 분으로 남아 계세요. 형이랑 같이 음악을 하면서 결과물을 CD로 만들고, 유통이란 것도 해봤죠. 그게 스물세 살 때 퓨처헤븐이라는 팀으로 냈던 건데요. 그때까지만 해도 재능이고 뭐고, 이걸로 돈을 벌어야겠다는 생각을 아예 안 했어요. 음악하는 게 그저 좋으니까 특별한 목적의식도 없이 대학도 안 가고 아르바이트만 하면서 살고 있었거든요.

「작은 것들의 신」에 실린 'Skill Skill Skill (Feat. DJ Wegun)'이란 곡의 가사 중에 '아버지 아버지 아버지 said / 기술을 배워야 돈을 벌지 / 세상이 변해도 기술은 변함 없지'라는 부분이 있어요. 실

제로 그런 이야기를 많이 들으셨어요? (웃음)

항상 하신 말씀이었죠. (웃음) 기술 배워라, 돈 주고 쓰레기 만드냐⋯⋯. 이런 이야기가 나왔던 게 스물세 살쯤이었던 것 같아요. 군대도 더 이상 미룰 수가 없어서 그때 갔다가 스물여섯에 전역하고. 그러고 나서 '한 1년만 음악을 더 해봐야겠다'는 생각을 가지고 했는데, 그때 공연장을 다니다가 운 좋게 형들을 여럿 알게 됐죠. 라이브를 되게 잘하는 사람이라고 소문이 나서 딥플로우 형도 저에게 관심을 가져주고, 주변 크루(Crew)원들도 그때 만났어요. 다른 뮤지션들, 예를 들어서 뉴챔프 형, 서사무엘, 코드 쿤스트 형, 리짓군즈 멤버들 등 여러 친구들도 전역하고 만난 거고. 하지만 집에서는 나이가 20대 중반이 넘었는데 다른 것 좀 해보라고 하셨죠. 제가 스물일곱, 여덟 정도까지만 해보겠다고 말씀을 드렸어요.

그즈음에 딥플로우 씨가 회사를 만드신 거군요.

그렇죠. 전역하고 2, 3년이 지난 시점이었는데 정말 운 좋게 거기 들어가게 되면서 그때부터 음악으로 조금씩 돈을 벌게 되고 사람들에게 알려지기 시작했죠. 거기서 1집 「작은 것들의 신」을 낸 지 거의 5년이 다 됐네요.

이제는 대중이 힙합이라는 장르를 어떻게 바라보는지, 그 시각이 바뀐 걸 느끼실 것 같은데.

사실 Mnet 〈Show Me The Money〉를 통해서 힙합이 많이 알려지다 보니까 여러 관점들이 있을 텐데요. 일단 제가 중학교 때 힙합을 접했을 때부터 20대 초반이었을 때만 하더라도 완전히 비주류 음악이었죠. 비주류 속에서도 주류로 활동하시던 다이나믹 듀오, 드렁큰 타이거, 에픽하이 같은 형님들이 계셨고요. 그런데 외국 힙합의 정서에 상대적으로 더 가까운 힙합을 하는 언더그라운드 뮤지션들의 음악은 아주 비주류였어요. 시장이라는 게 없었죠. 그러다 제가 군대를 다녀오니 〈Show Me The Money〉가 출범하고 갑자기 굉장히 많은 힙합 음악가들이 돈을 벌게 됐어요. 힙합 행사도 많아졌고요.

시장이 생겼고, 시장성을 판단하는 기준이 생겼죠.

CJ E&M이 만든 시장성과 그 시장의 흐름을 타고 돈이 유입되고, 그때부터는 확실히 많은 분들이 보기에 주류 문화가 되고 주류 음악처럼 느껴지게끔 변했어요. 하지만 이렇게 되면서 누군가가 보기에는 '저거 광대놀음이지. 방송에서 나오는 것만 전부지, 저걸 음악이라고 할 수 있어?'라는 생각이 들 수도 있는 상황이 만들어졌죠. 저는 이게 성장의 증거라고 생각해요. 힙합도 우리나라에 정착한 지 30년쯤 됐는데, 그 중간중간에 계속 뛰어난 뮤지션들이 나왔잖아요. 이건 다른 장르도 마찬가지고요. 그렇다 보니 우리가 던질 수 있는 질문의 깊이도 깊어졌죠. '주류 문화가 됐기 때문에 예술이라고 말할 수 있는가?'

그 질문에 대해 어느 정도 답을 찾으신 것 같은데.

이제는 음악가 개개인이 잘하는지 못하는지가 더 눈에 보이게 드러나는 시기가 됐어요. 시간이 흐르고 기술이 발전하다 보니까 돈이 전처럼 많이 들지도 않고, 쉽게 음악을 접하고 괜찮은 질의 음악을 낼 수 있는 기회가 많아졌기 때문에 변화를 두려워하지 않는 음악가들의 모습이 더 눈에 띄어요. 예를 들어서 요새는 홈리코딩도 수월해졌잖아요. 믹스도 마찬가지고요. 예전에는 이런 게 전혀 자연스러운 일이 아니었거든요. 아마추어 프로듀서들과 만나서 협업하는 것도 더 쉬워졌어요. 장점이죠. 그래서 저는 시간이 흐르면 흐를수록 '어떤 장르가 지금 유행을 타느냐? 그리고 이 장르가 돈이 되는 음악이냐?'라는 질문보다……. 네, 음악가 개인의 역량에 따라서 질문이 달라질 것 같아요. 그 역량에 따라서 예술적인 음악가인지 아닌지, 단순히 주류에 편승하는 음악가인지 아닌지에 대한 질문이 계속될 것 같다는 거죠.

힙합 음악에서의 예술성은 무엇이라고 생각하세요?

사실 음악이라는 카테고리 안에서는 결국 모두 같은데요. 그래도 힙합만 가지고 이야기를 해보자면, 제 기준에서 가사는 확실히 중요해요. 거기서 오는 감동과 희열을 찾는 걸 즐기는 음악가이기도 하고요. 그런데 이건 제 개인적인 의견이고, 힙합도 결국에는 음악이라는 거대한 덩어리 중 한 부분이기 때문에 가사만 좋아도 안 되고 비트만 좋다고 해도 안 돼요. 랩 음악가는 랩 안에 뭔가 알맹이가 있어야 하는데 그게 전체적으로 잘 만들어져야 말로 표현하기 어려운 감동으로 승화되는 거겠죠. 정말 두루뭉술하게 표현할 수밖에 없지만, 힙합이든 어떤 장르든 음악이 주는 감동은 들으면서 사람들이 '오, 좋다' 하는 순간에 발현되는 것 같아요.

어떤 예술가분들은 우리가 숨을 쉬고 살아가는 것도 예술이라고 말씀하시는데, 동의하세요?

동의해요. 하지만 음악으로 예술이라는 걸 할 때는 음악가 개인의 어떤 특성과 그 사람이 표현하고자 하는 것들을 중요하게 여겨야 할 것 같아요. 예를 들어 실험적인 사운드에서 예술의 쾌감을 느끼는 음악가들은 '어, 이게 뭐야?' 싶은 번외성을 즐기거든요. 저도 그런 걸 되게 좋아하는 사람이고. 저에게 랩 음악에서 예술성을 살린다고 할 때 첫 번째 요소가 뭐냐, 그렇게 물어보시면 실험적인 거라고 답할 거거든요. 그런데 이게 좀 웃겨요. 어려운데 대중에게는 쉬웠으면 좋겠으니까. 반대로 쉬운데 어려울 수도 있는 것까지.

모던한데 클래식한 거……. (웃음)

그러니까요. (웃음) 그렇게 만드는 방법을 아직도 찾고 있는 거죠. 음, '사랑'이라는 제목으로 가사를 쓴다고 치면 모든 사람이 사랑이 뭔지 알고 있는데 그걸 음악으로 표현하는 방법을 제가 알아내야 하는 거잖아요. 사랑이라는 아주 쉬운 대전제를 가지고 얼마만큼 사람을 후벼 팔 수 있느냐. 사랑은 다 아는 건데, 넌 어떻게 더 어렵고 특별하게 표현할래? 이런 질문을 던지는 거예요. 굉장히 특이한 감정에 대해서 말할 때도 마찬가지예요. 제가 〈Show Me The Money〉에 나갔을 때 받았던 스트레스 같은 거. 지극히 개인적인 감정인데 너는 이 감정을 어떻게 사람들에게 쉽게 설명해줄래? 이런 식으로 역의 관계에 놓인 것들을 잘 표현할 수 있어야 한다고 봐요.

아, 굉장히 인상 깊은 한마디였어요.

개인적인 걸 모두가 느낄 수 있게, 모두가 느끼는 걸 지극히 개인적이게. 이런 식으로 계속 번안할 수 있는 능력이 예술성의 포인트라고 생각해요.

가장 최근에 내셨던 정규 앨범 「1Q87」에 'WON (Feat. 우원재, ODEE)'이라는 곡이 있잖아요. 거기서 그래요. '내가 서른에는 풀릴 관상이라고.' 진짜 어디서 들으신 얘기예요?

그냥 가사예요! (웃음) 그런데 많은 분들이 궁금해하세요. 도대체 어디냐고, 점쟁이가 누구냐고. 어머님이 하도 제가 걱정되니까 점을 보러 다니셨는데, 그 내용들 보면 거의 틀렸어요. 대학에 간다는 얘기도 있었고, 심지어 군대에서 탈영할 거라고도 했대요. 여러 가지 점괘가 있었는데 거의 다 틀렸고.

아니, 사실 공교롭게도 넉살 씨가 대중에게 주목받으시게 된 시기와 맞아떨어졌으니……. (웃음)

아, 에피소드가 하나 있긴 해요. 길거리에 관상 보시는 분들 있잖아요. 〈Show Me The Money〉 나오기 전이었는데 그분이 비슷한 얘기를 하긴 했어요. 관상이 너무 좋다, 되게 유명해질 상이다, 세상이 무릎 꿇을 관상이다. (웃음) 그때는 돈 주니까 좋은 말만 해주는 줄 알고 안 믿었죠.

넉살 씨는 아직도 앨범의 중간 지점을 넘어서지 않은 느낌이에요. 예를 들어 열두 개의 트랙이 있으면 그중 여섯 번째 트랙 정도에 머물고 계신 느낌?

〈Show Me The Money〉 전까지 너무 놀아서 그런지, 이제까지 놀았던 걸 무슨 죄지은 것 벌 받는 마냥 일이 엄청나게 많아졌어요. 좋기는 정말 좋은데, 쉰 적이 없어요. 음악을 안 하면 방송을 하고, 방송을 안 하면 그사이에 광고 음악을 만들어서 내고……. 그런데 음악이 기본 골자이다 보니 앨범이 덩어리로 좀 나와야 인터루드 넘기고 새로운 챕터로 넘어가는 느낌이 있을 텐데, 2집을 5년 만에 냈더니 그렇게 머무르는 느낌이 좀 있어요. 2집밖에 못 냈다는 느낌도 있고.

쉬신 것도 아닌데!

맞아요. 휴식기를 갖다가 갑자기 컴백을 한 것도 아니고, 그사이에 계속 노출은 돼왔잖아요. 라디오든 방송이든 꾸준히 하고 있었으니까. 화끈하게 환골탈태해서 "자, 이제 새로운 시작이다!" 하고 2막의 문을 여는 그런 느낌이 없었던 것 같아요.

이제는 음악가이면서 예능인으로도 자리를 잡으셔서 사람들은 넉살 씨를 더 다양한 각도로 볼 수 있게 됐죠.

운 좋게 굵직굵직한 방송에 많이 출연했던 것 같아요. 〈Show Me The Money〉 참가자였다가 방송을 좀 했고, 그러다가 도리어 〈Show Me The Money〉의 프로듀서가 됐잖아요. SBS 〈런닝맨〉에도 나갔었고……. 사람들에게 잊힐 때쯤에 tvN 〈놀라운 토요일〉이 들어와서 고

정으로 1년 동안 하고 있고, Mnet 〈고등래퍼〉 MC도 했고요. 이렇게 여러 가지 굵직굵직하고 재밌는 것들을 조금씩 하고 있으니까.

왜 쉬고 싶으신지 알 것 같은데요.

운이 너무 좋다는 건 알고 있는데, 좀 쉬고 싶은 마음이 있죠. 방송 안 하고 앨범에 전념하고 싶은 마음도 있고요. 하지만 일이 들어오는데 안 할 수는 없더라고요. 방송과 음악을 같이하는 게 쉬운 일이 아니에요. 몸이나 마음이 편안한 상태에서 작업해야 하는데 계속 왔다 갔다 하면서 신경을 쓰면 확실히 힘이 달리거든요. 조금 익숙해질 법한데도 아직 피곤함을 많이 느껴요.

그리고 음악가 넉살과 예능인 넉살을 분리해서 바라보는 분들도 계시고요.

아마 예전의 음악하던 제 모습과 지금의 음악하는 제 모습이 달라져서 싫어하는 분들도 계실걸요? 그래도 여러 가지 경험하면서 도전해봐야 뭐가 또 나오겠죠. 익숙하지만 익숙하지 않은 걸 해내는 게 음악가로서 제가 추구하는 바이니까.

음악가로서의 넉살을 좋아하는 사람들은 그가 예능 프로그램에 나와서 하는 말이나 행동이 시시하게 느껴질 수도 있다. 그러나 그 시시함이 예술가로서 살아가는 넉살의 음악을 위한 자양분이 된다. 몇 번이고 곱씹어야 할 무거운 이야기들을 가사로 써서 내놓는 사람은 자신이 예능 프로그램에서 보여주는 유머러스한 모습까지도 고스란히 음악에 담는다. 그 모습이 익숙하지 않다고? 그게 어쩌면 그가 바라는 바일지도.

당신께

조금 더 따뜻하길.

넉살^^

12

〔오만과 편견〕, 〔펀홈〕, 〔렁스〕, 〔김주원의 사군자_생의 계절〕, 〔차미〕, 〔섬:1933~2019〕, 〔봄을 그대에게〕, 〔여신님이 보고 계셔〕, 〔태일〕, 〔포미니츠〕, 〔레드북〕 등을 연출했다. 일하는 게 행복하다면서도, 이제는 휴식기를 가져보려고 한다는 그에게 서는 끊임없이 일해온 사람 특유의 흥분 가득한 에너지가 느껴졌다. 그리고, 자신의 이야기를 하기보다 자신과 함께하는 배우들의 칭찬을 하기 바쁜 그를 보며 사람들을 잘 관찰하는 방법에 대해 다시 생각해보게 됐다.

연출가
박소영

"오래 살아남은

여성 연출가가 되려고요."

2020년을 정말 바쁘게 보내셨어요.

이제 괜찮아요. 남편이랑 약속한 두 달 동안 일부러 쉬는 기간을 갖고 있어서요. 이렇게 약속을 안 하면 쉬지를 않아요. 일 중독이죠. 이제는 전시도 같이 보러 가고, 루미큐브도 하고, 취미 생활을 같이 좀 해보려고요.

들어오는 일도 마다하신 거예요?

네. 뭐가 들어오든 일부러 안 한다고 했어요. 그리고 남편과 약속을 하고 나니까 거절할 때 정당한 이유가 생기니 좋더라고요. 이렇게 되고 보니 머리가 좀 비워져요. 예전에는 거절할 때도 어떤 이유 때문인지 계속 생각하느라 머리가 아프고 복잡했는데, 이번에는 아주 심플했죠. 앞으로도 연말에는 이런 식으로 좀 쉬어볼까 싶어요. 너무 힘들 때 방학처럼 쉬는 기간을 기다리게 되니까 또 버틸 힘이 생기기도 하고요.

2020년은 일이 많으셨던 만큼 팬데믹 때문에 속상한 순간도 많으셨을 거예요.

요즘에는 어디를 가도 조심스러운 상황이니까요. 공연장이라고 안전한 건 아니니까 조심스러울 수밖에 없는데, 그 대신 와주신 분들과는 공연을 통해 특별한 연대감이 생기는 것 같아요. 옆에 누군가가 앉아 있다는 걸 자각할 때, 함께 무언가를 바라보고 있다고 느껴질 때, 그 순간에 공연장 안에서 생겨나는 연대감이라는 게 있고요. 이걸 내가 꼭 지켜내고 싶다는 마음도 점점 강해져요. 절박함과 감사함이 동시에 느껴지죠. 전 세계에서 공연을 올린 나라가 우리나라밖에 없었으니까 더

더욱이요.

연출 디렉팅을 할 때 힘든 점은 없으셨어요?

올해 안에 공연을 올려야겠다는 마음이 정말 강했기 때문에 마스크를 철저하게 쓰고 연습했어요. 그런데 처음 함께하는 배우들은 제가 표정을 봐야 하잖아요. 그게 좀 어려웠죠. 그래도 이미 함께했던 친구들은 어떤 표정을 지을지 알고 있으니까 다행이었어요. 예를 들어서 (오만과 편견)을 같이했던 (김)지현 배우 같은 경우에는 이미 무대 위에서 의외의 모습을 보여주는 사람이라는 걸 잘 알고 있고, 다른 사람의 옷을 입는 게 어떤 식으로 표현되는지 알고 있는 배우라 마스크를 쓰고 연습해도 편했죠. 그리고 지현 배우는 더블 캐스트나 트리플 캐스트여도 경쟁이나 시기에 휘말리지 않아요. 동료들의 연기 자체를 순수하게 바라보는 배우라, 이런 배우와 함께하고 있다는 게 저에게 큰 안정감을 줬어요.

연출가마다 잘 맞는 배우들이 있을 것 같아요.

저한테도 몇 명이 있고, 점점 많아지고 있죠. 작품을 많이 하다 보면 '어? 이 친구도 좋네? 저 친구도 좋네?' 이런 생각이 드는 배우들이 있어요. 확실히 그런 사람들이 생길수록 든든해요. 저야 연기적인 부분은 배우들이 어느 정도까지 해낼 수 있는지 감으로 알지 그걸 눈으로 보기 전까지는 확신할 수 없잖아요. '이게 될까? 이렇게까지 가줄 수 있을까?' 이런 의문을 늘 가질 수밖에 없고. 그런데 '그 친구들은 갈 거야. 해낼 거야'라는 믿음이 있으니까 참 좋아요. 심지어 제가 생각하는 것보다 몇 발자국 더 나아가주는 배우들도 있으니까요. 이런 기대감으로 작품에 임하는 것과 잘 모른다는 불안감으로 작품에 임하는 건 사실 출발점부터가 완전히 다른 거죠.

믿음과 신뢰가 연출의 핵심이 된다는 말씀이시네요.

제가 해결하지 못하는 부분까지 도움을 받을 수 있을 거라고 확신하게 만드는 배우들도 있으니까요. 이런 신뢰감을 주는 배우들과 다음 작업을 한다는 게 일정으로 나와 있으면 마음의 짐이 반 이상은 덜어지는 것 같아요. 특히 창작 초연 같은 경우에는 말씀하신 믿음과 신뢰가 굉장히 큰 비중을 차지하죠. 창작 초연은 정말로 처음이라 늘 두려움이 있거든요.

부담을 많이 느끼시나 봐요.

저는 스타트가 부정적인 경우가 많았어서 한참을 못 믿어요. (웃음) '안될 것 같은데?'라는 생각을 하고 시작하는 것 같아요. 그러니 배우들이 믿음을 주면 마음의 짐이 많게는 70%까지도 덜어지는 느낌인 거예요. (오만과 편견)도 초연 때 정말 두려웠거든요. 2인극에서 한 인물이 여덟, 아홉 개의 역할을 계속 바꿔가면서 연기해야 하는데 '이게 과연 될까?' 싶은 거예요. 이렇게 바뀌면서 고전의 무게감을 과연 가져갈 수 있을지에 대한 의문이 생겼고. 역할을 바꾸다가 2시간 40분의 무게감이 다 날아갈 것 같은 거죠. 배우들은 자신들이 해내야 할 몫이 80% 이상인데 캐릭터들의 이름부터 동선, 소품도 바뀌니 얼마나 어렵겠어요. 그런데 다 믿을 만한, 이미 나와 잘 맞는 배우들이 합류했다? 얼마나 든든해요. 이건 무대에 올릴 수 있어!

가장 힘들게 올리신 초연작이 뭐였는지 궁금해요.

꽤 많은데? (웃음) 모든 작품이 초연은 늘 힘들어요. 초연 오픈 전날에는 늘 잠을 못 자고요. 정말 안 힘들었던 적이 없는 것 같아요. 그래서 스스로도 '아, 내가 창작 초연을 너무 많이 하나? 너무 괴로운데'라는 생각을 종종 하고. [렁스], [편홈]도 그냥 대본만 가져온 것이기 때문에 힘든 건 매한가지였거든요.

섬세하신 편이죠? 연출에서 느껴져요.

제가 다 체크를 하고 다 해내야 하는 성격이에요. 놓치는 부분도 없어야 하고, 누구의 이야기라도 다 들어줘야 할 것 같고. 커뮤니케이션에 신경을 많이 쓰려고 노력하고요. 물론 다른 연출가분들도 그렇게 하시겠지만, 지현 배우가 "유독 섬세하다"는 이야기를 해준 적이 있어요. 예전에는 실제 공연 모니터도 굉장히 많이 했어요. 배우들이 그만 오라고 할 정도로. 그만큼 극이 고스란히 잘 흘러갈 수 있도록 끝까지 노력해요. 만족스럽다는 감정도 잘 모르겠어요. 성격이 이런가 봐요. 작은 것들이 눈에 계속 밟혀요. 그러니까 스스로도 좀 괴로운 구석이 있죠.

사실 여러 사람들의 이야기를 다 듣고 그걸 실제로 적용해본다는 게 쉬운 일은 아니거든요. 시간도 많이 들고, 에너지 소비도 크고요.

정리 정돈을 잘하는 편인 것 같아요. 분류가 잘되는 편이라고 해야 하나. 저거는 킵해두고, 저거는 나중에 저렇게 해보고, 이런 것들을 머릿속에서 쭉 분류해놓는 작업이 잘돼요. 이건 당장 적용해야겠다 싶으면 바로바로 해보고요. 때때로 헷갈리면 노트에 적어두기도 하고…….

어떤 식으로 노트 정리를 하세요?

'지현 왈', 이렇게 써요. (웃음) 배우가 이야기한 것 중에 이건 좀 해봐야겠다 싶은 것들을 따로 적어서 다른 배우들이 얘기한 내용과 분류해놓죠. 의견을 제시한 배우의 상대 배우와 합을 맞춰봐야 하는 부분이라면 바로 다음 날 만나서 같이해보고요.

이성적인 편이시군요.

이성적인 부분도 있고, 의견을 제시한 사람이 납득할 수 있도록 확고하게 제 판단을 얘기하는 쪽인 것 같아요. 배우가 확신하지 못하고 "이 부분 어떠냐"고 물어봤을 때, "어, 제가 보기에는 그렇게 이상하지 않아요. 해도 될 것 같아요"라고 대답해주거나 "그건 아닌 것 같아요"라고 확실하게 말하는 거예요. 감정을 넣어서 "왜 이렇게 안 해요?"라고 말하는 게 아니라, "이게 아니라 이런 느낌인 것 같아요"라고 최대한 객관적으로 얘기하려고 노력하고요. 저는 답을 이야기해주는 사람은 아니라고 생각해요. 하지만 배우가 저를 믿고 물어보고, 자신의 스타일을 가지고 갈 수 있도록 객관적인 확신을 주려고 애쓰죠.

이렇게나 힘드신데 (웃음), 연출가의 길을 택한 걸 후회하지는 않으세요?

후회하면 깔끔하게 그만두는 편이어서요. 뭔가 아니다 싶으면 질질 끄는 타입은 아니거든요. 그렇다면, 재미있으니까 아직까지 하고 있는 걸 테고요. 저는 이 직업이 잘 맞는 것 같아요. 물론 나중에 '아, 이거 아닌 것 같아. 너무 힘들어'라는 생각이 들면 조금 고민하는 지점이 생길 수도 있을 거예요. 하지만 지금까지는 그렇지 않은 것 같아요. 인간관계도 그렇고, 일에서도 그렇고, 끊을 때는 단칼에 끊는 편이라 접을 거면 벌써 접었을 거예요. 아, 그런데 요즘 들어서 강하게 드는 생각이 있어요.

무엇인가요?

원래는 이런 생각 안 했거든요? 그런데 어느 날 보니까 여성 연출이 너무 드문 거예요. 그중에서도 꾸준히, 길게, 오래가는 여성 연출은 더 드물고요. 조연출들은 여성 비율이 훨씬 높은데도 그래요. 그건 여성 조연출들이 연출로 데뷔할 곳이 너무 적다는 뜻이거든요. 바늘구멍 들어가기처럼 작은 구멍들뿐이라는 뜻이고.

지금 시기에 필요한 문제 제기를 해주셨네요.

그게 사실이니까요. 그리고 꾸준히 연출가로서 일을 이어간다는 것 자체는 더 어렵죠. 그렇다 보니 요즘은 책임감이 좀 생겨요. 내가 조금 더 버텨서, 여기서 오랫동안 살아남은 여성 연출가가 되어야지. 그래서 저렇게 오래 할 수 있어, 저렇게 하는 연출도 있어, 이런 생각을 할 수 있게 만들어야지. 제가 열심히 해놓으면 그다음에 다른 여성 연출가들이 조금 더 편하게 올 수 있는 길이 만들어지지 않을까요?

여러모로 생각이 많아지신 시기네요.

예측 불가능한 시대가 온 거잖아요. 그것에 대한 두려움이 있는 것 같아요. 앞으로 어떤 일들이 연쇄적으로 일어날지 모른다는 두려움이 있어요. 모든 게 너무 한순간에 바뀌어버리니까 겁이 나죠. 그럼에도 불구하고 연출로서 어떤 지향점을 가지고 작품을 올려야 하는지 그 어느 때보다 많이 생각하고 있어요.

연출가는 예측 불가능한 시대를 어떻게 표현할까. 불안이 가득한 시대에 불안에 시달리다가 결국은 자기들만의 답을 찾아가는 사람들의 이야기를 연출해왔던 그를 보니 문득 궁금해졌다. 이 시대가 그의 눈에는 어떻게 비치고, 그것이 작품과 맞닿아 있다면 어떻게 표현될지. 하지만 이 또한 불확실한 미래에 대한 상상이어서, 나는 우선 단 한 가지 확신만을 갖기로 했다. 그가 오랫동안 살아남아서 많은 여성 연출가들을 도와줄 것이라는 확신.

사랑이 모든 것이다.
묵묵히 한걸음씩.

연출 박소영

13

〔시카고〕, 〔렌트〕, 〔듀엣〕, 〔맘마미아〕, 〔제이미〕, 〔고스트〕 등 수많은 작품에 얼굴을 비추며 30년이 넘는 시간 동안 한국에서 뮤지컬 배우로 활동했다. 이 시간이 최정원이라는 배우에게, 그리고 최정원이라는 사람에게 어떤 의미로 남아 있는지에 관해 꼭 묻고 싶었다. 무대 위에서 30년 넘는 시간을, 1,000번이 넘는 공연을 한 사람은 어떤 가치관과 목표를 가지고 있는지 말이다. 하지만 이런 궁금증이 무색하게, 직접 마주하자마자 모든 답을 들은 듯한 느낌이 들었다. 상대에 대한 애정과 호의로 가득한 눈빛, 그 눈빛의 수혜자로서 감히 말한다. 이 눈빛을 마주한 모든 배우와 관객들은 그의 공연을 사랑할 수밖에 없었을 거라고.

배우
최정원

"대충

사랑하고 싶지 않아요."

2020년 [렌트]의 20주년 특별 공연에 함께하셨어요. 초연 때 미미 역할을 맡으셨는데, 기분이 남다르셨을 것 같아요.

(김)수하가 너무나 완벽하게 미미를 잘 표현해줘서 감동을 많이 받았어요. 마지막에 다 함께 'Seasons of love'를 부를 때 울컥했죠. 배우 최정원의 인생이 주마등처럼 스쳐 지나가면서 정말 기분이 좋았어요. 사실 아이를 낳고 신시컴퍼니에서 복귀작으로 [렌트]를 해달라고 얘기가 왔을 때, 조금 겁이 났었거든요. 심지어 미미 역할이라고 해서 놀랐죠. 그때 저는 서른이 넘은 나이였고, 아기 엄마였으니까. 그럼에도 불구하고 "최정원밖에 미미를 할 수 없다"고 말씀해주셔서 다 더블 캐스트였는데 저만 원 캐스트로 선택이 된 거예요. 라이선스 뮤지컬인데도 배우들끼리 워크숍을 정말 많이 했고, 예술의전당 연습실에서 연습하던 일도 기억나고…… 우리가 이 예술가들의 인생에 대해 공부하면서 작품에 더 빠져들었던 게 생각나요. 매번 연습 때마다 엔젤이 죽고 나서 부르는 'I'll cover you'에서는 늘 눈물바다였죠.

정말 생생하게 기억나시나 봐요.

[렌트]를 예술의전당 오페라하우스에서 한다는 게 말도 안 되는 거였는데. (웃음) 놀랍게도 다 매진이었어요. 당시 신작이었던데다가, 원작자인 조나단 라슨이 이 작품을 오픈하기 바로 전날에 숨을 거뒀거든요. 거기에 "뮤지컬 배우 최정원이 수중 분만을 해서 아이를 낳았다"라는 이야기가 꽤 이슈가 됐을 때였어요. 그래서 [렌트]의 미미는 저에게 딸이 태어난 것만큼 굉장히 신비롭고, 산고의 고통을 겪으며 태어난 역할이었다고 얘기할 수 있을 것 같아요. 원 캐스트로 하다 보니까 제가 모

든 걸 만들어내야 했고, 내 안에 숨어 있는 미미를 끄집어내기 위해서 공부도 참 많이 했었네요.

말씀하실 때 굉장히 긍정적인 분이라는 느낌을 강하게 받아요.

어렸을 때 항상 엄마가 이마에 뽀뽀해주는 걸로 눈을 떴어요. 집안 형편이 좋지 않았는데도 항상 애정 표현을 풍부하게 해주셨거든요. 사랑이 가득한 분이었어요. 저도 아이를 낳고 엄마가 되다 보니까 그 삶을 또 다른 눈으로 바라보게 되더라고요. 사실 굉장히 건강한 체질이었는데 임신을 하고 나서 고생을 많이 했어요. 병원에 계속 다녔죠. 그러고 나서 만난 작품과 캐릭터가 [렌트]와 미미였기 때문에 이제는 세상의 중심이 나에게 맞춰지는 것 같다는 생각을 했어요. 그 이후로 내 나이에 맞게 [시카고]의 록시 하트를 하고, 또 세월이 흘러서 그 나이에 맞게 벨마 켈리를 맡았죠.

그렇게 자연스럽게 [맘마미아]까지 하시게 된 거네요.

아이가 중학교 들어갈 때가 되니까 주변에서 "아, 언니 이제 뮤지컬 그만하셔야지" 이런 이야기가 들리더라고요. 그런데 그때 [맘마미아]라는 작품을 만나서 처음으로 엄마라는 타이틀을 달고 연기를 했죠. 그걸 12년 동안 했어요. 그사이에 아바의 초청을 받아서 스웨덴에서 콘서트도 하고. 2019년 12월에 단일 공연, 단일 배역으로는 여성 배우 최초로 1,000회 공연을 한 사람이 됐어요. 원 캐스트로 오래 공연을 했기 때문에 가능했던 일이었어요.

힘에 부치진 않으셨어요?

체질이 워낙에 건강해요. 그래서인지 원 캐스트로 가면 오히려 계속 힘이 나서 건강 상태가 더 좋아지는 것 같은 느낌을 받아요. 제가 땀이 별로 없어요. 땀을 흘리면 금세 지칠 수도 있는데, 그렇지 않으니까 쉽게 지치지를 않아요. 그리고 평소에 등산도 하고, 만 보 걷기도 하고, 수영도 하고. 공연 전에는 항상 공연 러닝 타임과 비슷한 시간만큼 운동을 하고 무대에 서요. 이번에 〔고스트〕를 하는 데도 7년 전보다 덜 힘들어서 신기하다고 생각했어요. 그만큼 체력이 더 좋아진 거죠. 'I'm outta here'를 부를 때 하이힐을 신고, 엄청난 무게의 밍크코트를 입거든요? 그런데도 이전보다 덜 힘들더라고요.

듣기만 해도 굉장한 에너지가 느껴져요.

주변에서 나이가 들면 체력도 많이 달리고, 다리에 힘도 없고, 소리도 힘이 빠진다고 하는데요. 저는 괜찮아요. 얼굴에 주름이 많이 늘고, 흰머리도 생기고, 노안도 오지만. (웃음) 이것들 빼고 오히려 노래도 예전보다 좋아요. 어렸을 때는 너무 힘을 많이 줬던 것 같거든요. 목 관리에도 굉장히 신경을 많이 썼죠. 그런데 지금은 아무것도 신경 쓰지 않아도 괜찮아요. 그 소리가 그대로 나와요. '어, 오늘 목이 왜 이러지?'라고 최근에 단 한 번도 느껴본 적이 없을 정도예요.

사실 여성 배우들은 나이를 먹는 것에 대해 두려움을 많이 갖고 있잖아요. 사회적 분위기도 한몫하고요.

초반에는 저도 그랬어요. 〔지킬 앤 하이드〕의 루시도 하고 〔그리스〕

의 샌디도 하고 그랬으니까. 지금도 누구나 하고 싶어 하는 역할이잖아요. 그러다가 아이를 낳고 '나는 이제 공연 못 할 거야'라는 마음이 들었을 때 말도 안 되게 〔렌트〕가 들어왔죠. 당시에 재미있는 일화가 있는데, 수중 분만으로 제가 아이를 낳았다는 사실이 알려지면서 공연을 보러 왔던 관객들이 임신선도 안 생긴 사람이 배꼽을 드러내고 있으니까 "최정원 어딨냐"고 했다는 거예요. (웃음) 점점 자신감이 생기더라고요. 사실 저에게 많은 선배들이 "너는 이제 배우 인생 끝났다"고, "공개적으로 아이 낳은 엄마, 유부녀라는 이미지 때문에 너는 앞으로 배역을 못 맡을 거야"라고 얘기했었어요. 저보고 실수한 거라고요. 그런데 〔렌트〕를 하고 나서 〔시카고〕로 첫 여우 주연상까지 받았죠. 와, 지금 생각해도 저는 그때 록시 하트로 날아다녔어요. 보통 넘버가 끝나면 받는 박수가 독백이 끝나고 터져 나왔으니까……. 워낙 감격스러운 순간이라 아직도 심장이 뜨거워져요.

여성 후배들에게 해주실 말씀이 많을 것 같아요.

두려워하지 않았으면 좋겠어요. 저는 사실 두려워하면서 지금까지 온 거였거든요. 내가 마흔이 넘으면 공연을 못 할 수도 있겠다, 쉰이 넘으면 못 할 수도 있겠다……. 이래서 준비를 많이 했던 건데, 막상 그 나이가 돼보니까 30대보다 지금이 훨씬 좋다는 걸 느끼거든요. 뾰족했던 돌이 파도를 좀 맞으면서 부드러운 돌이 된 것 같은 느낌? 지금이 훨씬 유연하고 융통성 있고, 연기는 더 쉽고 재밌어요. '와, 이거 어떡하지?' 싶을 정도로 뮤지컬의 매력에 더 빠지게 됐어요. 그러니까, 이제 저처럼 오랫동안 한길을 걸을 후배들이 있잖아요. 제가 이렇게 사는 모습을 보여주면 '아, 50세가 넘고 59세가 넘고 60세가 돼도 정원 언니가 건강하게 무대에 서네? 우리도 그럴 수 있겠구나'라는 충분한 믿음을 줄 수 있을 거란 생각이 들어요. 저는 지금 60대가 너무 기다려지거든요. 출산의 경험, 공연할 때 실수했던 경험, 이렇게 좋은 사람들과 만났던 경험. 이런 경험이 결국 두려움을 극복하는 가장 좋은 선물이더라고요.

아이를 낳은 후에 연기적인 부분에서 달라진 게 있다고 느끼셨는지 궁금했어요.

달라질 줄 몰랐는데 달라졌어요. 아이에 대해 생기는 애정이라는 건 사실 낳아보지 않고서는 전혀 모르는 수준이고, 그게 무대 위에서 굉장히 큰 역할을 하더라고요. 예를 들어서 출산 전에는 슬픈 연기를 할 때 소리도 많이 내고, 눈물을 많이 흘렸어요. 그런데 한번 아이가 너무 아파서 병원에서 생사를 오간 적이 있어요. 그때 "좀 늦으신 것 같다"는 이야기를 의사 선생님에게 듣는 순간 다리의 힘이 빠지고 입이 굳어서 아무 말도 안 나오더라고요. 그걸 겪은 후로는 누구의 죽음을 맞이한다거나 슬픈 연기를 할 때 소리를 내거나 울어야 한다고 생각하지 않아요. 웃고 있는데도 눈물이 나는, 그런 연기가 되더라고요.

큰 변화를 겪으신 거네요.

배역을 바라보는 관점이 달라진 것 같아요. (맘마미아)에 'Slipping through my fingers'라는 넘버가 있는데, 그게 딸이 결혼하기 전에 머리를 빗겨주면서 언제 이렇게 컸냐고, 손가락 사이로 모래가 빠져나가듯이 세월이 흘렀다고 얘기하는 곡이거든요. 절대 딸 앞에서는 눈물을 보이지 않고, 딸이 "나는 엄마가 제일 자랑스러워"라고 말한 뒤에 밖으로 나가고 나서야 울어요. 이 곡을 부를 때 눈물을 참는 연기를 하고 있는 스스로가 너무 좋았어요. 경험에서 우러나올 수 있는 연기를 하고 있구나 싶어서……. 아이를 키우면서 직업이 배우이다 보니까 오감이 다 열리는 경험을 해요. 공연해야 하는데, 아이가 열이 많이 나는 걸 보고 나와서 그 감정을 떨쳐내고 연기하는 것조차 배우로서 성장하는 데 도움이 되더라고요. 그날 이후로는 공연 전에 휴대 전화를 꺼놓는 습관이 생겼어요. 무대 위에서는 도나로만, 오다 메로만 살자고.

〔제이미〕에서 엄마 역할을 맡으셨을 때 무척 진솔하게 다가왔어요.

연기하면서 굉장히 힘든 장면이 있었어요. 무대 위에서 제이미가 "엄마 때문에 진짜 못 살겠어. 진짜 나는 엄마처럼 살지 않을 거야"라고 하면서 "진짜 엄마 세상에서 제일 싫어!" 하고 나가거든요. 그때 부르는 노래가 (흥얼거리며) "공허했던 아침 그게 이제 다시 그 예전으로 돌아가서 커피 맛은 써도 내 배에서 꼬물꼬물 대던 그 아이, 그래도 넌 내 아들이야" 이건데, 제 딸이 사춘기 때 했던 말들이 생각나고 이 상황이 너무 슬퍼서 오디션 때도 가사 때문에 노래가 안 나오더라고요. 떠난 제이미의 아빠에 대해서도 따로 대본에 적어놨었어요. 방 한쪽에는 아직까지 남편의 물건들이 있고, 첫사랑이었기 때문에 돌아오길 바라는 마음이 있다고. 그래서 남편의 새로운 여자가 임신했다는 이야기에 울었던 거예요. 그나마 제이미의 자전거를 잡아줄 사람이 있다는 믿음이 있었는데, 그게 무너져버리니까 너무 슬퍼서.

결혼하지 않았고, 아이를 낳지 않은 저로서는 생각하지도 못했던 부분이에요.

물론 관객분들은 모르실 수도 있어요. 하지만 스스로는 연기를 할 때 더 진실된 감정을 담을 수 있게 됐고, 저를 낳아주신 부모님에 대한 사랑도 더 늘어나서 그것 또한 연기에 도움이 되고. 자식을 낳고 나서는 누군가를 흉내 내는 게 아니라, 내 안에 있는 것, 경험한 것의 진국을 빼서 연기로 승화시켰을 때 굉장히 기뻐요. 공연이 끝나고 아무도 박수를 보내지 않는다고 해도 스스로가 너무 자랑스러운 거예요. 공기와 같은 존재에게 계속 영향을 받고 있고, 그 영향을 받은 내가 배우로서 더 성장하고 있는 기분이죠. 얼른 집에 가서 자축하며 와인을 한잔하고 싶은 기분.

살면서 가장 중요하게 생각하시는 건 뭔가요.

음, 시간이 지나면 바뀔 수도 있겠지만요. 지금은 사랑이라는 생각이 들어요. 사랑을 받고, 사랑을 주고, 서로 교감하는 것. 우리가 그냥 오늘 이렇게 만나고 끝이 아니라, 서로 교감하려고 노력하고, 그래서 그 교감을 바탕으로 영감을 얻어서 더 사랑받을 수 있는 작품을 만들어내고, 내가 사랑받을 수 있고, 내가 누군가를 다시 사랑함에 있어서 진심이 될 수 있는 거요. 대충 사랑하고 싶지 않아요. 내 인생, 지금 내가 입고 있는 티셔츠까지도 모두 애정의 대상이 될 수 있다는 것, 그게 가장 중요한 것 아닐까 싶죠. 받는 사랑 반, 베푸는 사랑 반. 이렇게 맞춰나가다 보면 서로의 두려움도 치유해줄 수 있고, 행복과 기쁨과도 연결되는 것 같아서.

요즘에는 스스로의 삶에 어떤 변화를 주고 계세요?

(수첩을 뒤적이며) 글재주는 없지만 매일 이렇게 메모를 조금씩 해요. 제가 최근에 그런 말을 적었어요. 지금까지 제가 살아온, 53년간 살아온 것들, 다시 태어나도 그 어떤 하나도 빠지지 않게 똑같이 살고 싶다는 생각이 들 만큼 삶이 너무 감사한 거예요. 이 부분은 바꿔보고 싶어, 하지만 이건 아냐……. 이런 식으로 생각할 수도 있는데 단 하나도 빼놓고 싶지 않더라고요. 제가 여기까지 오는 데 있어서 필요한 과정이었다고 생각하니까요. 예전에는 다시 태어나면 더 부잣집에서 태어나고 싶다, 몸도 더 잘 쓰고 얼굴도 예쁘고 싶다, 노래도 잘하고 싶다, 이런 생각을 했었거든요. 그런데 올해 초에 그런 생각이 딱 든 거죠. 내가 지금까지 살아온 그 어떤 과정도 빼놓지 않고 똑같이 사는 인생을 살고 싶다.

정말 쉽지 않은 깨달음인 것 같아요.

뮤지컬 배우로 지금보다 더 유명해지고 싶지도 않고요. 딱 지금만큼. (웃음)

살면서 꼭 지켜가고 싶은 게 있으시다면 무엇인가요.

나쁜 것에 대해서는 좀 더 넓은 시각으로 바라보고, 좋은 것에 대해서는 아주 과감하게 표현하는 거예요. 이제는 나쁜 광경, 나쁜 배우, 나쁜 사람을 보더라도 그럴 수밖에 없었던 이유를 제 안에서 생각해내려고 애써요. 누군가를 미워하거나 누군기에게 상처를 받는 것도 결국 나로부터 시작되는 거잖아요. 제가 누군가를 미워한다고 그 사람이 힘든 것도 아니고. 세상이 그냥 아름답다는 마음으로 살아가려고 해요. 좋은 것 많이 보고, 좋은 것 많이 먹고, 좋은 생각 많이 하고.

이 이야기를 보고 다른 젊은 배우분들이 꼭 힘을 얻으셨으면 좋겠어요.

'36년 차 배우가 이런 생각으로 사는구나' 싶겠죠? 어떻게 보면 다른 배우들보다 제 삶의 방식이 단순할 수는 있어요. 그저 좋은 사람이 되고 싶어요. 하나라도 더 갖고 싶은 거 조금 참고, 콩 하나라도 다 먹고 싶은 거 나눠 먹고. 누군가 웃는 모습을 볼 때 느껴지는 기쁨이 콩 반쪽 더 먹는 것보다 훨씬 좋다는 걸 알아가는 나이가 되다 보니……. 자꾸 내 안에 따뜻함이 쌓여가는 것 같아서 나이 드는 게 두렵지 않아요. '연기를 어떻게 해야 하지?', '춤 어떻게 춰야 하지?' 이것보다 더 중요한 게 있더라고요. 계속 부드럽고 좋은 사람이 되다 보면, 어떤 작품이 다가와도 제 방식대로 따뜻한 공연으로 만들 수 있을 거란 생각이 드니까요.

예술이 뭐라고 생각하세요.

사랑의 선물 같은 거라고 생각해요. 사랑의 덩어리 그 자체. 예술이라는 약을 먹어야 저도 치유를 받고, 치유할 수 있는 사람이 될 수 있으니까요.

"이번 음악을 열 명이 들으면, 그다음 음악은 스무 명이 들으면 돼. 그렇게 말해줬어요. 그게 너에게 좋다고. 엄마도 그렇게 지금까지 해왔다고." 최정원은 현재 음악가로 활동 중인 딸 유하에 대해 자주 이야기를 꺼냈다. "사랑의 덩어리"를 예술이라고 말하는 예술가가 소중한 딸에게 건넬 법한 진심 어린 조언들이 자연스럽게 쏟아져나왔다. 그리고 이 이야기를 함께 듣는 또 다른 '딸들'이 있다. 그의 뒤를 따르는 수많은 여성 후배들, 이 인터뷰는 그들을 위한 것이기도 하다. 따스함과 사랑으로 가득한.

언제나 처음처럼,

처음을 언제나 처럼

사랑합니다 ♡ㅠ

예술가의 통찰

14 _____

뮤지컬 〔프랑켄슈타인〕, 〔매디슨 카운티의 다리〕, 〔킹키부츠〕 등의 작품에서 성실한 앙상블로 이름을 조금씩 알렸다. 이후 〔그리스〕의 명랑한 소니로, 〔개와 고양이의 시간〕의 따뜻한 마음을 지닌 검은 개 랩터로, 〔배니싱〕의 열등감 가득한 명렬로, 〔쓰릴 미〕의 범죄자 리차드(그)로 이름을 가진 배역을 맡게 되었고, 〔와일드 그레이〕에 이르러 '좋은 작품'에 대해 좀 더 뜨겁게 고민하는 사람이 되었다.

배우
배나라

"오늘도

불안할 예정입니다."

얼마 전에 나라 씨가 나오는 〔쓰릴 미〕를 봤거든요. 그런데 무대 위에서 볼 때와 느낌이 굉장히 다르셔서요. 생김새까지도 다르게 보여요.

〔쓰릴 미〕를 할 때는 눈을 (눈동자를 위로 치켜뜨며) 이렇게 뜨고 있거든요. (웃음) 많이 다르죠? 되게 날카롭고 차가워 보인다고 하더라고요. 그나저나 실수한 날 보신 건 아닌지 모르겠네. 언제 보셨어요?

지난주 토요일에요.

다행이다. 바지가 찢어진 날이 아니었네요. (웃음) 세 번을 찢어먹어서, 하루는 찢어지고 나서 퇴장 타이밍이 적절하지 않으니까 그대로 몇 신을 더 가기도 했고, 작년 〔쓰릴 미〕에 참여했던 (이)해준이 형 바지로 바꿔 입고 나가기도 했죠. 결국 의상팀에서 제 바지 소재를 잘 늘어나는 천으로 아예 바꿔주셨어요. 전에 입던 바지의 소재가 핏은 훨씬 더 예쁜데, 어쩔 수 없죠, 뭐.

이렇게 오랫동안 마니아층을 쌓아온 작품을 해야 할 때, 조금 두렵지는 않으세요?

첫 번째 공연하는 날에는 거의 몸살이 났어요. 관객들의 에너지가 엄청났거든요. 무대 위에서 내가 아우라를 뿜어내야 하는데, 객석에서 느껴지는 아우라가 저를 압도하는 느낌이었죠. 한편으로는 감사했던 게, 배나라가 나오는 〔쓰릴 미〕를 보러 와주신 거니까요. '〔쓰릴 미〕를 보러 왔는데 배나라가 있네?'가 아니라 '배나라가 하는 〔쓰릴 미〕 한번 볼까?' 이거잖아요.

그렇죠. 되게 중요한 차이죠.

이 작품을 하신 많은 선배님들이 거쳐간 과정이라고 생각하면 '나도 한번 겪어봐야지!' 싶거든요. 긍정적인 양분을 많이 빼내서 내 것으로 만들어야겠다 싶고. 어쨌든 저를 보러 와서 평가해주는 사람들이 많다는 건 감사한 일이에요. 그런데 저 욕 많이 먹나요? 진짜로? (웃음)

원래 호불호가 갈리잖아요. (웃음) 저도 제 글을 좋아해주시는 분들이 있는 반면에, 지나치게 감성적이라고 싫어하시는 분들도 계시거든요. 그런데 어떡해요. 이게 난데.

그러게요. 좋은 이야기만 들어야겠다고 생각하는 거는 솔직히 욕심이죠. 누구의 입맛에는 제 연기가 안 맞을 수도 있을 테니까요. 그래도 조금은 열린 마음으로 보러 와주셨으면 좋겠다는 생각은 들어요. 너무 솔직했나요?

괜찮아요. 어떤 의미인지 잘 전달될 거예요.

뮤지컬 〔공길전〕에서 장생이 부르는 '살판을 넘을 때'라는 넘버가 있어요. (노래를 부르며) '살판을 넘을 때 / 관중들은 환호성을 지르지 / 그때 난 살아 있다는 느낌이 들지.' 너무 공감되는 이야기거든요. 실제로 저는 무대 위에서 외줄을 타는 사람이니까요.

늘 불안하죠. 우리는 누군가에게 선택받아야 하는 직업을 가진 사람들이니까.

문득 그런 생각이 들었어요. 무대 위에서 외줄을 타다 보면 삐끗

하고 넘어질 수도 있고, 실수할 수도 있고, 언젠가는 그보다 큰 사고가 날 수도 있겠죠. 그렇지만 그 마음이 저를 무대 위에 올라가게 하는 원동력이라는 걸 알아요. 앙상블로 오래 활동하면서도 그랬고. 아, 저한테 한번 물어봐주시겠어요? "배우 하세요?"라고.

배우 하세요?

네, 배우 하고 있어요. 그러면 "연극? 뮤지컬?"이라는 질문이 돌아오죠. 네, 뮤지컬 하고 있습니다, 하면 그다음에는…….

어떤 작품 하셨어요? (웃음)

맞아요. "[프랑켄슈타인] 했습니다.""어떤 역할?""시체 했습니다." 이러면 사람들이 "아……." (웃음) 좀 슬펐던 건, 어느 순간부터 사람들의 시각에 저도 모르게 순응하는 모습이 보였다는 거요. 사실 앙상블만 하고 싶은 사람은 없을 거예요. 주조연을 달고 자기 연기를 하고 무대 위에서 자기 노래를 부르고 싶은 사람이 열에 아홉이라고 생각해요. 그래도 제가 배우가 되고 나서 첫 번째로 꾼 꿈이 뭐였는 줄 아세요?

무엇인가요?

'슈퍼 앙상블'이 되는 거였어요. 내가 앙상블의 질을 올리면 우리를 보는 사람들의 시선도 바뀔 거라고 믿었죠. 앙상블만 할 때도 관객들에게 보여줄 수 있는 게 되게 많거든요? 이 작품을 하는 것에 대해 강한 자부심을 가지고 있었어요. 그런 생각이 자존감을 지켜줬고.

동시에 나라 씨만의 배역을 따내려고 굉장히 노력하셨고.

스물아홉 살 때 〔그리스〕 오디션을 봤거든요. 그때가 〔매디슨 카운티의 다리〕 앙상블을 할 때였는데요. 오디션이 끝나고 작품 연수를 하러 가는데 날씨가 폭염이었어요. 아침부터 오디션 본다고 새벽 6시에 일어나서 〔그리스〕 주인공들처럼 멋있게 하고 갔는데 사람들이 바글바글한 걸 보고…… 끝나고 연수받으러 가다가 무심코 편의점 유리창에 비친 제 얼굴을 봤거든요. (깊게 인상을 쓰면서) 이러고 있는 거예요. 그렇게 연습실에 들어갔어요. 빵 하나 사 들고 앉아 있는데, 안무가 이현정 선생님께서 지나가다 물어보시는 거예요. "나라야, 오디션 잘 봤어?" 그 말 듣자마자 으앙, 하면서 펑펑 울었죠. 이제는 내가 뭘 잘하는지도 모르겠고, 어떻게 해야 할지도 모르겠고, 내가 잘한다고 되는 문제도 아닌 것 같고, 내가 기회를 만들 수 있는 것도 아니고, 선택되어야 하는 내 입장이 너무 온몸으로 느껴지고…….

이현정 선생님께서는 뭐라고 하셨나요.

"아유, 우리 나라 아직 어리네. 크려면 아직 멀었다. 더 좋은 일이 많을 거야." 그 후에 김태형 연출님, 이현정 선생님께서 저를 〔개와 고양이의 시간〕이라는 작품에 추천해주셨어요. 두 분 덕분에 한 걸음 한 걸음씩 걸어가자고 했던 다짐이 헛되지 않았다는 걸 느꼈어요. 많은 회사를 만나고, 많은 크리에이터분들을 만나면서 내가 잘할 수 있는 걸 찾아보겠다고 노력한 시간들이 있었잖아요? 그 시간이 절실함을 만났을 때 누군가는 나를 알아봐주는구나, 싶었죠. 아마 어린 나이에 주조연을 맡을 수 있었다면 너무 일찍 나 자신에게 만족감을 느꼈을지도 몰라요.

뮤지컬이라는 장르에 대해 다 알아버린 느낌을 받았을 거고.

저도 그래서 회사 몇 번 나왔어요. 뭐 나쁘지는 않더라고요. (웃음)

잘하셨어요. (웃음) 저도 회사만 다섯 군데에 있었는데요, 뭐. 1년 만에 없어진 회사도 있고, 들어간 지 두 달 만에 자기가 만든 회사의 체계가 마음에 안 든다고 없애버린 경우도 있고. 그래서 저는 지금 큰 에이전시에서 제안이 와도 쉽게 동하지 않아요. 회사에 들어가고 싶은 마음이 없어요. 뮤지컬 배우로서 스스로가 성장할 수 있도록 혼자 노력해보고 싶어서요. 공황 장애가 오든, 이겨내기 어려운 두려움이 오든 다 제 몫이에요. 지금은 제 그릇을 키우는 시기고요. 작은 그릇을 좀 더 크게.

공황 장애가 있으시군요.

가끔 와요. 지금도 약 들고 다녀요. (웃음) 어쩌다 생긴 거냐면, JTBC 〈팬텀싱어 3〉에 나갔을 때 얘긴데요. 그때 영화 〈스타 이즈 본〉의 'Always remember us this way'를 불렀어요. 제가 원래 되게 좋아하는 곡인데, 심사위원 평가가 너무 안 좋았어요. 상처는 받았지만, 거기까진 괜찮았어요. (노)윤이랑 일대일 매치할 때도 선곡은 좀 아쉬웠지만 후회는 없었고요.

어떤 부분이 나라 씨를 흔들었던 걸까요.

첫 방송 후에 지인이 영상에 달린 댓글은 보지 말라고 하더라고요? 바로 봤죠. (웃음) 충격이 확 오는 거예요. 게다가 당시에 tvN 〈더

블 캐스팅〉이라는 프로그램이 방송되고 있었어요. 그걸 보다가 저마저도 누구는 잘하네, 누구는 아쉽네, 이러고 있는 거죠. 어느 순간 '이건 아닌데? 지금 내가 누굴 판단하고 있는 거지?' 싶더라고요. 결국 상담을 받으러 갔어요. 가서는 "선생님, 제가 〈팬텀싱어 3〉에 나갔는데요. 흐어엉!" 말하자마자 울었어요. 재밌죠?

아니, 되게 재밌는 얘기는 아닌 것 같아요. (웃음)

그러고 나서 속이 확 뚫렸는데도? (웃음) 그 이후로 다짐했어요. 힘들면 힘들다고 이야기하자. 댓글도 안 봐요. 좋은 배우가 되기 위해서 싸우는 건 제 몫이니까. 어쨌든 후회하면서 사는 건 절망적이잖아요? 그래서 저는 걸어온 길이 어땠든 후회 안 해요.

불안도 계속 안고 가시는 거고.

적당한 불안감이 필요해요. 무대에 올라갈 때 너무 편하면 그게 오히려 실수를 불러요. 적당한 불안이 있어야 앞뒤가 딱 맞아떨어지는 좋은 텐션이 나와요. 커튼콜까지 드라마를 빌드 업 해나가는 그림을 훨씬 더 효과적으로 그릴 수 있죠.

긴장을 안 하시는 날도 있나요?

있어요. '왜 이렇게 긴장이 안 되지?'라는 생각이 드는 날은 산만해져요. 연기하면서도 객석을 의식하게 되고. 집중이 정말 잘될 때는 누가 기침을 하든 휴대폰을 보든 전혀 개의치 않아요. 바지가 찢어져도 괜찮아요. 그래서 오늘도 불안할 예정입니다.

나라 씨는 어떤 삶을 살고 싶으세요?

(매우 오랫동안 고민하다가) 너무 어려운데, 〔킹키부츠〕 생각이 났어요.

그 안에서 무슨 이야기를 찾으셨나요.

"Just Be." 그저 나로서 존재하면 된다. 질 수 없다.

고삐를 바짝 조이고 무서운 속도로 달리는 사람처럼 보일 수도 있다. 조금 늦게 이름을 알린 만큼 조급해 보인다고 생각할 수도 있다. 아직 서툴지만, 배나라는 삶을 달리는 자신의 속도를 스스로 알아차리기 위해 노력하며, 강해 보이는 외면 안에 감춰진 약한 마음들을 보듬기 위해 애를 쓰고 있다. 그동안 조그만 삶의 결정들이 모여서 커다란 덩어리를 이룰 것이다. 서른두 살, 배나라의 드라마는 그렇게 쓰이고 있다.

"Just be"

이대로 쭉 없으니까...!

- 배 배나라 -

15

『그믐, 또는 당신이 세계를 기억하는 방식』, 『표백』, 『한국이 싫어서』, 『당선, 합격, 계급』, 『댓글부대』, 『우리의 소원은 전쟁』, 『책 한번 써봅시다』 등 많은 책을 썼다. 문학과 비문학의 경계를 흐릿하게 만드는 그의 건조한 문장들은 기자 출신이라는 이력을 자연스럽게 떠올리게 만든다.

소설가
장강명

"변화 속에서 어떤 태도를
견지해야 하는지 고민합니다."

비슷하게 활동을 시작한 작가분들에 비해 많은 책을 내셨어요.

원래 기자였기 때문에 신문사에서 글을 빨리 쓰는 훈련을 10년 넘게 한 셈이죠. 그리고 다른 작가님들보다 가욋일을 좀 적게 해요. 생각보다 전업 작가가 그렇게 많지 않거든요. 학생들을 가르치신다거나, 문예지 편집 위원 같은 걸 하신다거나, 회사 다니면서 글 쓰시는 분들도 계시거든요. 그런데 저는 칼럼 정도만 쓰고 다른 일들은 안 하고 있어요. 아무래도 그분들보다 시간이 좀 많아요. 게다가 성격 자체도 좀 조급한 편이어서요.

아, 성격이 급한 편이시군요.

데뷔를 30대 후반에 해서 성과를 좀 빨리 냈으면 좋겠다는 바람이 있었거든요. 무엇보다 이제 40대 중반인데, 저의 필력이 아마 60대 중반쯤이 절정 아니겠나 그런 생각을 해요. 거기까지 다다른다고 생각할 때, 1년에 책을 한 권씩 내도 스무 권 정도 쓸 수 있는 거잖아요. 그러니까 시간이 그렇게 많지는 않다는 생각이 들죠. 좀 부지런히, 게으름 피우지 말고 써야겠다는 생각을 합니다.

보통은 당선 후 일이 없는 시기를 겪잖아요. 그런데 일을 계속하고 계셨던 분이라 그런지 다른 작가분들과는 다른 길을 걸으셨을 것 같다는 느낌이 있어요.

그렇지 않아요. 다른 작가분들과 똑같이 작가로서 어려운 시기를 겪었죠. 2011년에 당선된 다음에 2015년까지 두 번 정도 청탁을 받았고, 한동안 청탁이 없었죠. 하지만 저는 "청탁이 안 오기 때문에 글을 안 쓴다" 이런 말이 정말로 이해가 안 가요. 글은 글대로 쓰면 되는 거 잖아요. 저도 청탁이 오지 않는 기간에 꾸준히 썼어요. 출판사로 오히려 글을 보내기도 하고, 투고도 하고, 공모전에 내보기도 하고. 그래서 2014년에 한 번 더 당선이 됐고, 2015년에 또 한 번 됐고요. 그 시기 내내 저는 계속 출판사로 원고를 보내고 있었던 거예요.

지금도 똑같이 먼저 출판사로 원고를 보내시나요?

그럼요. 히지만 이제는 완성본 상태로 보내지는 않고요. 이러이러한 기획이 있다는 정도로만 보내는 경우가 많죠. 청탁 올 때까지 기다리는 작가는 사실 많이 보지 못했어요. 아마도 쓰고는 있지만 발표를 못 한 경우겠죠. 어쨌든, 저도 계속 당선이 되는 동안에 그런 기간은 있었습니다. (웃음)

계속 작품을 내셔서 그런 생각을 못 했어요.

아까 말씀드린 것처럼 그 사이 단행본 발표를 계속했으니까요. 2012년에 단편집을 냈고, 2014년에 단행본이 두 권 나왔고요. 그중에 하나는 당선작이었고. 결국 출판 이력만 보면 2013년 빼고는 매년 책을 꾸준히 낸 셈이죠.

책을 읽으면서 항상 느낀 점이, 다른 작가분들의 소설보다 감상적인 부분이 많이 배제돼 있다는 것이었어요. 탐사 보도, 르포에 가까운 느낌도 많이 받았고요. 기자였기 때문에 그러신 건 이닐까.

네. 그리고 원래 성격도 좀 그런 편이에요. 기자가 되기 전부터 제가 좋아하던 소설들을 보면 좀 건조해요. 감상적이기보다는 다소 하드보일드한 소설들? 그런 소설들을 좋아했고요. 현장감 있고 사실감 있는 소설을 좋아했죠. 저는 그런 성격에 기자까지 돼서 더 저널리즘적인 글쓰기를 했고, 그게 잘 맞았어요. 하지만 지금은 스타일에 조금씩 변화를 주려고 하고 있어요.

왜 변화를 주려고 하시나요?

하드보일드하거나 현장감과 사실감이 강한 글쓰기 스타일에는 별로 불만이 없는데, 그것과는 별개로 문체라든가 글쓰기 방식에 조금씩 변화를 주려고 하는 거죠. 기자를 그만둔 다음에 자연스럽게 바뀌어간 것 같기도 하고. 기사 문장이라는 게 그렇게 썩 유려한 건 아니거든요. 또 제가 짧은 문장을 좋아하는데요. 기사 문장도 짧은 편이기는 하지만, 그래도 제가 원하는 문장 길이가 있어요. 계속 글을 써나가면서 '아, 이게 나한테 더 맞는 글쓰기구나', '내가 이걸 좋아하는구나'를 느끼죠. 그런데 아까 말씀하셨던 건조한 접근법 자체는 변하지 않았어요. 본질적인 부분이니까.

글을 쓰면서 스스로의 가치관이 바뀐 경우도 있으신가요.

그런 경우는 단순히 글을 쓸 때보다 제 인생에서 벌어지는 일들이 전반적으로 영향을 끼칠 때인 것 같고요. 하지만 세계관이 바뀌었다고 볼 수 있는 경우가 있었죠. 예를 들어 어떤 사안에 대해 '저 안에 뭔가가 있다'며 흥미롭게 생각하는데, 그게 뭔지 스스로에게조차 명확히 와닿지 않을 때가 있어요. 그러다가 글로 쓰면서 정확하게 정리가 되기도 하죠. 꽤 자주 그런 일이 벌어지는데, 『당선, 합격, 계급』이 그런 경우였어요.

주로 논픽션의 경우에 세계관이 바뀔 여지가 큰 것 같기도 하고요.

지금도 어떤 논픽션 소재가 있는데, 이걸 한번 써보고 싶다는 생각을 하다가 본격적으로 쓰는 과정에 들어가면 계속 그 사안에 대해 궁리를 하게 되잖아요. 그러면서 제가 스스로에게 질문을 던지고, 또 답도 던지고 이러면서 생각이 정리돼 나오죠. 그 순간에 예전에 해보지 않았던 아이디어들이 나오는 거고요. 그게 세계관의 변화를 이끌어낸다고 볼 수 있죠. 가치관은 제가 오히려 다른 작가의 책을 읽고 변화한 경우가 더 많아요.

어떤 책들인가요.

꽤 많이 있습니다. 그중에서도 늘 제 인생의 책으로 꼽는 도스토옙스키의 『악령』이 있죠. 그 책을 읽고 가치관이 굉장히 크게 바뀌었죠. 원래 종교인이었는데 무신론자가 됐으니까. 요즘도 이런 경우는 종종 있어요. 그런 게 발전 아닐까요? 사람의 생각이 발전한다는 게, 결국 가치관이 조금씩 바뀐다는 거니까요.

누군가는 작가님의 소설을 읽고 가치관이 바뀔 수 있을 거예요.

아, 그건 감사하고 뿌듯하죠. (웃음) 그런데 제가 그런 식으로 생각해본 적이 없었어요. 글을 써서 타인의 가치관을 바꾸겠다는 생각을 해본 적이 없는데, 비슷한 생각을 해본 것 같기는 하죠. 다른 사람들에게 영향을 주고 싶다. 다른 사람의 마음에 상처를 남기고 싶다……

상처요?

저도 어디서 누군가 쓴 말을 가져온 걸 텐데. (웃음) 제 책을 읽고 되게 좋은 의미의 기억이 아니라, 나쁜 기억이라도 남기고 싶은 그런 마음이에요. 그걸 상처라고 표현했고, 흉터라고 해도 되겠고. 제가 『악령』을 읽고 그랬던 것처럼요. 돌이켜 보면 제가 읽었던 책 중에서 건설적으로 남은 책도 있지만, 정말 아픔 그 자체로 남은 책도 있어요. 생각만 해도 바로 슬퍼지는 책도 있고. 그렇게 기억에 남는 책을 쓰고 싶죠.

쓰신 책 대부분이 다소 도발적인 느낌을 가지고 있어요.

맞아요. 제 소설이 다 그렇죠. 도발적인 주제들을 독자에게 강요하는 측면도 있고. 사실 이렇게 생각하면 가치관을 바꾸는 소설, 가치관을 바꾸는 작업을 하는 사람이라고 불러도 괜찮을 것 같네요. (웃음) 그리고 저는 그 작업을 좋아하는 것 같고. 하지만 분명한 건 그게 제1의 목표는 아니라는 거죠. 저의 마음을 바꿨던 소설 같은 그런, 좋은 작품을 쓰고 싶다는 생각으로 계속 쓰고 있어요.

소설가가 되고 난 후에 더 성격이 차분해지셨나요.

원래 성격이 이 정도의 에너지로 유지되는 것이었는데, 기자일 때 강제로 텐션을 끌어올려야 하는 측면이 있었죠. 사회부나 정치부 기자들이 다들 그런 것 때문에 고생하고 술도 많이 마실 거예요. 일하면서 자기 안에 쌓인 감정을 풀고 싶어서 자정에 술 마시러 가자고 그래도 다 따라오고, 다른 사람이 말해도 제가 따라가고……. 술 안 마시면 도저히 집에 못 가겠는 거죠.

그때처럼 지치는 상황이 글 쓰면서는 좀 나아지신 건가요.

조금 다른 게요. 그때는 사실, 술 마시는 걸로 풀었어요. 동료들이 있으니까. 감정에서 어딘가가 닳기는 하겠지만, 서로 위로해주고 그러면서 풀어나갈 수 있었어요. 거기에 글을 쓰면서 그 닳은 감정들을 스스로 조금씩 위로해준 깃 같죠. 그런데 사실 제가 글을 쓰게 된 건 공허감 때문이었어요. '이걸 뭐하러 취재하지?' 싶은 것들이 남기는 공허감. 예를 들어서 내일 장관 발표가 나는데 오늘 알아맞혀서 먼저 쓰는 거, 내일 전기 요금 발표가 날 텐데 미리 취재하며 남의 집 앞에서 "전기 몇 % 올라요?"라고 물어보는 거. 신문 기사라는 게 다음 날이면 의미가 없어지는 경우가 정말 많아요. 유통 기한이 하루짜리인 거죠. 소설은 그렇지 않거든요. 기사를 쓰면서 느낀 공허감을 글쓰기가 많이 치료해준 것 같아요. 저에게는 일하면서 닳는 감정보다 공허감이 더 큰 문제였어요.

작가가 된 후에는 그 공허감을 다 채우셨나요.

많이 채워졌어요. 많이 채워졌고, 지금도 저는 믿거나 기대는 게 없어서요. 기본적으로 공허감 자체가 늘 있는 사람이거든요. 인간의 따뜻한 마음을 특별히 믿지 않고……. 인간의 따뜻한 마음이 사람들을 다 구원할 것 같으면 전쟁이 없는 세기가 한 세기라도 있었겠죠. 그 공허를 채우기 위해서 글을 쓰고 있는 것 같아요.

그러면 마음을 치유하는 데는 무엇의 도움을 받으시나요.

소설만 쓰다 보면 지치기 때문에 에세이도 한두 개씩 작업하는데, 그게 마음을 다스리는 데 도움이 돼요. 그래서 스스로의 마음을 치유하기 위해서라도 늘 하나씩 아이템을 정해서 에세이 작업을 꾸준히 하고 있어요.

약간 모순적으로 느껴지기도 해요. 인간의 선함을 믿지 않는데 에세이라는 장르로 도움을 받는다는 사실이요. (웃음)

아, 인간이 되게 악하다는 소리는 아니었고요. 선악이 섞인 존재잖아요. 저는 인간의 선함을 믿지 않는 게 아니라, 가만히 세상을 내버려두고 우리의 선량함을 믿으면 저절로 해결될 거라는 안일한 생각을 좋아하지 않아요. 정부나 제도도 필요 없고, 모두 같이 존 레논의 'Imagine'을 부르면서 살면 다 해결될 거라는 생각. 그런 생각을 되게 우습다고 생각하고요. 그런 종류의 낭만적인 생각들, 시대마다 있었던 낙천주의자의 생각들, 아주 솔직히 말해서 경멸합니다. (웃음)

그런 낙천주의로 도무지 바라보기 어려운 것들 중에 문학계에 관한 것도 있겠죠?

글쎄, 환경이 바뀐 것에 대해서 생각을 좀 하게 돼요. 작가의 연재 플랫폼도 바뀌고 단행본 시장의 분위기도 바뀌고, 독자와의 관계도 예전과는 많이 달라졌어요. 어떻게 바뀌고는 있는데 대체 어디로, 어떻게 바뀌는 중인지 잘 모르겠어요. 뭘 해야 할지 잘 모르는 건 작가나 기자나 마찬가지거든요. 새로운 환경으로 바뀌어가고 있기 때문에 내가 뭘 해야 하는지 물어볼 사람이 없어요.

예를 들면요.

요즘 기자 동료들을 만나면 취재 방식도 바뀌고, 후배들을 어떻게 가르쳐줘야 할지도 모르겠다고 하는 사람들이 많아요. 소설가도 그래요. 단편 소설을 오디오북으로 만들고 싶다고 하는데 이걸 수락해야 하는 건지, 물어볼 데가 없어요. 만약에 오디오북을 판매할 때는 판매 방식이 어떻게 되는지에 대해 정립된 것도 없고. 전자책처럼 매출액의 15%를 작가에게 줄 건지, 아니면 수익의 30%를 줄 건지, 지금 물어볼 사람이 없는 거예요. 물어봐도 아는 사람도 없고. 여기에 구독 방식의 연재를 한다고 치면 구독료는 N분의 1로 나누는 건가. 처음에는 단순히 돈 문제인 것처럼 보이는데, 돈 문제 이상으로 고민해야 할 게 많아요. 구독자의 마음에 들게 글을 써야 하는지도 고민해야 하니까요.

이제는 출판계 자체가 셀럽 비즈니스의 형태를 띠기도 해서.

맞아요. 그 과정에 있기 때문에 그런 것들 사이에서 나는 어떤 태도를 견지해야 하는가에 대한 고민이 생기죠. SNS를 해야 하나 말아야 하나 같은 것부터. 어쨌든 변화의 와중에 있고, 모든 걸 거부할 수는 없죠. 그러나 '내가 왜 처음에 소설을 쓰기로 했나'에 대한 생각을 많이 해요. '내가 중심을 잡지 않으면 그냥 휩쓸려 가고 말겠구나' 그런 마음이 생기니까.

시장의 변화가 그 어느 때보다 빠르게 일어나고 있는 현실 앞에서 그도 우리와 마찬가지로 고민을 한다. 어떤 산업군에 속해 있든 피해갈 수 없는 변화가 자꾸만 일어나고, 거기에 대응하지 못하면 도태되고 말 것이라는 불안이 엄습하는 현재. 열렬히 글을 쓰고 있는 예술가는 그 변화조차도 기록해낼 것이다. 그런 기대가 있다. 그가 쓴 글을 읽으며 우리가 다음에 마주할 세상을 미리 준비할 수 있게 되리라는. 차갑고 건조한 시선을 견지할 때라야 눈에 띄는 것들이 있는 법이니까.

의미있는 삶!
장강명

16

투개월과 김예림이라는 이름으로 활동하다가 림 킴이 된 후에는 「SAL-KI」, 「GENERASIAN」 등의 싱글과 앨범을 발표했다. Mnet 오디션 프로그램의 최대 수혜자 중 한 명이었으나, 스스로 다른 길을 택해서 뚜벅뚜벅 걸어가는 중이다. 대체 왜 그런 선택을 내렸는지 궁금해했던 사람들에게 이 인터뷰는 시원한 답을 줄 것이다. 당장 어떤 선택을 해야 하는지 고민하는 누군가에게는 큰 힘이 될지도 모르겠다.

음악가
림 킴

"도전하고 싶은 마음이 없으면

거절해요."

혼자 활동을 하면서 바뀐 것들이 있으신가요.

아주 바쁜 건 아닌데 항상 정신이 없는 느낌이에요. 여러 가지 것들을 챙겨야 하니까. 일하면서 모든 역할을 하게 됐잖아요. 노래를 부르기만 한다든지 만들기만 한다든지 이런 역할만 하는 게 아니라 앨범이나 곡이 나오기까지 다른 역할들도 다 하게 돼서……. 그런 것들을 정리하고, 실행에 옮기고, 다시 계획하고 이 과정을 쭉 반복하면서 지내왔던 것 같아요.

이렇게 정신이 없을 줄은 모르고 시작하셨을 텐데요. (웃음)

당연히? (웃음) 그걸 알고 시작하는 사람은 아무도 없을 테니까. 음악을 통해서 단순히 비즈니스를 하고 싶다든지, 음악을 통해서 돈을 많이 벌고 싶다고 생각하는 사람은 있겠죠. 하지만 이런 자잘한 역할들을 다 자기가 하고 싶어서 음악을 하는 사람은 없을 거라고 생각해요. 그래도 이게 모여서 내 결과물이 되는 것이기 때문에, 일을 시작한 다음부터, 특히 혼자 하게 되면서 여러 가지를 많이 배우게 됐죠. 사실 장단점은 있는 것 같아요. 남들이 다 해줘서 그냥 모르고 할 때와 혼자서 모든 걸 받아들이면서 알고 할 때 모두.

후자 쪽에서 장점을 발견하신 거잖아요. 그게 중요한 시점이고요.

조금씩 더 능숙해지고 있다는 게 좋아요. 막상 이런 상황에 처해보니까 알 것 같은 게, 복잡한 과정들을 어떻게 받아들이느냐에 따라 너무 다른 결과가 나오는 것 같더라고요.

그리고 능숙해지다 보면 심적으로도 더 편안해지실 거고요.

그렇죠. 아예 아무것도 모르는 상태에서 작품을 만들어내야 할 때는 훨씬 더 힘들어요. 하지만 그걸 몇 번 반복해보면 그때 익힌 것들을 사용할 수 있게 되잖아요? 물론 이런 일들에 익숙해진다고 해서 그게 예술에 능숙해진단 의미는 아니에요. 좋은 결과물이라고 말할 수 있는 작품이 보장되지는 않는단 의미죠. (웃음)

아시안, 여성……. 지난 앨범에서는 이런 키워드들을 적극적으로 활용해서 좋은 평가를 받으셨어요.

키워드를 만든 건데요, 그게 저의 모습인 거죠. 그전에는 제가 키워드를 직접 만들 일도 없었고, 머릿속으로 생각했다고 해도 대중 앞에 작품을 내놓을 때 딱히 필요하지도 않았거든요. 생각할 필요가 없는 거였죠. 그런데 이제 제 작품을 제가 직접 설명해야 하는 거니까, 자연스럽게 이런 키워드들을 만들어내게 됐어요. 음악을 만들 때도 그렇더라고요. 어떤 주제로든 만들어야겠다 싶으면 표현할 말들이 정확해야 해요. 친구들 중에는 명확하게 키워드화를 하지 않고도 잘 만드는 경우가 있긴 하더라고요. 하지만 저는 조금이라도 더 뚜렷하게 키워드가 나와야 작업하기가 좋아요.

키워드화를 하면 어떤 장점이 있나요?

음악도 그렇고, 예술이라는 분야가 답이 없잖아요. 그래서 어떤 기준으로 해야 하는지가 늘 모호하거든요? 그걸 개개인에 맞게, 그 사람답게 만들어내야 하는 건데, 저는 그 과정에서 주제와 키워드를 명확하게 정해서 작품의 완성 단계까지 끌고 가는 스타일인 것 같아요. '키워드화를 하면 어딘가에 갇힌다는 느낌이 들지 않냐' 그렇게 물어보실 수도 있어요. 그런데 가둬놓는다기보다 오히려 그걸 통해서 내가 말하고 싶은 게 더 명확해지는 느낌이에요. 살아가면서 우리는 선택의 기로에 계속 놓이잖아요. 선택한다는 건 훨씬 더 삶의 방향성이 명확해진다는 거니까, 그 느낌을 음악에도 반영하는 거예요.

지금까지 흘러온 림 킴 씨의 삶에서는 '선택'이 굉장히 중요한 키워드가 아니었을까 싶어요.

항상 어떤 선택을 하는 게 맞는지에 대해 고민을 하잖아요. 20대 초반에는 제가 원하는 게 아니라 다른 누군가의, 다른 사람들의 기준에 더 쏠려서 한 선택이 많았던 것 같아요. 정확히 내가 원해서 했는지 물어봤을 때 잘 모르겠다 싶은 선택들이 있는데, 20대에 들어서면서 그런 게 되게 많았어요. 그런데 그 선택들이 모여서 미래가 되는 거잖아요. 그걸 알게 된 지금은 전보다 눈앞의 일 하나하나를 신중하게 마주하게 됐어요. 그리고 무엇보다도 내가 꺼림칙하지 않은지 우선적으로 생각하게 됐고요. 내가 좋다는 마음으로 하는 선택인가, 나 자신에게 떳떳한 선택인가.

이런 깨달음을 얻기까지 쉬는 시간이 좀 있으셨죠?

아예 비우는 시간을 가졌었죠. 음악 쪽 사람도 안 만나고, 일도 아예 안 했고. 방해물이 아예 없는 시간을 한 2, 3년 갖다 보니까 제 생각이 좀 더 잘 보이고, 잘 들리게 되더라고요. 주위에 뭐가 너무 많으면 정작 내 거가 잘 안 보이고, 잘 안 들리잖아요. 오랫동안 비우고 나니 생각이 조금 더 명쾌해지더라고요.

20대를 참 화려하게 보내셨잖아요, 김예림이라는 이름으로.

아쉬움이 남은 부분도 꽤 커요. 20대 초반에 '그냥 어쩔 수 없지' 이렇게 넘어가는 것들이 너무 많았어요. 급하게 들어오는 일들도 많았고요. 게다가 거의 성인이 되자마자, 전혀 모르는 어떤 세상에 갑자기 걸음을 내딛다 보니 정신없는 선택들을 많이 한 것 같죠. 그때는 '이게 맞겠지'라고 예상해서 내린 선택도 사실은 좀 정신없이 우왕좌왕하면서 내린 선택에 가까웠던 것 같아요. 하지만 그런 경험들이 있었으니까 좀 더 나에 대해 솔직하게 이야기할 것들이 생긴 거겠죠.

내년이면 활동하신 지 벌써 10년이더라고요. 힘들었던 순간은 언제였나요.

힘들었던 순간……. 다양한 종류의 힘듦이 있는 것 같은데요. 가장 기본적인 건 창작할 때 힘든 거죠. 그래도 그런 건 좋은 거고요. (웃음) 맨 처음에 시작했을 때 너무 힘들었던 건 '잘 안 되는 게 정말 많구나' 이 생각을 늘 할 수밖에 없었던 거요. 저는 사실 어렸을 때부터 제가 하고 싶은 것들만 하면서 살았거든요? 늘 하고 싶은 걸 선택하고, 마음이 가는 쪽으로 선택하면서 살았기 때문에 모든 과정이 내 손안에 놓여 있는 게 너무 당연한 사람이었단 말이에요. 하지만 20대 초반이 되면서 이 일을 시작하고 그게 당연하지 않게 된 거예요. 내가 하고 싶은 게 있어도 "안 된다"는 소리를 너무 많이 들었어요. '왜 안 되는 게 많을까?'에 대해서도 해답을 찾을 수 없는 상태니까 그게 힘들더라고요.

해결책이 없으셨으니까.

그렇죠. 이렇게 해서 해결이 되겠다 싶으면 좀 버틸 수 있는 힘이 생긴다거나, 더 열심히 산다거나 할 텐데 그런 게 없었으니까. 삶 자체가 막연하게 느껴졌어요.

림 킴과 김예림으로 이제는 확실하게 자신의 자리를 잡지 않았나 싶어요. 이런 이야기들을 수월하게 털어놓으시는 걸 보니까.

늘 내가 예술가라고 생각하면서 사는 것도 아니지만, 그냥 일과 나 자신 사이에 구분이 없는 편이에요. 저를 위한 일이 일을 위한 일이고, 일을 위한 일이 저를 위한 일이고. 그게 당연하게 느껴져요. 왜냐하면 제가 좋아서, 제가 하고 싶어서 하는 일이니까. 특히 지금은 대부분 제가 하고 싶은 선택만 하면서 살기 때문에……. 고민하는 순간에 힘들 수는 있어도, 그 순간을 직업적으로 어려운 순간이라 여기지는 않아요.

무척 좋은 생각의 흐름인 것 같아요. 일이 나를 압도해버리면 굉장히 불행해지는데…….

보통은 일을 오래 하거나 일이 개인적인 영역을 침범해버리면 거기에 대한 스트레스를 많이 받게 되잖아요. 그런데 저는 그런 게 없어요. 왜 그런가 생각해보면 그게 내가 좋아하는 분야여서 그런 것 같고. 또 지금은 제가 낸 작품이 예술의 다른 분야와 맞아떨어지면 그쪽과도 협업할 수 있거든요. 그러니까 분야를 다양하게 넓혀나갈 수 있다는 희망

림 킴

이 있죠. 하고 싶은 것들을 아무거나 상상하고, 거기에 맞는 다양한 분야의 것들을 가지고 와서 재미있게 즐길 수 있는 것. 예술을 한다는 건 그 부분에서 참 좋은 것 같아요.

미술처럼 다른 분야와 컬래버레이션을 하는 것에 대한 거부감도 없으시겠네요.

전혀 없어요. 저는 음악을 위해서 음악을 하는 스타일이 아니에요. 그냥 제가 하고 싶은 일, 말하고 싶은 것을 보여주는 틀이 음악일 뿐인 거죠. 음악가로서 어떤 지점에 도달하고 싶은 목표를 얘기하기보다, 나를 표현하는 도구로써 음악이 필요해요.

그동안 낸 음악들에서 단어 선택이 강렬한 인상을 남긴다는 평이 많았어요.

강한 뉘앙스의 단어들을 사실 잘 쓰지는 않아요. 제가 쓴 가사들에 강한 느낌이 많이 들어가 있기는 한데, 평소에 그런 단어를 쓰는 건 아니에요. 함축적으로 쓰려다 보니 선택해서 넣은 것뿐이에요.

앨범을 내고 나서 사람들의 반응은 살펴보셨나요.

당연히 봤죠. (웃음) 제가 생각한 것보다는 좋은 반응이 훨씬 많았어요. 신기하더라고요. 사실 앨범에 실린 곡들 전부 밀도가 너무 높았어요. 넣을 수 있는 것은 거의 다 넣은 느낌이었거든요. 그렇지만 그 부피가 가지는 나름의 이미지 있고, 당시에만 만들 수 있는 이야기일 수도 있는 거라 전반적으로는 힘들었어도 감정적으로는 시원했어요. 그런데 사실, 사람들의 반응을 신경 쓸 거였으면 작품을 만들지 않았겠죠.

그렇죠. (웃음) 그럼 이렇게 시원시원한 림 킴 씨는 어릴 때 어떤 아이였나요?

한마디로 자유로운 아이. 그렇다고 시끄럽다거나 엇나가거나 그런 건 전혀 없었고, 조용한데 굉장히 자유로운 아이였어요. 학교 다닐 때 생각하면 공부도 제가 좋아하는 과목만 했어요. '내가 하고 싶으면 언젠가 하게 될 거야' 이런 확신이 있었고, 입시에 대한 걱정도 거의 없었고요. 부모님께 대안 학교나 유학에 대해서도 강하게 주장해서 학교를 원하는 곳으로 옮겨 다니기도 했죠. 책도 자유롭게 읽었어요. 궁금한 게 있거나 보고 싶은 이야기들이 있으면 그 주제를 다룬 파트만 보는, 궁금한 것만 보는 스타일이었죠. 궁금증이 풀리면 그냥 그걸로 됐어요. 좋은 건지 모르겠지만, 아무튼. (웃음)

지금은 어떤 사람인 것 같아요?

저는 잘 바뀌는, 지금까지 계속 이야기한 것처럼 자유로운 사람인 것 같은데요. 거절도 잘해요. 거절은 잘하는데 새로운 걸 좋아하는 스타일이긴 해서, 해보고 싶은 건 수락하고 도전하고 싶은 마음이 없으면 거절하고.

우리가 살면서 느끼지만, 거절이라는 게 의외로 쉬운 선택은 아니잖아요.

스스로를 많이 관찰하는 스타일이라. 내가 어떤 상태인지, 혹은 내가 지금 무슨 생각을 하고 있는지가 중요하니까요. 나에 대해 많이 알려고 하는 스타일이니까 그럴 수 있는 것 같아요. 더군다나 이 일을 하려면 자기를 많이 아는 게 좋다고 생각하고.

생각보다 그것도 쉽지 않은 일이에요. 안타까운 일이죠.

'내가 나를 알아야 하는 건 당연한 일 아닌가? 그걸 오히려 사람들이 많이들 멀리하고 있지 않나?' 이런 생각도 있어요. 그리고 내가 아는 나도 있지만, 남의 눈에 비치는 나도 있잖아요. 그게 호의적인 시각이든 부정적인 시각이든 둘 다 알아야 한다고 봐요. 나를 알아야 다음을 선택할 수 있는 거잖아요. 다른 사람과 관계를 맺을 때도 내가 누군지에 따라 그 관계가 달라지는 건데, 그 기반이 되는 나를 모르면 관계에 대해 뭘 알 수 있을까요?

우리는 늘 도전하기를 권유 혹은 강요받는다. 하지만 도전이라는 것은 내가 그것을 하기 원할 때, 거기에서 어떠한 가치를 얻을 수 있다는 기대, 충분히 수행할 수 있는 에너지가 모두 갖춰져 있을 때라야 그 의미도 있는 법이다. 이제 자신의 것을 자신이 선택하는 법을 알게 된 림 킴은 그 세 가지 요건을 떠올리며 도전의 의미를 자기 안에서 새롭게 정의한다.

Do what u want

LIM KIM

17

〔최후진술〕, 〔록키호러쇼〕, 〔그림자를 판 사나이〕, 〔쓰릴 미〕, 〔아킬레스〕, 〔세자전〕, 〔루드윅〕, 〔블루레인〕, 〔마마 돈 크라이〕 등의 작품을 통해 무대에 올랐다. 독실한 신앙인이라는 사실이 그에 대한 편견을 만들어낼 수도 있지만, 어쩌면 그의 말들이 거꾸로 신앙에 대한 사회의 편견에 균열을 낼 수도 있겠다는 생각이 들었다. 그러니까, 우리가 흔히 생각하는 보수적인 교리의 범주 바깥에서 다양하게 펼쳐지는 드라마가 가득한 뮤지컬 무대. 그 위에서 그가 어떻게 작품을 택하는지 궁금하지 않을 사람은 거의 없을 것이다.

배우
양지원

"영감을 신앙 안에서

찾으려고 노력해요."

뮤지컬 배우인데 2020년에는 성대 수술을 받고 나서 목소리가 나오지 않는 순간을 겪으셨어요.

갑상선 항진증을 겪어서 지금도 노래하는 데 되게 불편해요. 성대가 안 좋아져서 수술한 것도 원인이 결국 갑상선이었거든요. 보통 사람에 비해 제가 느끼는 성대의 피로감이 최소 일곱 배에서 심할 때는 수백 배까지 심해요. 일반 사람들이 말 한마디 할 때 저는 일곱 마디 하는 거랑 똑같다는 거죠. 그런데도 작품을 쉬지 않고 하다 보니까 몸에 문제가 생겼고, 노래를 못할 수도 있다는 얘기를 듣고 완전히 절망에 빠져 있었어요. 뮤지컬은 이제 그만해야 하나 보다, 하면서 선교 갈 준비를 하고 있었거든요. 성대를 잘못 잘라내면 모양이 변형돼서 목이 더 안 좋아지는 경우도 있대요. 하지만 정말 다행히 목소리를 되찾았고, 지금은 너무 건강하고요. 이렇게 다시 배우를 하고 있습니다.

노래한 지 얼마나 되신 거예요?

고등학교 3학년 때부터 제대로 배운 거니까, 한 15년 정도 됐겠네요. 그동안 정말 많은 선생님을 만났어요. 기획사에 있으면서 정말 날고 긴다고 하시는 보컬 트레이너분들도 만나봤는데, 저에게 노래하라고 권유해주신 분이 김연우 선생님이셨어요. 사실은 꽤 애제자였고 (웃음) 많이 도와주셨는데 잘 안 풀렸죠. 아이돌도 준비하고, 밴드도 준비하고, 보컬 그룹도 준비하고…… 정말 힘들었어요, 정말로.

그전에는 꿈이 무엇이었나요.

제가 생각보다는 공부를 잘했어요. 제 얼굴 보고 느끼시는 것보다 더. (웃음) 아버지가 해군 장교셨는데, 군 가족 문화가 좀 특이해요. 서로 굉장히 가깝게 지내고 집안 사정을 다 알아요. 자연스럽게 체면이 무척 중요하게 여겨지죠. 그래서 공부를 시키신 덕에 생각보다는 잘했던 거고. 당시에는 해군이 되거나 대통령 경호원이 되고 싶었어요.

너무 의외인데, 노래는 어떻게 시작하시게 된 거예요?

동네에서 노래 잘한다고 소문나는 거 있잖아요. 그러는 바람에 당시에 가장 유명했던 아이돌 기획사 오니션을 우연히 봤어요. 합격하게 되니까 어떻게 해야 하나, 싶었죠. 고민하던 차에 다른 기획사에 가게 됐는데 거기에서 김연우 선생님을 처음 만난 거예요. 나중에 알고 보니 부모님은 제가 오디션을 볼 때 죽어도 가수 안 시키려고 무조건 너는 안 된다고 얘기해달라 부탁까지 하셨대요. 저는 아무것도 모르고 가서 오디션을 봤는데, 너무 오래전 일인데 아직도 기억이 나요. 김연우 선생님이 앞에서 피아노를 쳐주셨고, 저는 노래를 불렀어요. 그런데 갑자기 손을 멈추고 저를 스윽 보시더니, "네가 운동이나 공부를 얼마나 했는지 모르겠는데, 너는 노래를 해야 하는 사람 같다" 이러시는 거예요. 사실 당시에는 너무 어려서 왜 그런 말씀을 하시는지 몰랐는데, 나중에 생각해보니 정말 소름 돋았던 순간이었죠.

말씀만 들으면 데뷔까지도 무척 순탄하셨을 것 같은데…….

순탄한 길로 쭉 가고 있었던 게 맞아요. 당시에 유명했던 기획사에서 명함도 많이 받았고, 밴드부에서 공연도 하고요. 심지어 이상한 자극을 받아서는 "나는 무조건 실력파 록 가수가 될 거야!" 그러고. (웃음)

어쨌든 당시에 실용 음악과가 가장 유명한 두 학교의 시험을 봤는데 네 명인가 뽑는 자리에 예비 4번으로 떨어진 거예요. 그때부터 김연우 선생님이 "어우, 너는 진짜 내가 잘 본 것 같다"고 하시면서 더 신나서 같이 준비를 했죠. 하지만 문제는 저였어요.

생각했던 대로 일이 잘 안 풀리시던가요?

친구들이 모두 다 좋은 대학교에 붙었어요. 저야 예상치 못한 실패이기는 했어도, 기획사가 있으니까 괜찮을 줄 알았거든요. 그런데 같이 술을 먹고 PC방에 갔다가 게임에 빠진 거예요. 정말 뜬금없이. 그 후로 연습도 안 나가고 무단결석하다가 잘렸어요. PC방에서 2년 동안 정말 썩었다고 말할 수 있을 정도로 게임만 했어요. 말도 안 되는 이유죠?

좀 당황했어요. 제가 생각했던 지원 씨의 모습과 많이 다르셔서요.

백수라 돈 떨어질 때까지 PC방에 있고 그랬는데, 결국 한 푼도 없어서 패밀리 레스토랑 아르바이트를 하고, 다들 제가 온실 속의 화초처럼 자란 줄 알아요. 하지만 어느 정도로 게임에 빠져 있었냐면, 아버지가 당시에 대령이셨는데 제가 별을 두 개 달고 있었어요. (웃음) 결국 가수가 될 수 있는 길은 다 사라졌고, 엄마는 이렇게 살 거면 같이 죽자고까지 하셨어요. 그때가 스물두 살쯤이었는데 결국 저를 안타깝게 본 밴드 친구가 군악대 이야기를 해줬어요. 2년에 한 번 보컬병을 뽑는다더라고요. "그냥 너 인생 한 번 다시 산다고 생각하고 같이 준비해보자." 그 얘기 듣고 한 달 동안 게임을 딱 끊었어요. 교회 가서 맨날 노래 연습만 했죠. 붙었을 때 엄마랑 펑펑 울었어요. 인생에서 처음 받아본 합격증이었죠. 그 후로는 버클리 음대를 준비했어요. 한국에서 1년 동안 딸 수 있는 학점을 미리 다 따놨고. 문제는 그러다가 갑상선 항진증에 걸려서 전역을 한 달 남기고 의가사 제대를 했다는 거죠. 상하 관계를 따지는 군대가 잘 안 맞는 것도 많이 힘들었어요. 심지어 가수의 꿈을 못 버려서 다른 기획사에 마지막이라 생각하고 들어갔다가 회사 재정에 문제가 생기기까지 했고.

뮤지컬 배우가 되기까지 힘든 시간을 보내셨네요.

주아라는 뮤지컬 배우님이 계세요. 당시에 제가 다니던 학교의 선생님이셨는데, 지나가다가 발표 시간에 절 보시고 뮤지컬 배우를 해볼 생각이 없냐고 하시더라고요. 저는 사실 다시는 가수를 못할 것 같아서 '보컬 트레이너를 해볼까' 그럴 때였거든요. 그래서 안 한다고 했죠. 하지만 두 번을 더 찾아오셨고, 삼고초려라는 생각이 드니까 '뭔가 신의 뜻이 있지 않을까?' 싶더라고요. 마침 주아 선생님도 신앙심이 깊은 분이셨고요. 그때 결심하고 말했어요. "한번 해볼게요."

같은 종교를 지닌 분을 만나서 의지할 데를 찾으셨군요.

실질적으로 그분이 저를 작품에 출연하게 해주셨다거나 그랬던 건 전혀 아니에요. 하지만 그렇게 자생할 수 있게 놔두신 게, 지금 와서 보면 여기서 제가 굉장히 건강하고 튼튼한 배우로 자랄 수 있는 양분을 스스로 만들 여지를 주신 거죠. 뮤지컬 배우를 하면서 얼마나 어려운 게 많아요. 처음부터 쉬운 길로 왔으면 정말로 금빙 떨어져 나갔을 거예요. 뮤지컬에 대해서 진지하게 고민해보고, 오디션을 보면서 정말 많은 실패를 맛보고 하면서 여기까지 오게 된 거예요. 사실, 실패 덕분에 여기에 올 수 있었던 거죠. 진짜로.

지원 씨는 배우들 중에서도 신앙심이 깊은 걸로 유명하시더라고요. 신앙이 예술가로서의 삶을 사는 데 어떤 도움을 주나요?

배우 생활 자체에 영향을 많이 끼치죠. 그게 기도 제목이기도 했어요. 신앙인들은 그런 이야기를 해요. 내 생각이 맞고, 내 판단이 맞다 얘기하기보다 하나님이 기뻐하시고 하나님이 보시기에 좋은 것을 찾자. 하지만 막상 그렇게 하기 정말 힘들거든요. 그래도 그렇게 살기 위해 방향성을 잃지 않으려 노력해요. 예를 들어서 신앙적으로 좀 걱정스러운 요소가 있는 작품이 들어오면 기도를 해보게 되는 거죠. "이 작품이 들어왔는데 해도 될까요?"라고.

그런데 뮤지컬 중에 마냥 평화롭고 따뜻한 메시지만 전해주는 작품은 없잖아요. 어쩌면 드라마의 존재 이유가 사라지니까……

음, 사실 [쓰릴 미] 같은 경우도 아동 유괴에 대한 실제 사건을 바탕으로 한 거잖아요. 그런 부분에서 고민을 많이 했어요. [록키호러쇼] 는 작품이 주는 메시지가 신앙에서 말하는 것과 완전히 정반대이기도 하고. (웃음) 이런 경우에 제가 어떻게 접근을 해야 하고 어떤 선택을 내려야 하는지에 대해 평생 숙제처럼 안고 가야 하는 것 같죠. 아직도 완벽하게 답을 내렸다고 말하기가 어려워요. 솔직하게 말씀드리면, 이 작품을 하든 저 작품을 하든 잘못된 건 없다고 생각해요. 하지만 앞으로 신앙인으로서 모든 것은 가능하지만, 유익과 덕을 세우는 것에 조금 더 집중해보려고 해요. 모든 건 저와 하나님의 관계가 바로 서 있을 때 가능할 것 같고요.

사실 신앙에 너무 많은 부분을 기대면 선택의 폭이 너무 좁아질 것 같아요. 저의 개인적인 생각은 그래요.

맞아요. 제가 안 한다고 한 작품을 선택하는 사람들도 있으니까요. 다 동료들이고, 소중한 사람들이 택하는 것이기 때문에 그 결정은 별개예요. 아까 말씀드린 것처럼 전 그저 저와 하나님의 관계에서 택하고 싶은 예술의 방향성을 향해 가는 것이고요. 아, 굉장히 보수적인 신앙인분들 중에서는 좀비나 귀신처럼 실제적이지 않은 존재에 대해서도 거부감을 가지시는 분들이 있어요. 음악도 세속적이라는 생각이 들면 피하시고. 종교는 정말로 예민한 문제예요. 제가 웬만하면 이야기를 안 하려고 했던 것도 이 이야기를 받아들이는 사람들의 생각이 천차만별이다 보니까……. 그런데 이 이야기를 드디어 하게 된 거예요. 왜냐하면 이게 저잖아요. 이게 양지원이라는 사람이기 때문에.

딱히 편을 가르신다는 느낌은 들지 않아요. 그래서 저도 지원 씨와 이야기를 나누는 게 불편하지 않고요.

그 부분에서 한 가지 생각한 게, 교훈이 있는 작품을 하고 싶다는 거였어요. 인생에 대해서 돌아보고 '아, 이런 사람도, 이런 삶도 있구나'라고 생각할 수 있는 작품을. (아킬레스)도 그래서 선택한 작품이었어요. 다양함에 대해 서로 다르다고 편 가르기를 하거나 좌우로 나누지 않고 나와 다른 무언가를 이해하려고 노력하고, 포용할 수 있다는 걸 느낄 수 있는 작품이라고 생각했거든요. 그리고 저는 그게 예술이라고 생각해요. 바다의 신, 인간의 왕, 그리고 그 사이에서 나온 아킬레스. 여기에도 끼지 못하고, 저기에도 끼지 못하는 사람을 대표하는 아킬레스의 이야기는 사실 현실에 너무나 많죠. 와, 이거 되게 어렵네요. 말을 조심하려고 하다 보니까.

지금 지원 씨가 충분히 조심하고 계신다는 거 알아요. 그리고 그렇게 조심하면서 지원 씨가 생각하시는 예술의 어떤 부분이 완성된다는 것도 알겠고요.

저는 예술이라는 게 사람의 다양성을 보여주는 역할을 한다고 생각해요. 이런 인생, 저런 인생이 있잖아요. 예술로 인해서 우리는 사람들의 다른 모습들을 배척하고 비판하는 게 아니라 이해하려고 노력할 수 있고, 만약에 좋지 않은 모습을 지닌 소재나 캐릭터가 있다면 그걸 타산지석 삼아서 교훈을 얻을 수도 있어요. 즉, 사람다워질 수 있게 만들어주는 게 예술이라는 거예요. 그래서 저에게는 작품이 뭘 말하고 있느냐가 가장 중요해요. 앞으로 연기하겠다고 결정할 작품에는 그런 점이 더 많은 영향을 끼칠 거예요.

성대 수술 이후에 생각에도 많은 변화가 있으셨을 것 같네요.

맞아요. 이 작품이 말하고자 하는 바가 확실하다면 선택할 수 있겠지만, 만약 그 안에 제 마음이 불편한 요소들이 있다면 선택하지 않을 수도 있어요. 사실은 좀 따뜻한 작품을 하고 싶다는 생각도 있는데……. 요즘 세상이 너무 각박하잖아요. 예술이 그 각박함을 조금 달

래줄 수 있는 요소라고 생각해요. 인간미가 있는 거요. [세자전]을 되게 좋아했는데, 사실 [세자전]도 겉으로 보면 따뜻한 작품이 아니거든요. 그런데 왜 이 작품이 좋았냐면, 인간의 깊은 내면을 다 보여주는 것 같아서였어요. 앞에서는 선한 얼굴을 하고 있지만, 뒤에서는 누군가를 찔러도 아무렇지 않은 사람들의 모습을 통해 전하고 싶은 얘기가 있었어요.

실패를 거듭하시면서 많이 봤던 사람들의 모습일지도 모르겠네요.

그렇죠. 그런데 이 얼굴들은 우리 모두에게 있는 모습 아닐까요? 확실히 저에게 영감은 신앙에서 오는 것 같아요. 그리고 되게 신기한 게, 같은 텍스트를 연기해도, 같은 연출에 같은 디렉션을 받아도 연기가 다 다르게 나오거든요? 사람마다? 그렇지 않아요? 이게 다 영감이 있기 때문이라고 생각하고, 저는 그걸 신앙 안에서 가지려고 노력하는 사람인 거고. 사실 팬분들 중에서 제가 언제든 선교 활동을 하러 떠날 수 있다는 이야기를 한 걸 듣고 놀라신 분들이 꽤 있었는데요. 정말로 떠날 거라고 생각하시나 봐요. (웃음)

음, 팬분들 입장에서는 당황스러울 수 있다고 생각해요.

그렇다고 해서 제가 뮤지컬을 사랑하지 않는 게 아니거든요. 예술을 정말 사랑해요. 배우로서 성장하기 위해 정말 끊임없이 노력하고 있고요. 저에게 배우로서의 삶이 허락되는 한 최선의 모습을 보여드리기 위해 끈질기게 노력하고 있다는 점은 알아주셨으면 좋겠어요. 그리고 무엇보다, 제가 이 일을 사랑해서 하고 있다는 걸요. 지금이 양지원이라는 사람의 인생 그래프에서 무척 중요한 구간이라는 것도.

그나저나 따뜻하고 훈훈한 작품들이 별로 없어서 어쩌죠?
저는 믿음이 있어요. 하나님이 저를 굶기지 않으실 거라는 믿음이!
(웃음)

인간이든 신이든, 기댈 수 있는 무언가가 존재한다는 사실이 때로는 큰
위안이 된다. 마치 "굶기지 않으실 거라는" 굳건한 믿음을 지닌 그의 모
습처럼 말이다. 오랫동안 신의 세계, 그리고 신과 인간이 맺는 관계가
예술의 주된 소재가 되어왔고 그 길을 계속 이어가는 한국의 한 배우는
여전히 그 믿음 안에서 살고 있다. 끊임없는 기도로 만들어진, 스스로
의 인생 그래프를 따라가면서.

인생은 첫 짜고 첫 짜비
오늘 이 순간을 감사하며 삽시다￼

배우 양지원♡

18

Mnet 〈프로듀스 101〉을 통해 걸그룹 아이오아이로 데뷔했다. 잠깐의 프로젝트성 활동이 끝난 이후, 걸그룹 위키미키로 두 번째 데뷔를 맞았다. 아이오아이와 위키미키로 활동하며 여러 장의 앨범을 냈고, 그 앨범이 한 장 한 장 쌓이는 동안 생각보다 힘든 시간도 겪었다. 1999년생 고등학생이 20대가 되고, 자연스러운 성장이 일어나는 동안 겪은 이 일들은 지금의 최유정을 더 뿌리 깊은 나무로 서게 만들었다. 편안하게 오늘의 바람을 맞이하는 뿌리가, 단단하고 깊은 나무로.

음악가
위키미키 최유정

"좋은 것만 보려고 해요.

내가 숨 쉴 수 있도록."

유정 씨와는 4년 만에 다시 만났어요. 그때는 아이오아이였는데, 지금은 위키미키로 활동 중이시죠. 그때와 지금을 비교하면 뭔가 달라진 점이 있으신가요?

많이 달라진 것 같아요. 겁도 많아졌고. (웃음) 정확하게 "이러이러한 게 바뀌었어요"라고 말하기는 조금 어려운데요. 그때는 시작이라 모르는 것도 많으니까 오히려 잘 몰라서 용감하게 할 수 있는 일들이 있었던 것 같은데, 지금은 다르잖아요. 그러다 보니까 조심스러워지고 겁도 많아지고 그런 것 같아요.

워낙 밝은 모습을 많이 보여주셨던 유정 씨라, 차분한 모습이 의외라고 생각하시는 분들도 있을 거예요.

사실 저는 '난 이렇게 살아야지' 하고 뭔가를 정확하게 정의 내리고 사는 성격이 아니거든요. 그냥 흘러가는 대로 사는 느낌의 사람인데, 예전보다는 기대감 같은 걸 좀 내려놓고 살려고 해요. 나중에 힘들지 않기 위해서 내 안을 조금 비우는 거죠. 그렇게 해야 나중에 내가 바라는 걸 이루거나 좋은 일이 생겼을 때 몇 배는 더 기쁘니까요. 원래부터 좀 내려놓고 살기를 추구하는 편이었고, 최근에는 실천도 잘하고 있는 것 같아서 좋아요.

취미도 정적인 것들일 것 같아요.

맞아요. 명상에 관심이 있는데, 나에게 명상이라는 게 얼마만큼 필요한지 고민 중이에요. 그러면서 오일 파스텔로 그림을 그리고 있거든요. 질감이 부드럽고 꾸덕꾸덕한데, 그 묘한 느낌이 좋아서 심리적으로 위안이 돼요. 하고 있으면 기분이 되게 좋고 시간도 잘 가요. 다 하고 나서 보면 나름대로 멋있더라고요. 성취감을 얻을 수 있어서 좋은 취미인 것 같아요. 그런데 사실 제 취미는 꽤 자주 바뀌는 편이에요. (김)도연이랑 비슷해요. (웃음) 비즈 공예, 요리, 시 쓰기…….

취미가 취향을 확실하게 알려주잖아요. 여러 가지 해보시면 좋죠.

이것저것 하면 할수록 내가 좋아하는 게 점점 확실해지는 느낌이에요. '좋아한다'는 말의 울타리가 어느 정도 정해지는 걸 보면서 '아, 내 성향이 이렇구나' 하고 깨닫는 부분이 있어요. 실은 데뷔했을 때 정말 힘들었던 게 정체성에 혼란이 와서였거든요. 나는 누구인지에 대해 너무 큰 혼란에 휩싸였어요. 2017년에는 숙소에 있다가 막 울었죠. 정말로 내가 누군지 모르겠더라고요. 이렇게 차분한 제 모습이 있고, 방송에서 드러나는 활발한 모습이 있고, 친구들과 어울릴 때의 또 다른 모습이 있는데, 그때는 딱 하나로만 정해져 있어야 할 것 같았나 봐요. 이제는 그게 다 나라는 걸 받아들였어요. 취미도 많이 생기고, 일에서도 연차가 쌓여가고, 사람도 많이 만나면서 제 성향을 알게 되니까 저를 받아들이게 됐다고 할까요.

깨달음을 얻은 특별한 계기가 있으셨던 건가요?

제가 직접 창작을 하는 사람은 아니잖아요. 창작해서 주신 것을 열심히 소화해내는 역할을 하는 거죠. 그러면서 고민도 많이 됐어요. 작사, 작곡을 배워야 하나 싶더라고요. 그런데 그것도 내가 진짜 하고 싶어야 마음에서 우러나와 잘되는 거지, 억지로 끌어내면 노래에 진심이 아닌 무언가가 담기는 게 될 테니까요. 그건 싫었어요. 그래서 받은 작품을 소화하는 사람으로서 뭘 하면 좋을까 하다가, 그냥 여태까지 해온 것처럼 연습을 열심히 하고 무엇보다 무대에 지치지 않는 게 중요하다고 생각하면서 지냈던 것 같아요. 가수로서 그게 제일 중요하다고 생각했어요. 몸은 지쳐도, 내 일을 좋아하는 마음이 지치면 안 되겠단 생각을 많이 했어요.

꼭 작사, 작곡을 해야만 창작자인 건 아니니까요. 그 결과물을 가지고 유정 씨는 음악 순위 프로그램이나 예능 프로그램에서 다양한 모습을 많이 보여주셨잖아요.

아무것도 모르던 아이오아이 때는 마냥 재밌고 좋았는데, 활동하면서 좀 힘들기도 하고 그러다 보니까 스케줄을 소화할 때 그런 생각이 많이 들더라고요. '내가 이 프로그램에 나갔을 때, 진짜 진정성 있게 즐기면서 할 수 있을까?' 저는 이걸 제일 중요하게 생각하거든요. 스케줄을 하면서 진심으로 하고 싶어요. 그래서 하루에 너무 많은 스케줄을 힘들게 다 소화해야 하는 상황을 좋아하지 않거든요. 그렇게 지친 상태로 임하다 보면 나중에 제가 그러고 있는 모습을 보는 게 스스로 힘들어져요. 게다가 보시는 분들도 그걸 느끼실 거란 말이에요.

연차가 쌓이는 동안 많은 생각을 하셨네요.

그 이후로 활동하면서 힘들 때가 한 번 있었는데요. 그때 마음가짐을 정리하면서 '아, 내가 인생 두 번 사는 게 아니니까 지금 기회가 올 때 경험해봐야겠다' 이런 생각이 들더라고요. 휴식기를 가질 때 오히려

'힘들어도 기회가 올 때 해야지. 이거 지나면 아무것도 남지 않는다' 그런 생각을 많이 했죠. 그때 상황을 스스로 정리하면서 마음속에 심어 둔 말이 있어요. 교육을 통한 배움보다 경험을 통한 배움이 더 크고 강렬하게 남는다는 거. 그걸 이제 알게 돼서 앞으로 또 여러 가지 스케줄을 소화하게 되면 좀 겁내지 않고 더 다양하게 도전을 해야겠다는 다짐을 할 수 있었던 것 같아요.

유정 씨는 언제가 가장 기쁘신가요?

열심히 준비한 모습을 팬분들에게 보여드릴 때가 제일 기뻐요. 그런 느낌 있잖아요. 어릴 때 카네이션 같은 거 만들어서 엄마 아빠에게 나 이거 만들었다고 보여주는. 엄마는 당연히 내가 열심히 만든 거 좋아해줄 거란 걸 알잖아요. 믿음이에요. 팬분들에게도 그런 믿음이 있어요. 우리가 뭘 하든 좋아해주실 거고, 우리가 나쁜 걸 열심히 준비한 게 아니라 좋고 멋진 걸 열심히 준비했기 때문에 좋아해주실 거라고 믿죠. 항상 연습하면서 멤버들과 함께 기대한단 말이에요. 저희끼리 이야기해요. "이번에 얼마나 좋아해주실까?", "이거 팬분들이 좋아하시겠다!" 저는 뮤직비디오나 사진이 공개됐을 때, 첫 방송 무대가 공개됐을 때 희열을 많이 느끼는 것 같아요.

기쁜 순간도 이렇게나 많았는데, 왜 겁을 그렇게 내셨을까…….

제가 자존감이 그리 높은 사람이 아니어서요. (웃음) 사랑도 많이 받고 하다 보니까 긍정적인 면도 많이 생기기는 했는데요. 마음 한구석에서는 여전히 자존감이 낮은 게 느껴져요. 이거는 고치는 게 쉽지 않더라고요. 내가 나를 다른 눈으로 봐줘야 깨달을 수 있는 건데, 그렇지 못한 상태로 부담감을 가지고 활동을 계속했으니까요. 많은 사람들이 보는 자리에 서 있었고요. 그러면서 조금 무서웠고, 날 어떻게 생각할지 모르니까 많이 힘들었던 것 같아요. 그래서 잠깐 쉰 거잖아요? 쉬면서 알게 된 거예요. 내 안의 발걸음 속도보다 바깥에 드러나는 것들의 속도가 전력 질주에 가까웠던 바람에 얘가 너무 지쳤구나. 헉헉대고 있구나. 걸음 속도를 맞춰주는 시간이라고 생각하고 화방에 가서 그림도 그리고, 본가에서도 살아보면서 많이 회복한 거예요.

정말 큰 깨달음을 얻으신 것 같아요. 요즘 번아웃을 겪는 사람들이 너무 많은데, 유정 씨의 말씀이 도움이 될 거예요.

제 주변에도 지인들이라든지, 오며 가며 만나는 분들 중에도 왠지 지쳐 보인다거나, 힘에 부친 것처럼 보이면 이야기를 들어주고, 도와주고 싶은 그런 마음이 생겼어요. 너무 신기하고 민망한 일이지만 제가 선배가 되기도 했잖아요. (웃음) 힘들 때 어떻게 해야 하는지, 회사와의 커뮤니케이션은 어떻게 해야 하는지 후배분들이 많이 물어보시거든요. 저도 선배분들의 도움을 많이 받아 이제는 해줄 수 있는 말이 많아져서 다행이에요. 선배들에게 제가 궁금한 것들을 물어볼 수 있었고, 그렇게 도움을 받았기 때문에 지금이라도 알게 된 거죠. 철없이 살지 않게 도와주신 분들이 많아요.

유정 씨의 현재는 어떠신가요?

지금요? 딱 좋아요. 별일 없거든요, 진짜. 그냥 사는 느낌? 어제도 아는 언니랑 만났는데, 언니가 "왜 이렇게 애가 아무것도 없어 보이냐?" 이러는 거예요. 그게 무슨 뜻이냐고 물었더니 생기가 없어 보인대요. 최근에 저도 그런 느낌을 받긴 했는데, 저는 이게 좋은 것 같아요. 눈 떠지는 대로 일어나서 씻고, 아무것도 안 하고 있다가 청소하고. 특별히 좋은 일도 없지만 그렇다고 엄청 나쁜 일도 없고 잔잔하게 흘러가는 지금이요. 그냥 딱, 딱 지금이 좋아요.

사람들 눈치도 많이 보시지 않고.

무대도 그래요. 제 기준에 좋은 노래와 퍼포먼스를 가지고 무대를 했던 경우에는 단 한 번도 누구 눈치 보면서 한 적이 없어요. 저는 자신 없으면 무대에서 편하지가 못해요. 타인의 시선을 굉장히 신경 쓰고 눈치를 많이 보는 사람이기 때문에 자신감이 떨어지면 무대 하기가 굉장히 어렵거든요.

스스로 참 잘 다독여서 여기까지 왔는데도 여전히 사람들의 시선이 신경 쓰이실 때가 있군요. 사실 눈치 보는 것 자체도 되게 힘든 일인데요. 에너지 많이 쓰고.

너무 힘든 일이죠. 진짜 눈치 그만 보고 싶거든요? (웃음) 그런데 잘 안 되더라고요. 어쩔 수 없나 봐요. 대신에 좋은 것만 보려고 하죠. 그래야 내가 숨 쉬면서 활동할 수 있기 때문에! 신기하게도, 좋은 것만 보려고 하면 좋은 것만 보여요. 왜냐하면 그런 말을 해주시는 분들이 감사히도 있으니까. 좋은 사람들이 있으니까. 굳이 안 좋은 거 보고 지쳐서 좋아하는 사람들에게 더 잘 보여줄 수 있는 순간을 놓쳐서는 안 된다고 생각해요.

사람들은 아이돌이 이렇게 많은 고민을 한다는 사실을 잘 몰라요. 아이돌의 모습을 너무 기계적인 것으로 보려는 경향도 여전하고. 아이돌 전문 기자를 하면서 많이 느꼈어요.

(잠시 말을 멈췄다가) 눈물 날 것 같아요. 우리 멤버들 생각해서 눈물이 나는 건데요. 저희 진짜 열심히 하거든요. 그리고 사람들이 여러 아티스트들을 보면서 서로 경쟁한다고 이야기하는데, 우리끼리는 그런 생각이 안 들어요. 그냥 진짜 동료, 완전히 서로를 응원하고 존경하는 동료예요. 처음에는 경계할 수도 있어요. 하지만 다들 얼마나 열심히 하는지 아니까 이제는 존경심이 가장 커요.

저는 단언해요. 아이돌도 예술가들이에요.

그렇게 불릴 수 있다고 생각해요. 사실 누가 봐도 유명한 사람들이 있고, 그렇지 못한 사람들, 빛을 못 봤다는 말을 듣는 사람들이 있잖아요. 후자에 속하는 사람들이 자신감을 잃지 않았으면 좋겠어요. 일하다 보면 항상 결과를 보면서 주눅 들어 하는 사람들이 있거든요. 저도 이걸 오랜 시간이 걸려서 알게 됐지만, 그때 스트레스도 참 많이 받고 힘들어하면서 깨우친 것 같아요. 좋은 결과를 바라고 하는 게 아니라, 좋아해주는 사람들을 위해서 하는 거. 그게 중요하다는 거요. 다른 아이돌분들도 이 점을 다들 알고 계셨으면 좋겠어요. 모르고 힘들어하는 분들이 많이 있는 것 같아서 너무 속상하죠.

오로지 유정 씨와 위키미키 멤버들의 목표가 궁금해요.

우리는, 우리가 서로 어떤 일을 해도 응원해줄 거라는 걸 알거든요. 그렇기 때문에 바깥에서 어떤 말을 해도 휘둘리지 않고 저희의 길을 갈 거예요. 그래서 남들이 생각하는 하나의 길로 쭉 가는 게 아니라, 이것저것 많이 해서 기록을 가득 남기고 싶어요. 그리고 큰 목표라고 하기엔 그런데, 지금처럼 제가 무대에 지치지 않고 계속해나갔으면 좋겠어요. 저에게 무대를 할 수 있는 기회가 남아 있을 때까지는 그 무대에 진심으로 임할 거예요. 내가 나에게 힘이 되고, 타인에게 위로가 되는 그런 아티스트의 무대……. 그래서 저는 지금이 좋아요. 기쁜 일을 마다하지 않되, 충분히 만족하는 제 모습이 눈에 보이는 지금이요.

눈물이 많은 사람을 인터뷰하는 일은 사실 쉽지 않다. 조용히 그를 바라보면서 미소를 띠거나, 닦을 것을 건네주는 일밖에 할 수 없는 내가 부끄러워지기 때문이다. 다른 사람의 상처를 보는 일은 이렇게나 사람을 약하고 창피한 존재로 만든다. 그러나 신기하게도, 그의 우는 모습을 바라보면서 나는 바싹 마르고 영양분을 잃은 나뭇잎들을 털어내는 푸른 나무의 형상을 떠올렸다. 4년 만에 다시 만난 그의 나무는 이제 스스로 가지치기까지 할 줄 아는 건강한 존재가 되어 있었다.

쉬어간다고 해서 뒤쳐지지 않아
나늘 내 발걸음을 맞춰주려 할거지
다른이들의 걸음을 맞추려는게 아냐.
그 시간이 필요하기 때문에 나에게 온거야
걱정하지마 걸음의 속도가 맞춰지면
다시 걸으면 돼. 잠시 멈춘거지 끝난게 아니까.

— 위키미키 유정 —

19

『구관조 씻기기』, 『사랑을 위한 되풀이』, 『희지의 세계』 등을 출간했고, 여러 문예지에 다른 시인들과 함께 시를 실었다. 대학에서 학생들을 가르치면서 다양한 활동을 병행하고 있다. 그렇게 열심히 뛰면서 머리를 식힐 시간까지 만들 수 있는 이유가 뭐냐고 물었더니 "안 그러면 삶에 시가 잡아먹히니까"라고 단호하게 말했다. 삶이 시를 잡아먹지 않도록, 잠깐 한눈을 판 사이에 잡아먹힌 시가 소멸의 고통을 호소하지 않도록 시인은 달린다고 했다.

시인
황인찬

"안 그러면 삶에

시가 잡아먹히니까."

이른 등단을 하셨어요. 본인에게 어떤 의미였나요?

운이 좋고 다행이었던 거죠. 그러니까 저는 그 시절은 없었어요. 문예 창작학과 학생들이 겪는 공통적인 고민 코스가 있잖아요. 대학교 졸업할 즈음에 '내가 글을 계속 써도 되나? 쓸 수 있나?' 그 고민을 하게 되는. 저는 운이 좋게 그런 고민의 시기는 없었어요. 하지만 다른 고민이 남아 있더라고요. 시인으로 사는 일이라는 게, 시인으로 살기 위해 뭔가를 해야만 하는 그런 일이기도 하거든요. 스물세 살 당시에는 그게 어떤 삶인지 정확하게 몰랐지만 한 가지는 확실히 알고 있었어요. 내가 시인으로 살 수 있도록 다른 일들을 열심히 해야 한다는 거.

"시인으로 살기 위해 뭔가를 해야만 한다." 많은 작가분들이 공감하실 것 같네요.

안 그러면 삶에 시가 잡아먹히니까.

랭보가 생각나는데요. (웃음)

그렇게 인생을 불사르는 사람은 아니에요. (웃음) 시보다는 삶이 중요한데, 그래도 삶에 시의 자리를 마련해놓을 수 있게, 해야 할 일이 있다는 걸 알고 있었던 것뿐이에요. 아, 그런데 지금 말하고 보니까 정말 제 삶에 시, 그리고 시와 관련된 무엇들 말고는 별게 없네요.

지금 어떤 일을 하고 계시나요?

대학에서 강의하고 있고, 네이버 오디오 클립에서 음독을 하고 있어요. 그것도 시 읽는 거예요. EBS 라디오에 매주 게스트로 나가고 있고, 팟캐스트에서 김새벽 배우와 오디오 콘텐츠를 같이 만들고 있고요. 이것도 다 시와 관련된 것들이에요. 그 외에 하고 있는 일들도 문예지 기획 위원이나 출판사와 관련된 일들이니까 다 사실은 시인으로서 할 수 있는 일들이죠. 그래서 삶에서 시를 빼면 남는 게 별로 없어요. 이게 좀 문제가 있다고는 생각해요. 취미라는 게 없죠.

독서가 취미가 될 수 없는 직업이시기도 하고요.

그렇죠. 당연한 일이니까. 이제는 컴퓨터에서 허허실실 뭐 들여다보는 게 사실상 여가의 전부인 것 같아요. 얼마 전에 어릴 때 짐을 정리하다가 발견한 건데, 선생님이 저한테 써주신 편지가 있더라고요. "인찬아, 점심시간에 친구들하고 나가서 축구도 하고 놀아. 혼자 책만 읽지 말고."

시의 어떤 부분이 좋으셨어요?

문학의 장점은 몇 가지 의미로 다 환원되지 않는 부분들이 계속 남아 있다는 거거든요. 그런 특징을 소설보다 시에서 훨씬 더 잘, 더 자주 발견할 수 있더라고요. 시어에서든 아니면 시 전체의 의미에서든. 이를테면 '이 작품이 말하고 있는 것은 무엇이다'라고 간략하게 끝나지 않는 게 시에는 훨씬 더 많았어요. 그게 매력적으로 느껴졌던 거죠.

처음에 시를 쓰신 이유가 뭔가요?

사실은 제가 시를 대학에 가서 처음 읽었어요. 원체 책을 좋아했는데, 고등학교 때 배수아 작가의 소설을 읽고 기분이 이상해진 거예요.

한 번도 느껴보지 못했던 감정이었어요. 이렇게 이상한 게 문학이면 나도 문학을 해보고 싶다는 생각이 들더라고요. 그래서 문예 창작학과에 들어가게 됐고, 대학교 1학년 내내 소설을 쓰려고 애를 썼어요. 그런데 잘 안 되더라고요. 1년을 그렇게 보내고 나니 이런 생각이 드는 거예요. '나 진짜 비싼 돈 주고 대학 들어왔는데, 여기서 소설 공부를 못 하면 뭘 해야 하지?' 전과는 진짜 하기 싫고, 복수 전공도 안 내키고. 그때 제가 막 시를 어떻게 읽으면 되는지 조금씩 재미를 알아가던 시기였거든요. 하지만 시를 쓸 생각은 하지 않았었고요. 그냥 나는 안 되나 보다, 정도로 생각하다가 방학 때 동네 구멍가게에서 아르바이트를 했거든요. 그때 오르한 파묵의 『눈』을 읽고 있었어요. 그런데 아시죠? 글이 너무 좋으면 나도 글을 쓰고 싶어지잖아요.

맞아요. 너무나 그렇죠.

단, 그게 소설은 아니었어요. 처음으로 자발적으로 시를 쓴 날이었죠. 제목이 '카르스의 눈'이었어요. 그 소설의 배경이 카르스라는 지역이었는데, 사실 소설과는 아무 상관이 없는 내용이었거든요. 그런데 그 시를 쓰고 나니까 기분이 되게 좋더라고요. 내친김에 그 자리에서 시를 몇 편 더 썼어요. 나중에 그걸 수업 때 들고 갔는데 교수님께서 좋은 말씀을 해주시더라고요. '어, 나 이건가?' 싶었죠. (웃음)

나중에 그 시를 다시 읽어보신 적 있나요?

숙련도는 당연히 떨어지는데, 첫 번째 시집에 들어 있는 시들과 기본적인 심상 자체는 크게 다르지 않더라고요. 흥미로웠죠.

지금은 등단하신 지 시간이 조금 흘렀고, 프리랜서의 삶을 살고 계시는 거잖아요. 예술가의 삶치고는 너무 팍팍하다고 느끼실 때도 있을 것 같은데. (웃음)

제가 학교 다닐 때 학점이 1점대, 2점대였어요. 학교 다닐 때 시를 쓸 시간과 친구들과 놀 시간을 만드느라 공부를 안 했거든요. 지금 생각해보면 엄마 말을 듣고 공부를 열심히 해서 정규직이 될걸 그랬다, 반 농담도 해요. 그만큼 힘드니까.

처음 등단 소식을 들었을 때는 어떤 기분이셨어요?

전화로 연락을 받았는데, 그때가 오후 5시쯤이었을 거예요. 제가 당시에 학원에서 애들 가르치는 일을 했었거든요. 전화를 받고 너무 놀라서 "어우, 감사합니다" 이러고는 짐을 주섬주섬 싸서 학원으로 강의를 하러 갔어요. 마을버스를 타고 학원에 가면서 '아, 등단해도 일은 해야 하는구나' 이 생각을 했던 게 기억나요. 사실 글을 2년 동안 놓아야 한다는 게 너무 무서워서 군대도 계속 미루고 있었거든요. 그러다 4학년 때 등단을 하게 된 건데, 현실은 현실이었죠.

시를 쓰시면서 재미나 행복을 느끼는 순간은 언제인가요.

한 편을 다 썼을 때. 아주 잠깐, 일시적으로 '그래도 하나 했네'라는 생각이 들어요. 그런데 대체로 마음에 안 들기 때문에 행복할 정도까지는 아닌 것 같고. 그냥 잠깐 안도하고 넘어가는 거고요. 오히려 재미있는 순간은 흥미로운, 새로운 작가들이 나타났을 때예요. 정말 재미있어요. 시인들끼리 모이면 "요즘 재밌는 사람 없어?", "이제 누가 재미있어?"

이 이야기 꼭 해요.

흥미로운데요.

다들 그 순간을 굉장히 기다리는데, 그만큼 잘 안 보이기도 해요. 신인들도 많고, 시인들도 많은데 막상 재미있는 사람이 누군지 떠올리면 좀처럼 잘 떠오르지 않아요. 사실 시인들끼리 모이면 시 이야기를 안 해요. 업계 이야기를 하죠. 진짜로 못된 짓 하는 사람들이 있거든요? 많이 사라졌는데 아직도 있어서. 힘들었던 이야기 서로 들어주고 그래요.

정말로 시 이야기는 안 하세요?

시 이야기가 나오면 이제 집에 갈 때란 뜻이에요. 자정 넘어가서 더 이상 할 이야기가 없을 때 시 이야기가 나오면 잠깐 듣다가, "이제 가자" 그러는 거죠. 흥미로운 작품과 시인을 발견했을 때가 제일 재미있는 순간이라니까요? (웃음) 그러니 다들 혈안이 돼 있죠.

경쟁심보다 강하게 작용하는 무언가가 있나 봐요.

흥미로운 작품을 보면 자극을 받아서 머리가 팽글팽글 돌아가요. 정작 글을 쓸 때는 그런 감각이 아니거든요. 완전히 굳어버린 머리통을 어떻게든 움직여서 조금씩 들썩이게 하는 느낌에 가까워요. (손가락 한 마디를 보여주며) 요만큼 움직여놓고 많이 움직였다고 생각하고 안도하는 거. 그러니까 새로운 것들을 보는 게 너무 좋아요. 그렇게 움직이지 않던 머리를 움직이게 하니까.

시인은 특이하고 난해한 이야기를 할 거라고 생각하시는 분들이 많을 거예요.

뭐 그럴 게 있나요. 사실 돈이 없으면 못 쓰거든요? 목구멍이 포도청이 되면 어떻게든 글을 쓰고 있어요. 그래서 매번 라디오도 나가고 그러는 거죠. 그리고 저는 매주 로또를 사거든요. 연금 복권이나. 혹시 이게 당첨되면 일을 좀 줄이고 글 쓰는 시간을 늘릴 수 있으니까. 제가 한번은 방송에서 이런 이야기를 했는데, 문자로 "시인이 무슨 로또 이야기를 하느냐" 그러시더라고요. 또 한번은 아니운서분이 노벨 문학상과 로또 1등 중에 뭘 하고 싶냐고 물어보시는 거예요. 그래서 당연히 로또 1등이라고, 왜냐하면 저는 노벨 문학상 상금이 한 3억밖에 안 되는 줄 알고. (웃음) 어우, 제가 생각한 것보다 상금이 많더라고요. 그러면 노벨 문학상 받아야죠. 부가 수입도 있을 테니까. 돈, 상금이라는 건 시를 쓸 수 있는 환경을 만들어주는 도구예요. 이런 이야기는 얼마든지 할 수 있어요.

그러면 시가 어떻게 읽히기를 원하세요?

최대한 쉽게 읽혔으면 좋겠다는 바람으로 쓰되, 쉽게 읽혀도 쉽게 환원되지는 않았으면 좋겠다고 생각하죠. 무라카미 다카시나 아니쉬 카푸어 같이 유명한 현대 미술가들을 보면 투 트랙으로 가더라고요. 하나는 10만 명이 와서도 재미있게 볼 수 있는 라인, 다른 하나는 조금 더 알면 더 재미있게 볼 수 있는 라인. 저도 그렇게 시를 쓰려고 했던 것 같아요.

시를 어려워하시는 분들이 많잖아요. 그럼에도 불구하고 사람들이 많이 접해야 한다고 생각하시나요.

많이 접해야 한다고 생각하진 않는데요. 시는 되게 재밌고, 아름답고, 좋은 건 맞아요. 그렇지만 제일 재밌고, 제일 아름답고, 제일 좋은 거라고 말할 자신은 없거든요? 시도 재밌고 아름답고 좋은 거죠. 다만 하나의 예술 양식으로 분화되었다는 것은 그 양식에서만 얻을 수 있는 즐거움이 있다는 뜻이라고 생각해요. 그런 즐거움이 있는데 시를 몰라 보면 사회적으로 조금 손해가 아닐까? (웃음) 그 정도 느낌으로 사람들이 시를 봤으면 좋겠다는 생각이 있어요.

시 쓰시면서 가장 힘들 때는 언제인가요.

항상 힘들어요. 앉아 있어도 정말로 아무 생각이 안 나거든요. '나는 이제 진짜 시를 쓰면 안 되나?' 이런 생각을 매번 해요. 이전과 똑같은 걸 쓰면 안 된다는 생각도 있어요. 누군가는 제 시를 보고 "자기 복제가 심하다"고 하는데, 중요한 건 그 말보다 제가 그 차이를 안다는 점 아닐까 싶어요. 앞머리를 조금 잘랐을 때 나는 크게 달라진 것 같아도 남들은 잘 모르잖아요. 물론 지금 비유로 든 것보다는 많이 바뀌어야겠지만, 내가 계속 나를 관리하고 있다는 것 자체가 중요한 것 아닐까 싶어요.

이런 고민을 하면서 계속 시를 쓰시는 이유가 뭔가요.

이거 아니면 제가 뭘 해야 하는지 아직 못 찾았어요.

"아직"이요?

제가 부자가 되는 게 목표도 아니고, 애 낳고 키우면서 사는 게 목표도 아니고……. 혹시 찾으면 시를 더 안 쓸 수도 있죠. 더 이상 새로운 걸 못 만들어낼 것 같으면 그만둘 거예요. 친구들과도 이런 이야기를 해요. 물론 우리가 함께 늙어서 함께 눈이 어두워지겠지만, 그래도 꼭 사람이 이상해지거나 글이 이상해지면 서로 말해주자고요.

잘 쓰는 글이면서 좋은 글이 되려면 어떤 조건을 갖추어야 하는가. 혹은 잘 들리는 말이면서 좋은 말을 남기려면 어떤 노력을 해야 하는가. 황인찬의 하루가 바쁜 이유는 이 질문들에 대해 최선의 답을 찾기 위해서일 것이다. 난제이지만 이 질문들에 대한 답은 바쁘게 살면서 만들어진 경험과 고민 안에서 나올 수밖에 없다. 뛰어난 글은, 그런 태생을 가지고 있다. 황인찬의 시가 그렇듯.

맘껏 놀고
맘껏 먹고

힘껏 사랑해요!

홍인찬

20 _____

〔베어 더 뮤지컬〕, 〔HOPE : 읽히지 않은 책과 읽히지 않은 인생〕, 〔록키호러쇼〕, 〔이토록 보통의〕, 〔머더발라드〕, 〔더 데빌〕, 〔드라큘라〕, 〔안녕, 여름〕 등의 작품을 선택했다. 어떤 역할을 맡든 자신만의 어조가 확실해 특별하면서도 특이한 배우라는 인상을 남긴다. 그 매력 덕분에 그가 맡은 역할에서는 독특한 생기가 느껴진다.

배우
이예은

"인생 전체가

늘 받아들여야만 하는 과정의 연속이에요."

결혼도 하셨고, 강아지도 가족이 되었고……. 삶에 무언가가 새로 들어온 느낌, 어떠세요?

연애를 10년 하고 결혼을 하면서 자연스럽게 서로에게 동화됐고, 강아지도 남편이 먼저 권유하면서 우리 가족으로 받아들이게 됐어요. 그러고 보면 참 자연스럽게 하나씩 들어왔어요. 그래서 더 편안하고요.

혹시, 맨 처음에 받아들었던 대본 기억하세요?

학교에서 처음 받았던 대본이 뮤지컬 〔브루클린〕이었어요. 졸업하는 선배들을 1학년들이 돕는 입장에서 받아든 대본이었는데, 그 작품의 음악을 아직도 좋아해서 조형균 배우와도 불렀고, 박지연 배우, 이지수 배우와 여자 셋이 함께한 콘서트에서도 불렀어요. 처음 참여한 뮤지컬이어서 그런지 애착이 좀 남달라요. 제가 직접 연기를 한 것도 아니었는데, 음악을 들으면 향수를 자극해서 그런지 마음이 따뜻해지죠.

그럼 처음으로 맡으셨던 캐릭터는 무엇이었나요.

〔스핏파이어 그릴〕이라는 작품에서 처음으로 캐릭터를 맡았어요. 학교 동아리 공연이었는데 퍼시 역할을 했었죠. 원래 1학년들은 공연을 못 하게 하거든요? 그런데 비공개로 한 번 공연했어요. 참 오래전 일이네요. 그때 어떤 기분이었더라……. (웃음) 사진처럼 그 흔적이 마음속에 남아 있어요. 넘버 중에 'Shine'이라는 곡이 있는데, 퍼시가 부르는 솔로곡이거든요. 그게 되게 높은 곳에 올라가서 눈앞에 펼쳐진 자연을 보고 해를 맞으며 부르는 곡이었어요. 극적인 장면이었죠. 쉽게 말하면 어둠 속에 있었던 친구가 빛을 발하는 순간이었어요. 극장이 굉장히 작

아서 바로 앞에 관객이 있었는데, 꼭대기에 나 혼자 서 있는 그 순간 조명이 딱 비치는 거예요. 앞이 잘 안 보였어요. 오로지 빛뿐이었죠. 그때 느꼈던 환희의 감정이 사진처럼, 무성 영화처럼 제 안에 남아 있어요.

굉장히 구체적인 느낌으로 설명해주시네요. 저절로 이입이 돼요.

제가 그 캐릭터를 맡아서 너무 뜻깊었고, 의미 있었고……. 이런 식으로 말로 얘기하는 것보다 느낌으로 기억하는 게 좋아요. 다른 분들은 어떨지 저도 궁금한데, 이렇게 하다 보니까 말로 설명하는 게 참 어려워요. 그냥 체득한다는 쪽에 더 가까워서요. 남들에게 내 몸이 알고 있는 걸 뭐라고 이야기해야 할지 잘 모르겠는.

직관적인 편이신 것 같아요.

되게 직관적이에요. 최근에 했던 〔HOPE : 읽히지 않은 책과 읽히지 않은 인생〕을 포함해서 작품들을 만날 때, 구조가 좀 쉽게 눈에 들어오는 대본이 있고 장치들이 많은데 제가 쉽게 알아채지 못하는 대본도 있거든요. 그런데 저는 분석적인 건 일단 다 모르겠고, 그냥 캐릭터의 말이나 상황을 느낌으로 파악해요. 평소에도 텍스트 정리는 좀 안 되지만, 되게 관심을 가지고 보고, 관찰하고, 느끼는 편이에요. 일상에도 그렇게 다가가는 것 같아요.

오감 중에 어떤 감각을 가장 중요하게 생각하는 편이세요?

오감보다는 육감이 중요하지 않을까 싶어요. 오감 중에 뭐 하나 중요한 걸 꼽는다기보다, 직관적으로 뭔가를 깨닫고 실행에 옮기는 능력이 저에게는 더 와닿아요. 배우로 일하면서 시간이 지날수록 제가 그런 타입이라는 걸 알게 돼서, 요즘은 모든 것에 관심을 많이 갖고 느끼려고 노력해요. 저 사람은 왜 저러고 있는지 관찰하고, 남의 일에 관심을 기울이면서 속으로 '왜?'라는 질문을 계속 던지죠. 거기에 답이 달리든 안 달리든 크게 상관은 없고요.

실제로 맡으셨던 캐릭터들 중에 '저 인물은 왜?'라는 질문을 던지게 되는 캐릭터들이 많았어요.

그러게요. 개인적으로 생각하기에는 조금 결핍이 있는 역할들을 많이 맡았던 것 같죠. '내가 왜 이렇게 결핍이 많은 인물인 거지? 왜 나는 항상 부족한 사람일까?'를 스스로 물어야만 살아남을 수 있는 캐릭터들. (베어 더 뮤지컬)의 나디아가 조금 더 특별하게 기억에 남아 있는 것도 그래서인 것 같아요. 나의 부족함과 치부, 가정사까지를 모두 끌어와서 몰입하느라 힘에 부치는 부분이 있었거든요. 그런데, 제 작품 많이 보셨나 봐요.

네, 거의 다 본 것 같아요. 왜요?

누군가의 기억에 이 정도로까지 남는다는 게 쉽지 않은 거니까……. (웃음)

기억에 남는 연기를 하시니까요. 요즘에는 어떤 질문을 스스로에게 많이 던지시나요?

'내가 가치가 있을까?', '내가 여기서 공연하는 일에 어떤 의미가 있을까?', '사람들에게 어떻게 기억될까? 아니, 내가 기억될 만한 사람인가?' 이런 질문들이요. 이 질문들 역시 답은 없지만, 하루하루가 그 질문에 대한 답을 찾아가는 과정이라는 생각은 들어요. 그게 결국 인생이 아닐까 싶고요.

질문이 무겁네요.

어제 편찮으신 할머니를 뵙고 왔어요. 저에게 할머니는 정말 각별히 소중한 분인데요. 할머니한테 되게 여쭤보고 싶었죠. "할머니, 할머니는 이제 알아요?" 실제로 여쭤보지는 않았지만, 할머니 할아버지도 모른다고 하실 것 같더라고요. 할머니를 보고 '아, 다시 아기로 돌아가는 과정이구나' 하는 생각도 들었어요. 죽음은 자연스러운 거니까요. 휴, 울 것 같다. (웃음)

연기라는 게, 제3자 입장에서 보면 그렇더라고요. 자신의 나이대만 연기하는 게 아니라, 방금 말씀하신 그런 할머니의 상황처럼 내가 겪어보지 못한 나이대와 겪어보지 못한 상황도 연기해야 하니까 굉장히 힘들겠구나.

기본적으로 모든 건 다 일맥상통한다고 생각해요. 그리고 제가 잘 모르는 상황을 맞이해도 적극적으로 다가가는 편이고요. 말도 안 되는 상황은 없어요. 뭐든 일어날 수 있잖아요. 그걸 전제로 깔고 연기를 하는 편이에요. 제가 오래 산 건 아니지만, 우리 모두 말도 안 되는 일들이 실제로 일어나는 상황을 마주하곤 하잖아요. 내가 겪지 않아도 누군가는 겪고 있고요. 그런데 그 사람도 나와 똑같은 인간이죠. 이런 사고의 과정을 거쳐서 캐릭터에 다가가면 못 받아들일 게 거의 없어요. 물론 공감을 못 하는 경우가 있지만요.

어떤 경우인가요?

나라는, 이예은이라는 사람은 내가 맡은 캐릭터가 처한 상황에 똑같이 처하더라도 같은 선택을 하지는 않을 거라고, 그런 생각을 해요. 하지만 이렇게 생각하기 때문에 저는 배우로서 더 재미있어요. 다양한 캐릭터를 더 많이 만나보고 싶고, 계속 이런 마음가짐을 갖고 있으면 여러 캐릭터를 조금 더 빨리 만날 수 있게 될 거라는 생각이 들기도 하고요. 왜냐하면 어떤 캐릭터를 만나도 누구보다 빠르게 마음을 열 수 있으니까요.

이건 개인적으로 궁금했던 건데요. (HOPE : 읽히지 않은 책과 읽히지 않은 인생)에서 예은 씨가 연기하시는 과거 호프와 기자, 두 개의 역이 풍기는 느낌, 그게 크게 다르지 않다고 느껴지거든요.

어, 똑같이 연기한 게 맞아요. 이 작품에서는 특히나 캐릭터의 성격이 달라도 같은 결이 유지돼야 한다고 생각해서요. 연결되는 지점이 분명히 있어야 하기 때문에, 그 지점을 제가 매끄럽게 만들어야 한다는 사명 아닌 사명이 있어요. (웃음) 그런데 어떤 분이 여쭤보시더라고요. 어떻게 그리 울다가 갑자기 다른 사람이 되냐고요. 그때 알았어요. '오, 다르게 보는구나?' 90%는 내가 생각한 그대로 연기했는데, 나머지 10%는 분장과 상황이 만들어준다는 걸요. 무시하지 못할 10%죠.

요즘 제일 큰 고민은 무엇이신가요.

어떤 일이 생기든 받아들이는 과정이 무척 중요하다고 생각을 해요. 그동안은 뮤지컬 하나만 보고 달렸는데, 변화가 생기고 있잖아요. 결혼도 했고, 아이 생각도 하고 있고, 배우 활동도 하고 있으니까 어떤 게 가치 있는 일이고 선택인지 고민을 많이 하게 되는 거예요. 여기에 사랑하는 사람을 죽음으로 떠나보낼 수도 있어야 한다는 자연의 섭리에까지 생각이 이르면 인생 전체가 늘 받아들여야만 하는 과정의 연속으로 느껴지죠.

예술도 그 고민 안에서 탄생하는 거라고 봐요.

거창하게 생각해본 적은 없는데, 맞는 것 같아요. 제가 이 일을 하는 것의 의미가 뭔지 찾아가는 과정, 인생 전체를 고민하는 과정이 모두 예술인 것 같죠. 하지만 단 하나의 단어로 예술을 얘기하라고 하면 저는 망설임 없이 '희망'이라고 할 거예요. 비극적인 작품에서도 우리는 희망을 찾을 수 있거든요. 그리고 희망을 찾는 과정에서 사람들은 제각기 자기 자신의 삶을 돌아보고 또 계속 질문을 던지겠죠. 그 질문의 끝에서 정말로 희망을 발견하길 원해요. 연기하고 있는 저 자신을 포함해서요.

대화하는 게 즐거워요. 예은 씨의 마음과 자기만의 가치관이 고스란히 전해져서요.

결과물이 좋았든 안 좋았든 저는 다 진심이었어요. 신심이 아니면 괴로웠을 거예요. 20대 초중반 시기에 앙상블을 하면서 '나는 왜 기회가 안 오지?', '나는 돈을 더 벌고 싶은데 왜 그게 안 될까', '나는 왜 더 예쁘지 않을까', '나는 왜 이렇게 못할까'처럼 그때의 제가 던질 수 있는 질문들을 끊임없이 고민하면서도 그랬어요.

그 질문들은 분명 가치가 있었어요. 지금의 예은 씨를 만들었으니까.

그렇죠. 그 시간을 지냈기 때문에 위기 다음에 오는 행복을 맛볼 수 있었던 거고요. 팬데믹도 마찬가지라고 생각해요. 요즘처럼 '일상'이라는 단어를 이렇게 많이 썼던 적이 있었나 싶어요. 우리가 한 번 더 뒤를 돌아볼 수 있는 시간이 만들어지지 않았나……. 헛된 우울함은 없어요.

한국에서 여성 예술인으로 살면서 힘든 점이 따로 있으신가요.

일할 때 흔히 말하는 '여성스러움'을 빼고 털털하게 다가가는 쪽이 편하거든요? 이런 태도를 취하는 제 모습이 어떻게 보면 안타까운 상황이죠. 저도 왜 여성 배우들이 힘들다고 하는지 알아요. 성별에 따른 개런티 차이 같은 건 사실이기도 하고요.

여성 캐릭터에 다양성이 부족하다는 얘기도 많아요.

저는 제 쓰임에 맞게 쓰였다고 생각했는데, 실제로 이런 어려움에 대해 얘기하는 목소리가 커지니까 여성 캐릭터들이 확실히 다양해지더라고요. 저는 아직 무대에 서는 게 제일 즐거워요. 제일 즐겁고, 행복하고 거기에 누군가가 공감해줬을 때 정말 너무나 행복하고. 그 행복이 계속됐으면 좋겠어요. 서로가 서로의 삶을 응원하면서요.

예은 씨는 무대 위에서 어떤 배우로 비춰지기를 원하시나요.

온실 속의 화초가 아니고 엉겅퀴 같은 배우, 생의 에너지를 지닌 배우라는 얘기를 듣고 참 좋았어요. 시대가 많이 바뀌고, 다양함을 존중하는 사회가 됐잖아요. 저도 그런 시대 흐름의 수혜자라고 생각해요. 남들이 예쁘다고 말하지 않는 특이한 외모를 지녔고, 한때는 그걸로 혼란스러웠지만 이제는 괜찮아요. 그렇게 특이한 것 때문에 저를 존중해주고 좋아해주시는 분들이 계신 거잖아요. 인위적인 건 싫어요. 그냥 이런 사람으로 살려고요. 내가 갖고 있는 걸로, 인정받으면서.

충분히 예은 씨 그대로의 모습이에요.

항상 연습 막바지쯤에 배우들끼리 서로 "이 캐릭터 괜찮아? 나 지금 잘 가고 있어?"라는 질문을 던지거든요. 그러면 대답이 이래요. "걱정하지 마. 너 결국 일주일 뒤에 무대에서 옷 입고 하게 될 거야. 믿어. 할 수 있어." 이 다독임이 피하지 않고 무대에 설 수 있는 에너지를 만들어줘요. 그러니까 할 수밖에 없는 거예요. 저는 이대로 무대에 설 수밖에 없어요.

아직 피지 않은, 봉오리의 노란 튤립. 이예은과의 대화를 나누며 내내 꽃 한 송이가 떠올랐다. 소박해 보이지만 단단한 지지대를 가지고 있는 튤립이라는 꽃 특유의 성질이 이예은이라는 배우와 많이 닮았다고 생각했다. "이대로 무대에 설 수밖에 없는", 그러니까 물을 마시고 햇빛을 받으면 필 수밖에 없는 꽃의 모습을 예술가 이예은에게서 보았다.

용기를 내어 같이 살아요, 우리.

백영옥

〔환상동화〕, 〔알앤제이〕, 〔어쩌면 해피엔딩〕, 〔시데레우스〕, 〔귀환〕, 〔킹스 스피치〕, 〔인사이드 윌리엄〕, 〔쿠로이 저택엔 누가 살고 있을까?〕, 〔그레이트 코멧〕 등을 연출했다. 그중에서도 연극 〔환상동화〕는 전쟁, 사랑, 예술의 광대가 하나의 극을 완성해나가는 과정을 담은 흥미로운 작품이다. 그리고 이 작품을 쓰고 만든 연출가 김동연은 이 광대들에게 자신을 투영해 세상을 본다. 마냥 평화롭지도, 마냥 따뜻하지도, 마냥 아름답지도 않은 세상에서 우리는 광대가 되기를 기꺼이 자처하는 연출가가 만든 공연을 마주하고 있다.

연출가
김동연

"삶의 태도와 기술,

이 두 개를 잘 가꿔나갈 의무가 있어요."

대학로는 너무 익숙한 공간이 되신 지 오래죠?

여기부터 저기까지 걸어가면서 중간에 꼭 서너 번은 인사해야 할 정도로 많은 사람들을 마주치는 곳이죠. 굉장히 익숙한 곳이자, 나의 일터. 대학교 졸업하고 처음에 조연출이나 무대 감독을 하면서는 이곳에서 일하고 있어도 어색하고, 낯설고, 두려운 곳이라는 느낌을 받았어요. 제가 가장 처음에 연출을 맡았던 작품이 아주 작은 극장의, 데이트 연극 같은 로맨틱 코미디였거든요. 지금은 리모델링을 하느라 없는데, 당시만 해도 대학로에서 제일 좋은 극장이 동숭아트센터였어요. 그런데 저는 그 건너편에 위치한 진짜 소극장에서 공연을 하고 있었죠. 공연을 하고 나서 조그만 창문을 열면 동숭아트센터가 보였어요.

어떤 생각을 하셨나요?

언젠가 저 극장에서 내 작품을 올릴 수 있을까? 그게 2003년, 2004년 즈음이었던 것 같네요. 아마 처음 시작하는 사람들은 다 그럴 거예요. LG아트센터에서 공연을 보면서 '와, 여기서 내 작품도 올라갈 수 있을까?' 생각하고. 그런데 생각으로만 그칠 줄 알았다가 정말 올라가는 모습을 보게 되고. 어떤 꿈을 꾸고 있는 상태에서 대학로를 만났다가 점차 변화를 겪게 됐죠. '꿈을 이뤘다'고 말할 수 있는 순간들이 있긴 한데, 그냥 자연스럽게 진행되어온 것 같기는 해요.

특별한 단계가 있나요?

프리랜서로서 자리를 잡는 몇 가지 계기들이 필요하죠. 첫 번째 관문은 어떻게든 나란 존재가 공연 연출을 할 수 있는 사람이라는 걸 알리는 일이에요. 수많은 연출 지망생들이 그걸 가장 어려워해요. 배우들은 오디션이라는 공인된 관문이 있는데, 그걸 통과하면 본인을 알릴 수도 있고 그 오디션 과정을 위해서 실력을 키울 수도 있는데 연출은 그게 아니니까요. 작가나 작곡가처럼 연출을 공모전에 낼 수도 없는 일이고. 또 연출 같은 경우에는 신인한테 맡기기가 쉽지 않으니까 경력이 있는 사람들을 선호하죠. 여러 사람을 한 방향으로 이끌어가야 하는 선장 같은 역할이다 보니까요. 책임을 많이 져야 하는 부분도 있고. 그래서 신인 연출가가 데뷔하려는 그 시기, 그때가 가장 어려운 것 같아요. 저도 가장 고민이 많았던 시기고요.

그 단계를 넘고 나면 어떤 관문이 기다리고 있나요.

어느 순간까지 굉장히 바빠져요. 정신없이 시간이 막 흐르죠. 왜냐하면 첫 관문 자체를 통과하는 연출이 많지 않기 때문에, 일단은 내가 잘 풀려서 성과가 좋았다고 하면 이제 일이 많이 들어와요. 그때부터 정신없이 일하다 보면 어느 순간에 좀 더 큰 극장에서 작품을 올릴 수 있게 돼요. 사실 극장의 크기가 중요한 건 아니에요. 하지만 조금은 더 이쪽 세계에 깊숙이 들어와서 일하고 있다는 걸 스스로 깨닫게 되더라고요. 그러고 나서 어느 순간에 돌아보니 멘토 같은 입장이 되어 있고. 심사를 하고 있기도 하고. (웃음) 그때 되게 어색했어요. 내가 작품을 심사하고 있다고? 내가 누군가에게 멘토링을 하고 있다고? 그걸 깨닫고 보니 나이도 먹었고, 나에게 오는 일들을 자연스럽게 받아들일 수 있을 만큼 세월이 흘렀더라고요. 어쨌든 첫 번째 관문 넘기가 가장 어려웠어요, 가장.

처음 심사위원이 되었을 때 생각나세요? (웃음)

그게 뮤지컬 쪽이었는데, 되게 어색했어요. 나는 심사를 받아야 되는 사람인데 내가 심사를 왜……. 나는 심사받는 입장에서 작품을 하고 싶지, 심사하는 입장으로 앉아 있고 싶지가 않더라고요. 어쨌든 끝내기는 했는데 그게 썩 기분이 좋지는 않았어요. 갑자기 손흥민 선수에게 "너 감독해야 되겠어!" 이러면 얼마나 싫겠어요? 나는 골을 더 넣어야 하는데! 벌써 지도자를 하라고? (웃음) 이런 느낌이잖아요. 그런데 뮤지컬 쪽은 그 단계에 들어서는 시간이 좀 짧아요. 심사위원들이 다른 분야보다 젊다는 소리죠. 물론 1세대라고 말할 수 있는 선배님들이 계시지만, 왕성하게 활동하고 있는 젊은 연출이나 음악감독이나 작곡가들, 프로듀서들이 있기 때문에 상당히 젊은 편이에요.

그럼 창작자와 심사위원의 위치가 조금 애매할 수도 있겠네요?

각자의 일이 많이 떨어져 있다고는 할 수 없죠. 저도 어느 때는 심사를 받는 입장이에요. 최근에도 받았죠. 다른 문화계보다 인력 풀이 굉장히 젊다는 걸 종종 느껴요.

그만큼 바쁘시다는 이야기가 될 거예요. 가장 활발히 직업인으로서 활동하는 시기니까요.

사실 작품이 여러 개 있었는데 많이들 못 올라가고 있죠. 중단된 것도 많고……. 저 같은 경우에는 이제 신작을 계속 올린다기보다 재연되는 공연들이 맞물려 있어서 일정이 빡빡했어요.

재연을 포함해서 여러 번 공연하는 작품을 연출하실 때, 기존과 좀 다른 시각으로 바라보게 되는 부분이 있나요.

일단은 두 번째로 올릴 때 조금 편한 경우가 있는데요. 안 보였던 지점들이 보일 때가 있죠. 초연을 올릴 때는 아무도 이 작품이 성공할 수 있을지 없을지 가늠하지 못해요. 그냥 가는 거죠. 대본이나 음악이 좋으면 다 좋은 거지만, 실제로 무대에 올라갔을 때의 반응을 모르잖아요. 그래서 배우들도 불안해해요. 서로 예민한 상태에서 '이걸 시도해도 될까?' 혹은 '이건 안 하면 안 될까?' 이런 생각의 과정을 겪죠. 그리고 나서 처음 올라갔던 공연이 성과가 좋으면 새로운 캐스트들이 다음에 들어오잖아요. 그러면 좀 덜 예민한 상태로 작품을 즐기려는 태도를 취해요. 이미 우려하던 부분들 중에 어느 부분들은 검증을 받은 상태니까 배우들도 고민을 좀 덜 하게 되죠. 좀 더 자유로워져서 여러 가지를 시도해볼 수 있게 되고.

재연은 프리뷰 기간에 좀 더 편안하시겠어요.

그런데 우리나라 같은 경우에는 프리뷰 기간을 많이 갖지 못하잖아요. 이게 쭉 오픈 런으로 가는 공연이 아니라 3개월, 짧게는 2개월 하는 공연이기 때문에 프리뷰 기간에 대한 인식 자체가 제대로 만들어져 있지도 않아요. 첫 공연 날 이미 팬분들의 리뷰는 다 올라오죠. (웃음) 또 프리뷰 기간을 둘 때 약간 할인을 해주긴 해도, 그게 뭐 드라마틱하게 저렴하다는 인식을 줄 정도는 아니잖아요? 그러니까 첫 번째 공연에 완성도를 어느 정도 담보해야 해요. 그 이후에는 많이 못 고쳐요. 한계가 있어요. 재연이 그 부분에서 좋다는 거예요. 어느 정도 공연을 하다 보면 배우들이 찾아내는 것들이 있거든요. 자유롭게 해낼 수 있는 부분들이. 제 입장에서는 초연 때 굉장히 돌아갔던 길을 이제 바로 갈 수 있으니까 좋죠. 우리가 원래 고민하던 부분을 더 이상 고민하지 않아도 되니까 그 외에 개선할 수 있는 부분을 더 찾아볼 수 있게 되고요. 공연이 풍성해질 수 있는 힘이 생기는 거예요.

연극 〔킹스 스피치〕는 2020년에 하신 초연작이었어요. 이 작품은 역사적인 사실을 바탕으로 한 이야기이고, 영화로도 나왔다 보니 연극적으로 보여줄 수 있는 부분에 대해 고민을 많이 하셨을 것 같거든요.

역사 이야기가 들어간 작품들만 그런 건 아닌데, 사실 작품의 생명력 중 하나는 동시대성에서 나오는 것 같아요. 〔킹스 스피치〕는 영국의 왕실 이야기인데 지금 한국의 관객들에게 어떤 메시지를 통해 감동을 줄 수 있을지 고민을 많이 했죠. 하지만 여기서 흥미로운 게, 이 이야기는 희곡으로 잘 만들어져 있는 작품이지만 실제 인물의 이야기이기 때문에 전기와 같은 부분도 있거든요. 문화 콘텐츠로써 이 사람의 이야기가 되게 재미있는 이야기처럼 보이지만, 막상 면면을 따져보면 그들이 소설처럼 살고 있지는 않단 말이에요.

현실이라는 게 그렇죠. (웃음)

그러니까요. 소설이나 드라마 주인공처럼 정확한 순간에 드라마틱하게 '이때 만나야 하는데?' 생각하자마자 만나는 게 아니라고요. (웃음) 그런 순간들은 일차적으로 희곡이나 시나리오를 쓰는 분들이 어느 정도 정리하시죠. 실재했던 인물을 다루면서도 연대라든가 사건이 벌어진 순서, 시간이라든가 하는 부분이 정확하게 맞지 않을 수도 있는 이유예요. 단, 여기서 우리가 가장 중요하게 생각해야 할 건 '왜곡'인 거죠. 인물을 너무 미화한다거나, 그가 지닌 본질을 비틀어서 보여주면 안 돼요. 〔킹스 스피치〕도 굉장히 압축된 이야기거든요? 라이오넬과 버티의 관계는 아주 오랫동안 이어진 관계예요. 무대 위에서는 그 이야기를 압축시켜서 중요한 사건들로 이야기를 엮어 편집해서 보여주죠. 하지만 실제로 그들의 삶에서 우리가 제대로 바라봐야 할 부분, 느껴야 하는 것들은 왜곡하지 않고 보여주는 게 핵심이어야 해요.

지이선 작가님과도 많은 이야기를 나누셨겠어요.

지이선 작가님이 이 왕실에 대해 자료 조사를 좀 해봐야겠다고 하셨어요. 왕이라는 인물이 안 좋은 일도 많이 할 수 있는 인물이잖아요. 제국주의의 영향을 굉장히 많이 받았던, 당시만 해도 그 영향을 받았던 인물이기 때문에 조사하고 나서 "이 작품은 해도 될 것 같다"고 결론을 내렸어요. 왜냐하면 버티가 제국주의적인 사고에서 벗어나려고 무척 노력했던 왕이더라고요. 다행히 우리가 무대를 통해 조금 미화를 시키더라도 큰 문제는 없는 그런 인물이었죠. 그리고 그가 엄청난 위인으로 남아 있지는 않잖아요? 그냥 영국 사람들이 좋아했던 왕 정도로 우리도 알고 있고. 사실 위인이 되려면 선한 얼굴의 반대편이 있거든요. 우리가 알고 있는 위인들을 다루려고 할 때, 면면이 들여다보면 정치적으로 성공했던 사람들은 어쨌든 비판받아야 할 부분들이 있어요. 그런 부분을 어떤 식으로 이야기 속에 풀어야 하는지가 또 다른 숙제로 남는데, 오히려 이 인물은 그런 면에서 상당히 인간적이었어요.

상당히 중요한 이야기를 들려주셨어요. 관객들이 가치 판단을 해야 할 부분에 대한 여지도 남기셨고.

역사적인 이야기를 다룰 때는 정말 많이, 가장 많이 고민하는 부분이죠.

원래 연기 전공이셨잖아요. 개인적으로 궁금했던 건데, 수많은 작품들 중에 본인이 연기해보고 싶었던 배역이 있으세요?

저 자신이 많이 투영돼 있는 캐릭터들은 [환상동화]의 광대들인 것 같아요. 광대들이 지닌 세 가지의 속성을 저도 충동적으로 느끼면서 살아가는 사람이기 때문에, 제 안에 있는 것들을 많이 끄집어낼 수밖에 없죠. 아마 제가 작가였기 때문에 더 나 자신을 투영하지 않았나 싶기도 하고. 캐릭터들이 연출자적인 시점도 갖고 있어요. 극을 만들어가는 캐릭터들이기 때문에 좀 더 배우이자 연출로서의 모습이 반영돼 있지 않나 싶어요. 그리고 솔직히 연출하다 보면 '내가 저 연기는 저 배우보다 잘하겠는데?'라고 생각하는 순간이 가끔 있어요. (웃음) 전체적으로 보면 배우들이 더 잘하지만, 저 장면만큼은…….

어떤 장면인지 궁금한데요.

아주 한순간의 어떤 감정이 등장할 때인데요. 약간 코믹한 호흡에서 발동하는데, [젠틀맨스가이드 : 사랑과 살인편]에서 주인공 몬티가 가끔 코믹해지는 순간이 있어요. 그때 가끔 제 연기가 나와요. 박은태 배우가 "이거 뉘앙스를 잘 모르겠는데요?" 그러면 "아, 그거, 이렇게 해서 이렇게 탁!" 그러니까 박은태 배우가 "아, 진작 보여주시지. 바로 느낌오는데!" 이러고. 이제 저랑 몇 번 해본 배우들은 제가 디렉션을 하다가 배우들 연기를 보면서 표정이나 입 모양이 연기하는 것처럼 움직이는 걸 금방 눈치채요. 그러면 배우들이 조금 뒤에 "자, 빨리 말씀하시죠. 뭐가 마음에 안 드셨죠? 제가 연기하는 거 다 봤어요" 이러는 거예요. (웃음)

그럼에도 불구하고 연출을 하시는 이유는 뭔가요.

제 성향은 연출이 훨씬 더 잘 맞아요. 연기적으로는 감정에 이입하는 수준, 느낌을 이해하는 수준이지 그걸 무대 위에서 구현해내는 건 다른 문제니까요. 내가 연출로서의 아이디어를 제시하면 그걸 너무나 잘 구현해주는 배우들을 보고 있는 게 더 좋아요. 학창 시절에도 내가 배우로 그 역할에 완전히 몰입해서 빠져 있는 것보다 작품의 전반적인 여러 부분을 더 많이 신경 쓰는 나 자신을 발견했고요.

직접 쓰신 〔환상동화〕와 닮은 분이 맞는 것 같아요. 본인의 이야기를 한 편의 드라마로 꾸려내는 분의 느낌.

〔환상동화〕 덕분에 이 길로 제가 빨리 들어올 수 있었지만, 그 극 자체는 형식적으로 상당히 실험적인 공연이었어요. 하지만 예기치 않게 좋은 반응을 얻으면서 저는 데뷔부터 굉장히 상업적인 프로덕션으로 시작을 했던 것 같죠. 돌아보면 그게 저한테 중요한 부분이기는 했어요. 왜냐하면 내가 좋아하는 일이기 때문에 중간에 포기하고 싶지 않았거

든요. 근데 포기를 안 하려면 삶을 살아야 하더라고요. 내가 스스로 삶을 영위하는 단계까지 가야지 그 일을 안 놓지.

극단 '시인과 무사'······. 생각해보면 이런 가치관을 잘 담고 있는 이름이기도 한데요?

낭만적인 꿈을 꾸는 일인데 무사처럼 가지 않으면 내가 쓰러져요. 그래서 버텨내려면 결과적으로는 공연을 해서 어느 정도 배우들한테 수입이 가야 하고, 저에게도 수입이 들어와야 하고. 아주 잘 살진 않지만 어느 정도 삶을 영위할 수 있는 최소한의 조건들을 유지하면서 가야 좋아하는 이 일을 할 수 있다는 생각 때문에 극단의 이름도 그렇게 된 거고요. 작품의 성향도 마찬가지죠. 많은 관객들한테 사랑받을 수 있는 작품인가? 내가 정말 하고 싶은 이야기, 여기에 더해서 더 많은 관객들한테 공감받을 수 있는 이야기인가? 이걸 다른 사람들보다 조금 더 많이 생각하는 연출이 된 것 같아요. 내가 정말 하고 싶은 이야기면 돼, 한 명이 와도! 아니, 그런데 나는 한 명이 보면 안 될 것 같아! (웃음) '한 명만 내 이야기를 들어준다면'이라는 생각으로 만족하면서 살 수는 없는 사람인 것 같아요. 더 많은 관객과 더 많은 공감을 얻는 순간을 만들어내고 싶죠. 시작하는 단계에서부터 생각했던 게 지금까지 이렇게 영향을 끼쳐요.

방금 하신 말씀과 묘하게 연결이 되는데, 예술가라는 말을 부끄러워 하시는 배우분들이 유난히 많더라고요.

사실 배우로 지금 이름을 알린 친구들은 누군가 글을 쓰려고 앉아 있던 시간만큼 연기 연습을 했을 거고요. 대본과 씨름하는 시간들도 있었잖아요. 하지만 진짜로 더 좋은 평가를 받는 예술가가 되는 과정은 있는 것 같아요. 그건 저를 포함해서 그가 어떤 삶을 살아내고 있느냐와 관련된 부분일 거고요. 얼마나 놀라운 기술을 쌓으려고 노력했는지, 그리고 그 기술을 통해서 얼마나 사회에 좋은 영향력을 끼치려고 노력했는지⋯⋯. 그 부분이 훌륭한 예술가인지 아닌지를 결정하는 것 아닐까요. 아무리 좋은 기술을 가져도 범죄자가 되면 안 되잖아요. 삶의 태도와 기술, 이 두 개를 잘 가꿔나갈 의무는 분명 있다고 생각해요.

아주 급한 일이 분명했다. 그는 정해진 인터뷰 시간 안에 반드시 인터뷰를 마쳐야 한다는 듯이 급하게 움직였다. 5시 45분. 인터뷰가 끝나고 그는 황급히 떠났고, 나는 그제야 왜 그가 그랬는지 깨닫고 고개를 끄덕였다. 그가 입고 있는 검은색 패딩 점퍼에 〔시데레우스〕라고 쓰인 것이 떠올랐기 때문이다. 자신이 연출한 공연을 보러 달려간 것이다! 보고 또 본 공연을, 또!

그럼에도 불구하고
끊을수 밖에 없습니다
사랑 할 수 밖에 없습니다.

연출 강동연

〔미드나잇 : 액터뮤지션〕, 〔스토리 오브 마이 라이프〕, 〔비스티〕, 〔니진스키〕, 〔랭보〕, 〔라흐마니노프〕, 〔사의찬미〕, 〔프라이드〕, 〔쓰릴 미〕, 〔난쟁이들〕, 〔더 픽션〕 등의 작품에 출연했다. 일찍 데뷔해 꾸준히 이력을 쌓았으며, 매 작품마다 인상적인 애드리브나 자신만의 디테일한 시도를 남겨 자극과 재미를 동시에 주는 배우다. 유튜브 '벗꽃티비'를 운영하고 있기도 한, 부지런한 사람이기도 하다.

배우
정동화

"인생도 애드리브의
연속인 것 같아요."

〔미드나잇 : 액터뮤지션〕은 12월 31일 자정에 일어나는 일에 관한 이야기잖아요. 그날 공연이 무산돼서 너무 아쉬웠어요.

영화 〈기생충〉에 그런 대사가 나오잖아요. "야, 우리가 하루아침에 이 체육관에서 자게 될 줄 알았겠냐"고. 그 말이 점점 와닿아요. 이제 한 치 앞을 내다볼 수 없는 세상에 살고 있다는 생각이 들면서. 뭐랄까, 멍해져요. 그래서 공연을 한 날 기립박수를 쳐주시면 정말 감동적이에요. (왼쪽 가슴에 손을 올리면서) 여기가 막, 눈물이 날 것 같아요.

동화 씨 하면 떠오르는 단어가 사실 '애드리브'였어요. 늘 예기치 못한 상황에 재미를 주는 분이라. 애드리브 같은 경우에는 미리 계획하는 편이세요?

애드리브를 해야겠다고 생각하는 구간을 미리 정하는 경우도 있고, 아예 정하지 않았는데 순간적으로 나오는 경우도 있고요. 두 가지 결인 것 같은데요. 미리 구간을 정해놓는다고 해서 단어나 문장을 먼저 만들어놓은 상태에서 기다리고 있는 건 아니에요. 대본을 보면서 '이쯤에 뭔가를 넣어주면 상황이 더 매끄럽게 흘러가겠구나. 그리고 관객들도 더 잘 이해할 수 있겠다'는 판단이 설 때 거기에 애드리브를 넣겠다고 생각하는 것뿐이죠. 그게 아닌 상황이라면, 불가항력적으로 독특한 상황이 나왔을 때고.

사실 애드리브를 전혀 하지 않는 쪽을 편하게 생각하시는 배우분들도 많아요.

그러게요. 이건 제 성격인 것 같아요. 개인적으로 '자연스러움이란 무엇일까?'라는 질문을 계속 던지거든요. 다들 "야, 연기 좀 자연스럽게 해봐"라고 말하는데, 도대체 뭐가 자연스러운 걸까 고민하게 돼요. 다큐멘터리조차도 카메라 앞에서 기록되기 때문에 100% 자연스러운 거라고 말하기 어려운데, 뮤지컬이나 연극은 완전히 인공적인 작품이잖아요. 이럴 때 자연스럽다는 게 과연 무엇을 의미하는 건지 생각해보게 되는 거죠.

우리의 삶도 그런 윤활유가 필요하니까.

인생도 애드리브의 연속인 것 같아요. 이런 생각을 한 지 좀 됐어요. 20대 때는 보통 연말 연초가 되면 다이어리를 사서 올해를 어떻게 보낼지 계획을 세웠죠. 사회적 분위기가 내년의 계획을 세워야 한다는 강박을 주곤 했잖아요. 그런데 막상 계획한 대로 잘 안 되니까. 이때는 뭘 하고, 다음에는 뭘 하고, 이런 식으로 계획을 쭉 세웠는데 점차 이게 되게 무의미하다는 걸 깨닫게 되더라고요. 지난해 같은 경우는 더더욱 그랬고요. 그래서 이제는 내 삶 자체에서 그때그때 기지를 잘 발휘하려고 노력할 수밖에 없어요. 팬데믹 상황에서 제가 무엇을 준비한들, 사회에서 셧다운을 선언해버리면 할 수 있는 게 없잖아요. 이 상황에서도 가장 합리적이면서 나에게 최선인 걸 선택해야 하는 거죠. 기지를 잘 발휘하려고 노력하는 거예요.

그런 태도를 견지하고 계신 게 공연에서도 드러나는 것 아닐까 싶어요. 워낙 오랫동안 공연을 해오셔서 그 색깔이 뚜렷해지기도 했고.

그렇게 봐주시면 감사하죠. 사실 얼마 전에 촬영을 하나 했는데,

대학로의 고조할아버지라고……. (웃음) 공연을 많이 했으니까, 이제는 후배들이 많이 생겼잖아요. "선배님"이라고 부르는 걸 들으면 "야, 선배님 이란 말 그만해" 그랬었는데, 이제는 정말 제가 너무 오래된 사람이 돼 버렸더라고요. 비율상 후배들이 훨씬 많아졌어요. 요즘에는 '내가 그 정도로 선배인가? 나이를 그렇게 먹었나?' 싶죠.

데뷔를 일찍 하셨죠?

맞아요. 스무 살에 데뷔해서, 스물일곱 살이 될 때까지 했던 작품들에 후배가 없었을 정도예요. 스물네 살, 스물다섯 살이 돼도 동갑내기는 있는데 계속 막내나 다름없었죠. 그러다가 [알타보이즈]를 하면서 처음으로 후배가 생겼어요. 그때 "선배님", "형" 이런 호칭을 들었는데 어떻게 해야 할지 잘 모르겠더라고요. 일하면서 스스로가 가장 어색했던 시기 중 하나였어요.

그렇게 20대 배우에서 30대 배우로 넘어오셨어요. 어떤 변화들이 생기던가요?

같이 일하는 사람들의 범주가 넓어졌다는 걸 느끼고 마음가짐이 변했어요. 20대 후반에서 30대가 딱 됐을 때, 마침 사회 복무 요원으로 있었거든요. 활동을 오래 하다가 군대를 늦게 갔어요. 스물아홉에 입대 해서 서른한 살에 제대했죠. 그렇게 돌아오니까 후배들이 정말로 많이 생겼더라고요. 그리고 제가 활동을 할 때 아예 몰랐던 친구들이 이제는 활발히 활동하고 있었고요. 2년 사이에 되게 많은 것들이 바뀌었더라고요. 그걸 느낀 순간부터 마음을 비우려고 많이 노력했던 것 같아요.

시야를 넓히려고 노력했던 것도 있고요. 제가 챙겨주면서 뭐라도 좀 모범이 되어야겠다는 생각이 드니까 제 앞에 계시던 선배들에 대한 존경심도 더 커졌어요. 뒤늦게 돌아보게 됐죠. '아, 나는 과연 선배들이 봤을 때 예쁜 후배였을까?'

스스로를 돌아보는 계기가 생긴 거네요.

불현듯이 내가 실수했던 순간들도 떠오르고……. 조금 불편한 상황이 생겼을 때 후배에게 제가 어떤 이야기를 건넸는데, 그 후배에게서 과거의 제 모습을 보게 된 거죠. '내가 저렇게 행동했던 것 같은데, 그때 그 선배님 기분이 좋지 않았겠다'는 생각이 들었죠. (스토리 오브 마이 라이프)를 했을 때 저와 (강)필석이 형이 공연한 날, (이)석준 형이 보러 오셨어요. 형이 저를 예뻐해주셔서 무대 할 때마다 이런저런 이야기를 많이 해주셨는데, 그런 고마운 이야기들을 제가 귀담아듣는다고 들으면서도 '어, 나 칭찬받을 줄 알았는데 왜 칭찬을 안 해주시지?' 그런 생각을 했던 것도 기억이 나고. 그래서 석준이 형이 오셨던 날에 관객과의 대화 자리에 형을 무대 위로 올려서 고백을 해버렸어요. "제가 선배가 되고 나니 그때 정말 예쁜 후배가 아니었던 것 같아요." 눈물이 나더라고요. 형은 왜 우냐고. (웃음)

일하다 보면 누구나 겪는 일인 것 같기도 해요. 내가 몰랐던 선배들의 고충을 알게 되는 그런 순간들이 있잖아요.

여기서 이렇게 오랫동안 일을 해온 선배들에 대한 존경심이 점점 커져요. 실제로 처음 제가 (스토리 오브 마이 라이프)에 합류했을 때 새로운 캐스트로 들어가면서 부딪히는 일이 있었거든요. 저와 함께 새로 합류한 (조)성윤이가 있었고요. 아무래도 새로운 페어이기 때문에 조금 신선한 걸 시도하고 싶었어요. 군대 가기 전 마지막 뮤지컬이라 욕심도 있었고요.

제대 후에도 같은 작품을 하셨어요.

와, 군대 다녀오고 나서 보니까 이 작품이 정말 다르게 보이더라고요. 선배들이 왜 그런 이야기를 했는지 알겠고. 그래서 저는 이 공연이 마음에 유독 남아요. 20대에서 30대로 넘어가던 그 시기를 함께하면서 큰 깨달음을 준 작품이었거든요.

최근에는 어떤 작품이 기억에 남으세요?

[비스티]가 그랬어요. 2년 반 정도 넘어서 오랜만에 온 작품이었는데, 이 작품이 애드리브가 굉장히 강해요. 매회 공연이 수많은 애드리브와 예측불허의 상황에 놓이거든요. 또 캐스트가 워낙 많기 때문에 배우들만의 또 다른 느낌이 여기저기서 튀어나오고 그랬는데, 오랜만에 대본을 봤더니 인물들이 좀 다르게 보이더라고요. 예를 들어서 제가 맡은 이재현이라는, 마담 역할을 마주했을 때 이전에도 안타까운 부분이 있다고는 생각했어요. 하지만 오히려 날이 잔뜩 선, 히스테릭한 모습들을 부각시켰죠. 그런데 이번 시즌에 보니까 예전보다 더 안타깝고, 그가 가진 쓸쓸한 느낌이 눈에 들어오더라고요. 확실히 나이가 들면 들수록 캐릭터의 인간적인 모습을 좀 더 유심히 들여다보게 되는 것 같아요.

〔미드나잇 : 액터뮤지션〕에서도 사실 그때의 히스테릭하고 장난기 가득한 모습 때문에 비지터 역할이 더 잘 어울릴 거라고 생각했거든요. 그런데 맨 역할로 나오셔서 사실 좀 놀랐어요.

실제로 비지터 역을 제안받았던 게 맞아요. 그래서 공연을 보러 갔는데, 저는 이 작품이 맨과 우먼의 이야기로 보이더라고요. 이 두 사람의 이야기를 잘 풀어내야 비지터도 보이고, 그걸 잘해내지 못하면 오히려 전혀 드라마 자체에 공감을 못 할 수도 있겠다는 생각이 들었죠. 어떻게 해야 하나 고민하다가 아리송한 느낌을 가지고 공연을 한 번 더 봤어요. 두 번째 보고 나서 확신했죠. '아, 맨이다.' 이 작품을 위해서 내가 할 수 있는 역할은 비지터보다 맨이라는 생각이 들었어요. 내부적으로 얘기를 했을 때도 "약간 의외이긴 하지만 그래서 색다를 것 같다"는 의견이 있었죠.

동화 씨의 전혀 예상치 못한 선택 덕분에 더 집중해서 볼 수 있었던 것 같기도 해요.

첫 공연 올라가기 전까지 연습을 정말 많이 하고, 고민도 그만큼 많이 했어요. 이 드라마가 어떻게 하면 관객들에게 제대로 가닿을지에 대해서요. 저는 아내를 사랑하는 마음을 중점적으로 많이 가져가려고 노력했고, 그래서 대본에 있는 부분을 조금 바꾸기도 했죠. 연출님과 상의해서 좀 더 아내를 아끼고 사랑하는 모습을 보여줄 수 있도록 동선도 손을 봤어요.

그렇게 말씀하시니까 이해가 돼요. 왜 의외의 역할에 도전하기를 택하셨는지.

평범한 사람의 삶이니까요. 아내가 저를 사랑하지 않더라도, 자신은 끝까지 행복한 미래를 그리는 평범한 사람의 삶에 관한 얘기. 그래서 저는 그 작품에서 악마의 존재를 먼저 떠올리기보다 사랑이라는 이야기를 먼저 떠올렸어요. 작품 선택이나 인물 선택에 있어서 사랑이 없으면 그 드라마가 와닿지 않거든요. 정말 사랑이라는 감정이 하나도 없을 것 같은 이야기를 하게 되더라도, 저는 그 안에서 어떻게 해서든 찾아내요. 실오라기 같은 감정이라도.

사랑이란 감정을 굉장히 중요하게 여기시나 봐요.

중학교 2학년 때 친구를 만나서 함께 배우의 꿈을 키우게 됐는데, 고등학교 1학년 때 결국 상경을 해서 혼자 살았어요. 저는 당시에 진심으로 제가 외롭거나 결핍이 있다는 생각을 못 했거든요. 그런데 생각해 보니 그 시기부터 제 안에 사랑에 대한 갈망이 있었나 봐요. 나는 누구보다 잘 살고 있고, 열심히 하고 있으니 문제가 없다고 생각했는데, 정말 안타깝게도 스스로 인지하지 못했던 거죠. 감정적으로 되게 외롭고 공허하다는 걸.

공연할 때 그런 걸 느끼기도 하세요?

느껴요. 예를 들어서 〔랭보〕라든가 〔니진스키〕, 〔사의찬미〕의 주인공들처럼 실존 인물을 다룬 작품을 맡을 때 사랑이 결핍된 그 캐릭터들에게 이입이 잘돼요. 그런 공허함과 사랑에 대한 집착이 가슴에 훅

들어올 때가 있어요.

그래서 애드리브를 많이 하시는 것 같기도 해요. 사랑을 충만하게 그리고 싶어 하는 동화 씨와 관객의 거리를 좁히는 단계 같다고나 할까요.

상대방이든 내가 맡은 인물이든 공기를 좋게 만들기 위해서 저도 모르게 나오는 말들이 애드리브예요. 혹시 내가 애드리브를 상황에 벗어나게 했던 건 아닌가 싶을 때도 있어요. 힝싱 그 경세를 조심하고 있죠. 〔라흐마니노프〕 같은 경우에는 초연 때 정말 하루 전까지도 계속 대사가 바뀌는 상황이었거든요. 그런데 그런 상황에서 희한하게 저는 니콜라이 달 박사가 라흐마니노프를 바라보는 시선이 실제처럼 느껴지는 거예요.

니콜라이 달 박사의 입장에서요?

네, 그 사람의 입장에서 라흐마니노프를 보는 시선이. 사실 라흐마니노프가 너무 저 자신처럼 느껴졌거든요. 그러니까 오히려 저는 라흐마니노프 역을 맡았으면 객관적으로 그 인물을 파악하기가 어려워서 좋은 연기를 하지 못했을 거예요. 어릴 때의 정동화가 생각나는 인물이니까. 대신에 그러면서 생긴 대사도 많았고, 자연스럽게 만들어진 애드리브도 많았죠.

동화 씨는 다작을 하시는 편인데, 그렇게까지 작품을 꾸준히 하시는 이유가 뭔가요?

정말 즐거워서요. 감사하고 즐거워서. 저뿐만 아니라 다작을 하시는 배우분들 다 비슷한 생각일 거예요. 사실 성대 결절이 왔을 때는 무대 공포증도 겪었지만, 어쨌든 제 몸이 아직까지는 버티고 있는 거잖아요. 여러 작품을 하면서 오늘과 내일, 색다른 모습을 보여드릴 수 있다는 건 정말 기쁜 일이고요. 신기하게도 이렇게 작품을 맞물려서 하는 기간에는 잘 안 풀렸던 감정적인 문제들이 다른 작품을 하면서 '아, 이거 이렇게 하면 되겠다!' 하고 풀리기도 해요. 하지만 제가 무대를 하는 첫 번째 이유는 관객분들이에요.

공연을 보러 오시는 분들을 통해 에너지를 많이 얻는다는 말씀이시군요.

네, 정말 큰 에너지를 얻어요. 오늘은 이 인물이었으니까, 내일은 다른 인물로 짠! 하고 나타나야겠다는 기대감과 설렘. 제가 예쁜 걸 굉장히 좋아하거든요? '예쁘다'에 아주 많은 의미가 포함돼 있는데, 외관이 예쁜 게 아니라 상황과 순간에 제가 그런 감정을 느낄 때 무척 설레요. 관객분들이 이 감정을 오롯이 전달받으실 수 있다면 좋겠어요. 그러면 정말 행복할 거예요.

사람이 사람을 대할 때, 하나의 벽이 쳐진 느낌을 받을 때가 있다. 그리고 반대로 어떤 벽도 없이 서로의 흥미가 맞아떨어진다고 느낄 때도 있다. 정동화와의 시간은 정확히 후자에 가까웠고, 그래서 나는 이 예술가가 무대 위에서 보여주었던 수많은 모습들을 잊지 않으면서도 배우와 기자가 아닌 사람과 사람끼리 대화를 한다는 느낌을 받을 수 있었다. 이런 경험은 생각보다 흔치 않은 일이라서, 자주 웃음을 터뜨릴 수밖에 없었다.

오늘도 감사랑합니다..
복 많이 받으세요

- 배우 정동화 -

23

「동초제 춘향가(春香歌)」, 「강산제 보성소리 심청가(沈淸歌)」 등의 판소리 앨범을 비롯해 공연 〔노인과 바다〕, 〔이방인의 노래〕, 〔억척가〕, 〔사천가〕 등을 통해 작업해온 자신만의 판소리 넘버들을 모아 「Composition 1」을 발매했다. 아마도이자람 밴드라는 이름으로 「데뷔」, 「FACE」 등의 앨범 및 싱글도 발표했으며, 뮤지컬 〔서편제〕, 연극 〔도리안 그레이의 초상〕 등에도 출연한 바 있다. 무엇을 하는 사람인지 물으면 난감할 정도로 많은 이름을 달고 사는, 이자람이라는 예술가를 만났다.

음악가 겸 배우
이자람

"창조되는 순간,
모든 건 예술이에요."

국악을 하시는 분이면서, 밴드 음악을 하시고, 배우도 하시고, 정말 다양한 일을 하고 계세요.

한국에서 그렇게 사는 건 엄청난 장점과 엄청난 단점이 있는 것 같은데. (웃음) 우리나라는 되게 극단적이라는 느낌이 있어요. 한번 존중하기 시작하면 (손을 높이 올리며) 이렇게 높이 떠받들고, 한번 무시할 만하다 싶으면 정말 천대하는, 극과 극을 달리는 것 같죠. 예술도 그래요. 사실 어느 칸에도 들어갈 수 없는 사람들이 되게 많은 곳이 예술계인 것 같거든요. 칸이 위아래가 아니라 옆으로 퍼져서 무척 다양한 색깔의 열매가 열린 곳이 예술계인 것 같은데, 일반적으로 사람들은 어떤 색과 높이와 칸, 크기를 자꾸 규정하려고 해서요. 그런데 하필 제가 밴드도 인디 밴드를 하고, 국악에서 판소리를 하니까 이 틀 안에서 장단점을 다 보는 거죠. 예술가라고 했을 땐 엄청 떠받들어주는데, 막상 국악이라고 하면 또 갑자기 아래로 처박혀요. 또 그렇게 처박혔다가 판소리라고 하면 확 올려주죠. 아, 올라갔다 내려갔다를 너무 많이 겪어서……. 여기에 밴드를 한다고 했을 때 인디 밴드인 아마도이자람밴드 이야기를 하면 '음, 잘 모르겠다'가 되고. 거기서 이야기가 끝나죠.

자람 씨는 예술이 뭐라고 생각하세요?

음, 예술은 순간적인 창조. 크리에이트되는 순간에 모든 건 예술이에요. 예를 들면 엄마가 부엌에서 요리를 하는데, 평소와 다른 소스를 한번 시도해봤을 때 저는 그것도 작은 의미의 예술 같아요. 또 어떤 아이가 처음으로 그림을 그렸는데 자기가 마음으로 보고 있는 것을 그렸다? 저는 그게 예술이라고 보고요. 여기서 이제 팔리는 예술이냐 안 팔리는 예술이냐로 갈리면서 예술의 정의가 달라지기는 하지만. 즉, 돈을 매기느냐 마느냐가 타인이 이걸 예술이라고 하느냐 마느냐로 갈리는 것 같죠.

돈으로 매기기 시작하는 순간부터 예술이 무엇인가에 대한 의문을 갖는 사람들이 많죠.

그렇죠. 돈으로 매기는데 많은 사람들이 사면 정말로 훌륭한 예술이 되는 건가? 거기에 의문이 있어요. 어떤 예술의 영역은 많이 팔리지 않기에 스스로를 고고하다고 생각하죠. 역사도 그걸 인정해요. 그런데 그 영역에도 과거의 귀족들, 왕족들이 '샀던' 예술이라는 개념이 들어가죠. 당연히 상업성의 척도로 예술을 얘기할 수는 없지만, 이걸 무시해도 안 되는 것 같아요. 그래서 저는 자꾸 예술이 돈과는 전혀 상관없는 것처럼 분리하는 사람을 보면 멱살을 잡고 "무슨 소리야! 자본주의에서 살아남고 있는 모두가, 이 모든 것이 우리라고!" 이렇게 외치고 싶어요. (웃음) 예술이라고 혼자 고고할 수는 없는 일이거든요. 하지만 밸런스는 좀 걱정이 되죠.

고민이 될 만하네요.

많이 팔리는 걸 하고 싶어요, 저도. 하지만 제 생각에 그쪽으로는 제가 별다른 취미가 없고, 많이 팔리는 쪽과는 재미를 느끼는 영역이 좀 달라서 '시간' 같은 곡을 쓰고 있다거나. 제가 만든 것들은 예술가들이 더 사랑해주는 것 같아요. 제가 만든 것들이 돈으로 가치가 매겨지기는 하지만 팔리는 게 목표가 아니라 크리에이트 그 자체를 목표로 삼고 예술을 하기 때문에 대중은 저를 잘 모르죠. 매번 새로 저를 소개해야 해요. 그런데 예술을 사랑하는 사람들 사이에서는 되게 오랫동안 사랑을 받고 지지를 받았어요. 제 생각에 그건 제가 돈을 못 벌기 때문인 거예요. 진짜로. 친구가 해준 이야기인데, 대중 예술을 하는 유명한 사람들이 절 보면 너무 사랑한대요. 존경하고, 팬이라고. 그래서 고민을 했어요. 왜지?

답을 내리셨나요?

친구가 그러더라고요. "이 사람이 부자였으면 그런 이야기 못 들었을걸?" 이 한마디에 정말 많은 것이 포함돼 있죠. 이 사람은 돈을 향해 달려가지 않고 어느 지점에서 타협하지 않은 채 저렇게 살기 때문에 아직 그렇게 유명하지도 그렇게 부자도 아니다. 그러니까 그걸 존경한다. 한국 사회의 단면이죠.

다양한 일을 하시기 때문에 이런 생각을 할 기회가 더 많으셨을 것 같은데.

그때그때 많은 생각이 들죠. 판소리에서는 꽤 권위자 같은 대접을 받을 때가 있고, 밴드는 사실 늘 신인 같아요. 또 새로 시작하는 도전 앞에서는 제가 어떤 위치인지 정말 모르겠어요. 어떤 장르에 발을 디디느냐에 따라 캐릭터가 달라지잖아요. 끊임없이 무언가를 훔쳐보는 기회들이 생기는 건 좋아요. 사회초년생일 때 여러 지위의 사람들과 함께하면서 그들 사이의 권력 구조를 살피고, 지금 내가 어떤 태도를 취해야 하는지 경험하잖아요? 포지션에 따라서 입는 옷이 달라지고 쓰는 언어의 감각을 파악하면서 관계에 대해 알아가는 과정을 계속하고 있는 느낌이랄까.

판소리만 했으면 못 하셨을 경험이기도 하네요.

맞아요. 아주 조그만 존재로서 어른들을 훔쳐보는 경험은 대학원 생쯤에 끝났겠죠. 한 서른 초반 즈음에 끝났을 텐데요. 저는 밴드를 하는 게 너무 좋은 게, 계속 조그만 존재인 것 같은 기분이 들어서예요. 계속 남들이 어떻게 잘하나 훔쳐보고, 계속 배우고, 계속 시각을 바꿔가면서 세상을 바라보게 되니까 제 안에 재미있는 것들이 생기죠. 남들이 성공했다고 일컫는 이자람의 캐릭터와, 그렇지 않은, 계속 넘어지면서 가고 있는 이자람의 캐릭터가 같이 사니까 재미있는 거예요. 예술도 그런 거죠, 뭐.

지금 생각이 되게 많아 보이세요.

예술가로서 산다는 게 어떤 건지, 그런 질문을 받아보는 일은 의외로 또 없거든요. 뭐랄까, 나 자신과 정면승부 하는 질문이잖아요. 그리고 저는 지금 어떤 경계에서 계속 왔다 갔다 하는 나를 보고 있고.

제가 〔이방인의 노래〕 첫 단가인 'Life is like a dream'을 참 좋아해요.

개인 작업에서는 삶을 더 진득하게 다루기 때문에 좀 더 진지한 이야기들을, 좀 더 시간을 넓게 써서 할 수 있어서 좋아요. 밴드는 3~4분짜리 한 곡 안에 메시지를 담아서 삶의 어떤 단면을 찍어내야 한다면,

〔이방인의 노래〕나 〔노인과 바다〕 같은 경우는 어쨌거나 누군가의 삶의 레이어들을 잘 배치해서 이 사람의 인생 하나가 1시간 30분 안에 관객한테 갈 수 있어야 하거든요. 관객이 제가 느낀 걸 요만큼이라도 가져갈 수 있는 시간이 확보되니까 좀 더 진지한 이야기, 진지한 언어들을 사용할 수 있는 것 같아요. 밴드 음악에서는 저한테 주어진 드라마가 없잖아요. 그냥 제가 어떤 삶의 편린을 찍어서 곡을 쓰다 보니 나뭇잎 하나를 말하는 데 3분이 걸리거나 시간을 말하는 데 3분이 걸리는 정도인 거죠. 그 차이가 있는 거죠.

'삶이란 것이 아직 맛보지 못한 과자 한 조각을 닮았다니.' 굉장한 울림을 주는 가사예요, 진짜로.

저도 그랬어요. '아직 맛보지 못한 과자 한 조각'을 쓰면서 "이야, 이 맛이지" 했죠. 와, 어떻게 이런 걸 썼지? 캬. (웃음)

두 개의 작업을 비교해주세요. 이야기가 무척 흥미로워요.

붓질이 다른 것 같아요. 판소리 작업은 세(細)붓으로, 얇은 붓으로 굉장히 촘촘하게, 디테일하게 큰 그림을 하나씩 다 그리는 작업이라면, 밴드 음악은 좀 더 굵은 붓으로 훅, 훅, 훅 그리는 작업이죠. 즉, 판소리 작업이 화폭이 큰 그림이면 밴드 음악은 화폭은 작지만 어떤 굵은 필체가 색깔 있게 가는 거랄까. 이런 비유 처음 해봤는데, 생각보다 아주 재미있네요.

저는 오히려 이런 순간에 자람 씨가 '예술가'처럼 느껴지는데요?

어려서부터 예술을 한다는 사람들 주변에서 자랐고, 그래서 엄청 싫어한 적도 있고, 엄청 피한 적도 있고, 엄청 좋아한 적도 있어요. 예술이 과대평가되는 것도 많이 구경했고 직접 겪기도 했고. 그렇다 보니 예술을 너무 거창하게 생각하고 싶어 하지 않는 것 같아요. 그러니까 스스로를 예술가라고 생각할 때 예술가라고 생각하기가 싫고, 또 예술가가 아닌 척하기도 싫고. 저는 분명히 예술가 맞거든요. 근데 그 예술가라는 단어의 무게에 너무 많은 걸 올려서 제가 스스로 무거워지지 않으려고 노력해요. 어깨에 힘이 좀 안 들어갔으면 좋겠고.

그 무게를 내려놓는 데 SNS도 적극적으로 활용하시는 분이 아닐까, 생각해봤어요.

처음에는 공연 소식을 전하는 출구로 썼어요. 그런데 그렇게만 사용하니까 어느 순간부터 제가 '좋아요'와 리트윗을 신경 쓰더라고요. 이제는 작은 것들을 끊임없이 이야기하는 사람들이 좋아요. 나 스스로도 그 공간에서 달이 떴으면 달이 예쁘다, 시금치가 맛있는 계절이 왔다는 말을 내뱉는 사람이 되기를 원하죠.

아무래도 오랫동안 활동을 해오셔서 힘을 빼기 위해 노력을 많이 하신다는 느낌이.

남들의 이목을 신경 쓰지 않기 위해 굉장히 많은 훈련을 해오면서 살았거든요? 어려서부터 계속 노출되면서 살았으니 인정 욕구가 강했어요. 칭찬받고 싶고, 가능하면 1등 하고 싶고. 그런데 당연히 그렇지 못

하는 순간도 많으니까 거기서 자유로우려면 남들의 이목을 신경 쓰지 않는 사람이 돼야 하는 거예요. 당연히 불가능했고, 그런 성정이 못 되는 사람이라 트위터를 하는 것 같아요. 남의 이목을 적당히 치우면서 들을 건 듣고, 듣지 않아도 될 건 잘 치우면서 걸어가는 연습을 하는 거죠.

건강해 보이세요.

제 삶의 밸런스를 맞추기 위해서 노력하는 거죠. 갑자기 자존감이 떨어졌다거나, 인정 욕구가 너무 강해져서 외로울 수 있잖아요. 그럴 때 헛헛해지는 나 자신을 금방 알아챌 수 있어요. 그래서 저는 자신의 삶을 고통스럽게 갈아서 예술을 하는 분들이 너무 걱정될 때가 많아요. 그런 고통 안에서 예술이 탄생한다고 믿는 게, 정말 힘든 일이거든요. 아픔에서 한 숟갈 떠서 작품을 만들었더니, 그 아픔을 조금이나마 치유할 만큼 사랑을 받아서 계속 자기를 아픈 쪽으로만 파내 사랑받으려고 노력하는 예술가의 모습……. 그럼 결국은 내가 비거든요. (손으로 가슴께를 가리키며) 여기가 다 비어버리면, 자기를 괴롭히다가 비어버리면, 이제 남을 괴롭히기 시작하는 거예요. 악순환이에요. 그렇게 나 자신에게 고통을 주는 방법이 아닌 방식으로 그림을 그리고 음악을 쓰는, 좋은 예술가들이 많아졌으면 좋겠어요.

그럼, 자람 씨도 고통에서 예술의 영감을 받는 순간이 있으세요?

저도 당연히 그럴 때가 있죠. 밴드 음악들은 주로 '으! 어떡하지?' 이럴 때 쓰게 되니까. (웃음) 하지만 그 순간에도 고통의 화살을 절대

남에게 돌리지 않으면서 하려고 노력해요. 제가 좋아하는 예술이 그렇거든요. 이런 이야기를 예전에 지인이 들려준 적이 있어요. 저를 건강한 사람들이 사랑하는 예술가라고 생각한대요. 왜냐하면 실제로 아픈 사람들이 되게 많은데 그런 사람들이 보기에 제 삶이 완벽해 보이고, 혼자 행복해 보이고 그럴 수 있다고요. 아픈 사람들이 사랑할 만한 사람은 못 된다고 말이에요.

모든 사람에게 사랑받을 필요는 없으니까요.

그럼요. 제 꼴이 이렇게 생긴 걸요? 제가 태어난, 그 후로 제가 가꿔온 저의 형상이 이렇기 때문에 좋아하는 걸 계속할 수 있기만 하면 돼요. 어쨌든 저는 힘들어서 친구에게 전화하기보다, 날씨가 좋아서 전화하는 사람이라서요. 밴드 음악이 그렇지 않은 제 그로테스크하고 괴상한 면을 드러내는 유일한 창구라고 할 수 있죠. 밴드는 나에게 있는 유일한 캐릭터의 놀이터예요. 그 유일한 캐릭터는 사실 욕도 하고 싶고, 세상에 화도 내고 싶은데 음악적으로 잘 닦아서 세상에 얼굴을 내놓는 거죠. 그래서 제가 밴드를 못 놔요. 사람이 항상 밝을 수만은 없는 거기 때문에.

이렇게 풍부한 이야기가 나올 수 있도록 끌고 와준 동력은 무엇일까요? 그러니까, 자람 씨가 여태까지 이렇게 많은 일을 하실 수 있게 해준 힘이요.

밥이요. 밥과 잠. 제가 진짜 잘 먹고 잘 자고 잘 싸거든요? 저희 음악을 늘 찾아와주시는 분들한테도 말해요. 잘 먹고 잘 자고 잘 싸고,

만약 그중에 하나라도 잘 진행되던 것이 멈춘다면 무언가 문제가 있으니 점검을 잘하시라고. 맛있는 거 많이 드시라고. 저 역시 이게 다 무너진 적이 있기 때문에 말할 수 있는 거예요. 그 신호를 빨리 알아차려야 해요. 어딘가 상하고 있는데 사실 모른 척하고 싶은 마음, 저도 충분히 알아요. 하지만 그 신호를 보지 않으면 언젠가 크게 무너지기 때문에 끊임없이 돌아보고 또 돌아봐야 하죠. 저도 서툴러요. 잘하고 싶은데, 가장 어려운 것 같아요.

자람 씨, 자람 씨는 어떤 생각을 하면 힘이 나세요?

인류요. 제가 인간은 사랑하지 않는데 인류는 사랑하거든요. 최근에 제가 좋아하는 풍의 소설이 뭔가 봤더니 가브리엘 가르시아 마르케스의 『백년의 고독』, 그다음에 이사벨 아옌데의 『영혼의 집』, 그다음에 올가 토카르추크의 『태고의 시간들』이더라고요. 저는 이 작품들 속에서 비춰지는 세계관을 너무 사랑해요. 시간이 억겁으로 계속 흐르는데 그 안에서 계속 인물은 달라져도 인류의 세계는 계속 흘러가고 있죠. 그 자체에 대한 사랑을 느껴요. 인류 이야기가 나오면 저도 모르게 어쩔 수 없이 마음이 막 울어요. 그걸 되게 자잘하게 나눠서 인간 군상으로 마주치면 감당할 수 없는 인간 군상이 너무 많아서. (웃음) 살면서도 계속 그런 인간들을 피해서 살려고 노력하기 때문에 그게 너무 어려운데, 그래도 인류는 사랑할 수 있어서 정말 다행이라고 생각해요. 너무 다행이에요.

무엇이 예술이고 예술이 아닌지에 대해 고민해본 적 있는가? 상업적인 것은 예술이 아니라고, 가난해서 주린 배를 움켜잡고 있어야만 예술의 아름다움이 완성된다고 믿고 있지는 않은가? 이자람은 우리에게 질문을 던진다. 무엇이 예술이고 예술이 아닌지, 행복하고 건강한 삶 속에서 탄생하는 예술의 영역에서 우리는 어떤 아름다움을 발견할 수 있는지. 그리고 인류는, 예술을 거칠은 민낯 그대로 사랑할 준비가 되어 있는지.

잘 먹고, 잘 자고, 잘 싸면서

뚜벅뚜벅 걸어가봅시다.

시 작 함.

24 _____

뮤지컬 [오페라의 유령]을 시작으로 [최후진술], [미아 파밀리아], [라흐마니노프], [더 모먼트], [쿠로이 저택엔 누가 살고 있을까?] 등 여러 작품에 출연했다. 대학에서 전임 교수를 맡았다가 배우로서의 전율을 잊지 못하고 다시 무대로 돌아온 사람. 그는 따뜻하고, 상냥하다. 웃음이 많고, 상대를 불편하지 않게 해주는 능력이 뛰어나다. 그가 무대 위에서 던지는 대사 하나하나, 그리고 거기에 섞인 애드리브들도 그렇다. 극의 틀을 벗어나지 않으면서 상냥하게 관객을 극 속으로 인도한다. 깊이, 더 깊이.

배우
유성재

"내가 오늘,

가장 빛날 수 있는 날이라는 걸 배워요."

교정을 떠날 때, 그날 기분 기억나세요? 저라면 생생했을 것 같거든요. 아, 안정된 직장. (웃음)

후련했어요. 아쉬운 건 전혀 없었고요. (웃음) 가르치던 애들 생각하면 조금 아련했지만, 학교라는 교육 체계에 대한 미련은 하나도 없었어요. 솔직히 교수로 지내면서 시스템적인 한계가 되게 많다고 느꼈거든요. 그리고 전임 교수니까 행정적인 일을 겸업해야 하는데, 와, 나는 행정적인 일에는 영 소질이 없는 사람이구나 싶더라고요. 거기 있으니까 자존감이 낮아지는 거 있죠. 관리하고, 서치하고, 수치화시키고, 원인을 분석하고 해결 방안을 제시하는 과정에 능하지 못했어요. 재능도 없고 재미도 없는 사람이었죠.

그리고 무엇보다, 배우를 너무 하고 싶으셨고.

맞아요. 정말로 너무나 배우를 하고 싶었어요. 아내가 10년 가까이 되는 육아를 마치고 얼마 전에 작품을 했는데, 그때 제가 두 달 정도 혼자 육아를 맡았거든요. 그때 생각했어요. 대체 이렇게 하고 싶은 일을 어떻게 참았을까? 이걸 10년 동안, 자기 욕심을 버리고 해온 거라고? 말도 안 돼. 어느 날 옆에 있던 와이프한테 전화가 왔어요. '설마 또 작품 들어온 거 아니야?' 이러고 걱정이 되는 거예요. (웃음) 나는 이런 생각까지도 하게 되는데……. 아내가 대단하다고 생각했어요.

배우로서 성재 씨의 삶은 2막을 맞이하신 거잖아요. 바뀐 것들이 있으신가요.

인생 전체에 걸쳐서 많이 바뀌었어요. 스스로 느낄 때도 내면의 마음가짐, 인생의 모토라고 하죠. 그것부터 바뀐 것 같고, 가족들이 느낄 때도 그런가 봐요. 많이 바뀌었다고 해요. 중요한 건, 지금 내가 스스로 예술가로서 인생을 꾸려가고 있다는 생각이 든다는 거예요. 교단에 있을 때는 사실 그런 느낌이 안 들었던 것 같아요. 아무래도 전임 교수는 관리자로서의 역할이 커서 수업에 온전히 집중할 수 있는 구조가 아니었죠. 그걸 다 해내시는 교수님들도 계시는데 저는 그럴 주제가 안 됐어요. 수업을 이렇게 디자인해서 애들에게 이렇게 가르쳐줘야지, 저렇게 가르쳐줘야지, 여기까지만 생각할 줄 알았죠. 리더형(形)의 사람은 아닌 거예요.

여러 인터뷰를 하다 보니 많은 후배들이 성재 씨를 좋은 형으로 꼽던데요.

좋은 동생들을 만나서 그렇지, 제가 먼저 살갑게 챙기고 그러는 스타일은 아니에요. 그냥 잘 지내는 스타일이라고 해야 하나. 그냥 문제를 안 일으키는 형. (웃음) 애들이 무슨 말을 하거나 행동을 해도 긍정적으로 생각하면서 '저 형 불편하다' 이렇게 느낄 만한 상황을 안 만들어요. 그게 바뀐 제 인생의 모토이기도 하죠. 사랑하자는 거요. 누구나 흠이 있잖아요. 나부터 돌아보는 거예요. 내가 먼저 잘해야죠.

아무래도 여러 명이 하나의 무대를 만드는 거니까. 조심하시는 게 느껴져요.

그런데 요즘은 거기서 조금 더 나아가보려고 해요. 내가 잘하자, 이렇게 나만 챙기는 게 아니라 상대방의 모습을 그냥 모른 체 지나치지 않고 저 사람의 저런 모습도 사랑하면서 살 수 있으면 좋겠다고. 그러려면 어떻게 해야 하나 고민을 많이 해요. 이 생각이 어쩌다 나왔냐면요. 배우를 하고 한동안 너무 재미있었어요. 그래, 인생은 이렇게 사는 거지! (웃음) 그런데 또 채워지지 않는 게 있는 거예요. 작품을 하지 않을 땐 불안해지고, 작품을 하고 있으면서도 다음 작품이 있나 없나 불안해지고. 그러다 문득 '내가 왜 이렇게 살아야 하지?' 매너리즘이 다시 왔죠. 그렇게 가치 있는 삶이 뭔지 고민하는 과정에서 재물과 성공이라는 두 가지를 내려놓아야 한다는 걸 깨달았어요. 자, 그러면 이제 인생의 최고 가치가 성공이 아닌 것도, 돈이 아닌 것도 알겠는데, 어떻게 사는 게 잘 사는 걸까요?

성재 씨가 그 질문에 대한 답을 찾고 계신 거죠?

내가 배우로서 재물이나 성공을 얻는 건, 스스로 안달복달한다고 되는 게 아니니까. 대신에요, 지금 나에게 바로바로 주어지는 매일에 최선을 다하기로 했어요. 이 나이에 오디션을 준비해서 뭘 하나, 그런 생각이 들 때가 있어요. 그런 생각도 바뀌었어요. 지금 나한테 주어지는 거니까 열심히 준비하는 거예요. 이들을 만족시키든 못 시키든, 그건 그다음 문제예요. 나는 일단 유성재라는 배우로서 열심히 하는 거예요. 최선을 다해서. 그러니까 떨어져도 괜찮더라고요.

그렇게 찾은 답은요?

지금 하나 찾은 게 있죠. 욕심을 내려놓고, 나에게 주어진 것들에 후회 없이 임하는 사람으로 살자.

가족분들이 왜 변했다고 말씀하시는지 알 것 같아요.

많은 것들이 보이기 시작했어요. 몇 년 만에 아내가 작품을 한다고 했을 때, 제가 선뜻 육아를 하겠다고 하면서도 겁이 났어요. 할 수 있을지 모르겠더라고요. 그것도 한 친구는 이제 갓 돌이 지난 아이인데. 그런데요, 고작 두 달이라 그럴 수 있겠지만 정말로 즐거웠어요. 정신적으로 그 시간 동안 굉장히 위안을 받았거든요. 이쪽에는 첫째가 누워서 책을 보고 있고, 저쪽에는 둘째가 누워 있는데 그 사이로 햇볕이 내리쬐는 광경이란······. 예전의 나라면 '아, 나 집에서 뭐하고 있는 거야? 무기력하잖아' 이렇게 생각했을 텐데. (더 모먼트)가 팬데믹 사태로 일찍막을 내렸을 때도 제가 달라졌다는 걸 느꼈거든요. 예전 같았으면 많이 속상했을 거예요. 심지어 그게 끝나고도 작품이 없었으니까. 그런데 괜찮았어요. 가족들과 함께할 수 있는 시간이 생겼다는 것, 그 소소한 것에 감사하게 됐어요.

(라흐마니노프)의 니콜라이 달 역할을 맡으셨을 때, 많이 놀랐어요. 라흐마니노프뿐만 아니라 관객들의 상처까지, 나아가 자신의 상처까지 보듬어주고 있다고 느꼈거든요.

제가 했던 작품들은 배우이자 인간 유성재의 변화와 기묘하게 맞아떨어졌던 것 같아요. (최후진술)도 그랬고, (라흐마니노프)도 그랬고. (최후진술)이 제가 교단에서 무대로 돌아오는 기회를 마련해준 작품이었다면, (라흐마니노프)는 지금처럼 제가 사랑에 대해서 고민하고 있을 때 딱 만난 작품이었어요. 그래서 상견례 때 한마디씩 하잖아요. 그때 그랬어요. "지금 제가 고민하는 것을 보여주시네요." 그렇게 본의 아니게 바뀐 제 모습들이 무대 위에서 드러나지 않았나 싶어요. 요즘 연습하고 있는 작품에서는 내가 오늘, 가장 빛날 수 있는 날이라는 걸 배워요. 그런 메시지를 지닌 작품인데, 되게 감사하더라고요.

이제는 작품을 고르실 때 가장 중요한 게 메시지인가요.

맞아요. 정식 공연이든 리딩 공연이든, 메시지가 정말 중요해요. 어떤 음악을 갖고 있는지는 사실 별로 중요하지 않고요, 메시지가 어떤 건지가 이제 저에게 되게 중요한 게 됐어요. 옛날에는 안 그랬어요. 물론 지금도 작품이 들어오면 감사히 하죠. 뭐, 제가 대본 몇 개 받아서 고를 수 있는 상황은 아니니까. (웃음) 하지만 몇 편이 겹쳤을 때 어떤 걸 우선순위로 하느냐 하면 그 기준이 메시지가 되는 거죠. 예전에는 이런 거 없었어요. 오는 거 다 하지, 아니면 먼저 오는 거 먼저 한다 그랬죠. 아니면 내가 빛날 수 있는 거.

내가 빛날 수 있는 거…….

내가 빛날 수 있는 작품이라는 건 이제 진짜 중요하지 않은 것 같아요. 전혀요. 내 분량이 얼마만큼 되지? 내 솔로 몇 곡이지? 이거 안 중요해요. 내가 어떤 메시지를 전달하려고 하지? 이게 더 중요해요. 얼마 전에 작품 하나가 들어왔는데, 회사에서 그러시는 거예요. "아, 이거 성재 배우가 하기에 비중이 좀 작은데?" 상관없다고 그랬어요. 메시지만 좋으면.

사실 저는 아직 그 욕심을 못 버린 사람 같아서 부끄러워요.

당연히 쉬운 일은 아니라고 생각해요. 하지만 저는 그게 가능한 게, 주인공만 하던 사람이 아니라서 그런 것 같아요. 주인공을 한 적이 없으니까 좀 자유롭죠. 그런데 주변에 동료 배우들을 보면 아무래도 압박을 받더라고요. 물론 처음에는 저도 주인공 안 시켜주니까 서운했어요. 그게 열등감이었고. 지금은 전혀 없죠.

연기할 때 감정도 미리 계획해두고 준비해두는 타입은 아니실 것 같아요.

미리 '난 이런 이미지야'라는 생각은 하지 않고요. 나에게 몰려오는 감정을 이미 받아들일 준비를 한 상태에서는 도리어 그 감정이 흡수가 안 되더라고요. 예를 들어서 내가 울어야 할 때, '자, 나의 우는 신이 다 가오고 있어' 하면 눈물이 안 나요. '꼭 내가 울지 않아도 돼'라는 생각으로 "이 바보야!" 하고 뱉었을 때, 그 순간에 오는 감정이 중요해요. 현장감이 넘치는 상황에서의 감정을 중시하는 거죠. 다만 그런 즉각적인 반응이 위험할 때도 있어요. 대본 안에서 이뤄져야 하는데 대본 안이 아니라면 상대 배우가 당황하죠. 상황을 봐서 상대 배우가 어떻게 대하느냐에 따라 반응해요.

그런데 그 애드리브가 성재 씨를 배우로서 굉장히 빛나게 만들 때가 있어요.

상대 배우에게 폐 끼치는 게 너무 싫어요. 공연에서도 그러고 있더라고요. 내 것도 챙길 줄 알아야 하는데. 예전에 (강)필석 형이 [최후진술)을 보러 와서는 그러시더라고요. "연기 어땠어요?" 하니까 "네가 보이게 해야지" 그래서 제가 "상대방을 배려하느라 그랬어요" 하니까 "상대 배우 배려하는 건 당연히 그래야 하는데 거기서 너도 보여야지" 하시는 거예요. 그때 느낌이 왔죠. 상대방의 말을 받되, 저는 상대가 기다릴까 봐 대사를 더 빨리 칠 때도 있었거든요. 그런데 상대방이 그렇게 생각하지 않았던 거예요. 이것도 하나의 열등감이었던 거죠.

표정이 굉장히 편안해 보이세요.

그렇겠죠. (웃음) 별 욕심이 없으니까.

그게 얼굴에도 드러나나 봐요.

30대 중반에는 첫인상이 안 좋다는 이야기를 많이 들었어요. 열등감, 낯가림 등 너무 많은 것들이 범벅돼 있어서 인상이 굳었었나 봐요. 오디션에 가면 절정을 찍었죠. 그래서 저희 대표님이 그러셨어요. "성재 배우는 오디션장에만 가면 다른 사람이 되나 봐." (웃음) 작년까지도 그랬던 것 같기는 한데, 요즘에는 인터뷰할 때도 이렇게 수다를 잘 떠는 편이고. 많이 건강해진 거죠. 마음이요. 아, 한 가지 욕심은 있다.

무엇인가요?

보컬 티칭에 관심이 있거든요. 그런데 우리나라에 자리 잡은 보컬 교재들이 많지가 않아요. 학생들 가르칠 때 에스틸이라는 보컬 티칭법을 접했는데 너무 새로웠어요. 제가 배우를 하는 데 있어서도 제2의 노래 인생을 시작할 수 있게 해준 학문이에요. 문제는 책들이 다 영어로 되어 있어요. 이걸 흐름을 놓치지 않고 쭉 보고 싶은데 제가 영어를 못하니까 번역 프로그램을 돌려가면서 읽거든요. 누구한테 번역을 맡겨도 돈이 많이 드니까, 시간이 걸리더라도 차근차근 내가 몇 페이지씩 번역을 해나가보자 싶더라고요. 쭉 읽으면서 내 식대로, 보컬 하는 사람들이 알아듣는 부분, 못 알아듣는 부분 이렇게 고쳐나가면서 완성해나가고 있어요.

'떳떳한 배우'라는, 새로운 수식어를 붙여드리고 싶어요.

예전에는 모든 사람을 만나면 잘해야지, 내가 잘하는 것처럼 보이게 만들어야지, 그런 게 있었어요. 관계자들 만나면 잘 보여야지, 동료들 처음 만나면 좋은 이미지로 보여야지. 그런데 나중에는 다 탄로가 나더라고요. 그럴 거면 인성부터 뜯어고치고 솔직하게 대하는 게 낫죠. 아닌 건 아니라고 하고, 맞는 건 맞다고 하고, 격려해줄 건 격려해주자. 그게 편하게 사는 길이다. (웃음) 그러니까 이제는 대표님들을 만나도 별로 신경 안 써요. 예의 없게 행동한다는 뜻이 아니고, 아첨하지 않는다는 뜻이에요. 아첨은 하기도 싫어요. 내가 그렇게 하지 않아서 안 좋게 보이고 작품이 안 들어온다? 그럼 그건 내 길이 아닌 거예요. 내가 선택한 대로 온 결과인 거죠. 이렇게 사니까 손해는 좀 보는데 삶이 편해요. 열심히 아첨해서 작품을 한들, 내 마음이 편할까요?

달라지신 모습이 앞으로의 배우 생활에도 큰 변화를 가져올 거라는 게 보여요.

저를 사랑하게 되니까, 즉 누군가는 나를 미워할 수도 있다는 걸 받아들이고 가게 되니까 괜찮아지더라고요. 예전에는 연기하면서, 특히 리딩하면서 내가 대사를 친 게 너무 이상하게 느껴지진 않을까 하고 연출이나 작가 눈치를 계속 봤어요. 그러면 집중이 안 되잖아요. 요즘엔 그거를 안 해요. 그냥 혼자 '이걸 어떤 뉘앙스로 썼을까'만 생각해요. 그게 당연한 건데, 이제야 깨달았어요. 아무것도 모르고 배우 했던 거야. 멍청한 짓을 했지. 보여주려고만 했어요.

무대 위에서나 아래에서나 사랑을 얘기하는 사람이 되셨어요.

그래서 〔레미제라블〕은 정말 해보고 싶어요. 나이가 들어서 그런가, 'Bring him home'을 부르는 장발장의 마음이 너무 와닿아서. 지금보다도 조금 더 나이를 먹고 이 역할을 할 수 있다면 참 좋겠어요.

사실은 제가 장인엔터테인먼트에서 올린 〔최후진술〕의 2020년 싱어롱 영상을 봤어요. 거기서 성재 씨를 클로즈업하는데, 그때 표정을 보고 한참 멍한 얼굴로 있었어요. 관객과 소통하는 예술가의 눈빛, 시대를 반영한 예술가와 관객의 소통이란 이런 거구나. 소름이 돋았어요.

(영상을 보면서 생각에 잠긴) 음, 마스크를 쓰고 관객분들이 앞을 보고 계시는 게 처음에는 굉장히 무서웠거든요. 그런데 어느 순간에 느꼈어요. 마스크를 쓰고 그 좁은 공간에 와주시는 분들이 이 작품을 너무 사랑스러운 눈빛으로 봐주시는데, 그게 너무 뭉클한 거예요. 싱어롱이라고 하면 매 시즌마다 저희끼리 즐겼던 때가 생각이 나고, 지금은 그러지 못하고 있는 게 아쉽다는 생각도 했고. 하지만 이분들이 싱어롱을

하면 자신이 마음에 결단을 내렸다고, 용기를 낼 거라고 말씀해주시는 것 같은 기분인 거 아세요? 그렇게 들려요. "나 이렇게 용기 냈어요", "나 이렇게 용기 내는 게 맞겠죠?" 내지는 "나 지금 이런 고민이 있어요. 들려요?" 하고 말씀하시는 것 같아서 마음이 뭉클해져요. 막연히 감사한 감정도 있어요. 단 두 명이 나오는 작품을 보러 와주시는 것에.

조금 놀라신 것 같은데요.

이 영상 처음 봤거든요. 내가 이런 표정을 짓고 있었구나…….

뮤지컬 〔최후진술〕의 싱어롱 영상은 이미 수십 개가 존재한다. 그중에서도 유독 관객들을 바라보며 복잡한 표정을 짓고 있는 유성재의 모습이 담긴 영상 하나가 오랫동안 마음에 남았고, 그것을 틀어서 그의 손에 들려주며 또 한 번 제3자의 입장에 섰다. 한참을 보던 그의 눈빛은 계속 깊어만 갔다. 밤하늘에 빛나는 별처럼, 아주 작고 소중한 것을 그러모으 듯 스마트폰을 손에 꼭 쥐고, 관객들의 품속으로 빠져들어가듯이.

꽃이 있는 곳에 길이 있다

매번 나에게 주어지는 것에

감사한 마음으로

백묵 유성재

〔썸씽로튼〕, 〔명성황후〕, 〔스토리 오브 마이 라이프〕, 〔씨왓아이워너씨〕, 〔인터뷰〕, 〔나와 나타샤와 흰 당나귀〕, 〔너를 위한 글자〕, 〔서편제〕, 〔모래시계〕, 〔닥터지바고〕, 〔쓰릴 미〕 등 아주 많은 작품에서 관객들을 만났다. 그럼에도 불구하고 그는 자신이 언제까지 뮤지컬을 할 수 있을지에 대한 질문을 스스로에게 던진다고 했다. 변화하는 환경에 대한 고민을 게을리하지 않는 사람의 태가 묻어났다.

배우
강필석

"내가 언제까지

뮤지컬을 할 수 있을까?"

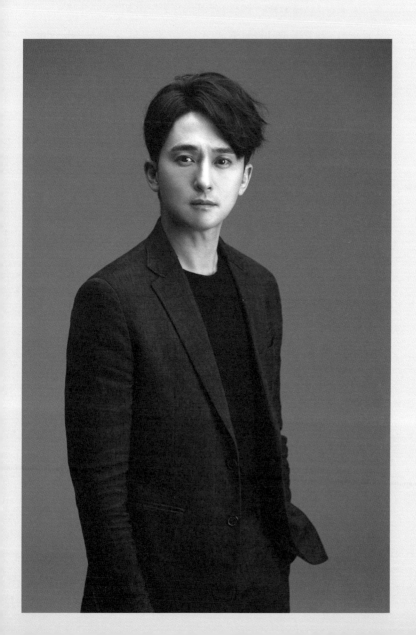

처음 배우를 시작하셨을 때와 지금의 공연계 환경이 정말 많이 달라졌죠?

시장이 확실히 커진 것 같아요. 저는 시장이 커지기 시작할 무렵에 들어온 사람이거든요. 라이선스 공연들이 잔뜩 수입되던 시절이었는데, 춘추 전국 시대라고 비유할 수 있을 만큼 작품 수가 많았어요. 그렇게 배우 생활을 한 지 5년이 좀 지나고 나서부터 창작 뮤지컬 시장이 눈에 띄게 활발해지기 시작했던 것 같고요.

긍정적인 변화를 쭉 보신 거네요.

그렇죠. 사실은 그 덕분에 제 실력에 비해서 되게 큰 역할을 많이 맡게 됐어요. 작품 수에 비해 배우는 상대적으로 부족했으니까요. 예를 들자면 한 해에 열 편 올라오던 뮤지컬이 백 편이 된 건데, 배우 한 명이 열 편에 출연할 수는 없는 일이니까요. 저는 그렇게 배우 수요가 늘어났을 때 들어온 경우예요. 무작정 배우를 꿈꾸던 사람이었는데, 오디션 사이트를 뒤지다가 갑자기 뮤지컬 오디션이 확 늘어난 걸 보고 '어? 그래. 일단 무조건 도전해보자' 싶어서 시작했죠. 지금 장르 구별할 때가 아니다 싶더라고요. 그러다가 사랑에 빠졌고. (웃음) 하다 보니 되게 좋더라고요. 그때부터 노래 연습도 제대로 하기 시작했어요.

사랑에 빠진 뒤로 20년을 보내신 거고요. 그사이 관객들의 모습도 많이 달라졌죠?

오, 그럼요. 많이 달라졌죠. 변화에도 긍정적인 면과 부정적인 면이 같이 존재하는데, 작품마다 저는 감상하는 태도가 달랐으면 좋겠다고 생각하거든요. 그런데 신나는 작품을 같이 마음껏 즐기는 문화가 다소 사라진 것 같아서 아쉽기는 해요. [쓰릴 미]처럼 굉장히 집중해서 봐야 하는 작품은 사실 다큐멘터리 보듯이 심도 있게 보는 게 맞죠. 그런데 아닌 작품도 있으니까요.

그러고 보니 [쓰릴 미]가 관객을 가장 정적으로 만드는 공연 중 하나네요.

처음에 제가 그 작품을 했을 때, 로비에 붙어 있던 문구가 무척 인상적이었어요. '이 공연은 박수를 칠 타이밍이 없습니다.'

이제는 대부분의 관객분들이 그 사실을 알고 오시는. (웃음)

사실 저는 그전까지 뮤지컬에서 관객들이 배우들에게 박수를 쳐주는 게 의례적인 매너였다고 생각해요. 노래하면 좋든 나쁘든 그냥 박수를 쳐주는 거죠. 처음에는 그 문화가 저를 너무 당황스럽게 만들었는데, 덕분에 그 문구 한 줄이 아주 신선하게 다가왔어요. 박수를 치지 말라? 실제로 공연하면서 그게 너무나 좋았어요. 집중이 깨지지 않았거든요. 하지만 그런 공연에서 관객분들이 보여주시는 태도와 밝은 공연에서 활발히 박수를 쳐주시는 태도가 공존하면 좋지 않을까 싶기는 해요. 박수를 원한다, 이 뜻은 아니고요. 조금 더 편안한 마음으로 공연을 볼 수 있는 문화가 존재한다면 좋겠죠.

그런 밝은 분위기, 상상해본 적 있으세요?

해외에서 공연을 보는데 공연 중에 관객들이 일어나서 박수를 치고, 환호하고 그러더라고요. 당황스러운 거예요. 그런데 한편으로는 부러웠어요. 배우가 극을 하다 말고 박수를 과할 정도로 받고 있다는 게……. 물론 그런 문화가 한국 공연계에도 정착됐을 때, 금세 원래의 감정을 다시 극으로 가지고 가는 배우와 아닌 배우가 있을 수 있는데요. 그걸 해결하는 건 배우의 몫이라고 보고요.

시장이 커지면서 이렇게 상상할 수 있는 것들이 많아졌어요. 하지만 단점도 분명 존재한다고 봐요.

캐스팅이 너무 많아진 게 좀 아쉽긴 해요. 아무래도 에너지가 좀 분산되는 건 사실이거든요. 많은 배우를 만나다 보면 그럴 수밖에 없어요. 영화나 드라마와 다르게 저희는 NG도 없고, 연습 과정 자체가 길잖아요. 최소 6주 정도는 연습하는데, 저는 그 시간이 배우들끼리 어떤 호흡을 주고받느냐를 파악하는 시간이라고 생각해요. 물론 연출가의 디렉션도 있고 그 외에 체크할 것도 있지만, 배우들끼리는 '저 사람이 기본적으로 어떤 호흡을 지닌 배우인가'라는 생각을 갖고 그걸 파악해야 하는 거죠. 그런데 한 사람만 파악해도 되는 시간에 최소한 서너 사람을 파악해야 하니까 아무래도 집중력이 떨어지죠. 호흡까지는 못 가고, '아, 얘는 이 정도로 자기의 답을 갖고 있는 친구구나' 하는 수준에서 끝날 가능성이 높아요.

관객 입장에서도 사실 그 부분은 조금 손해일 수도 있거든요.

이게 지금 우리나라 공연계 현실에 맞는 문화라면 어쩔 수 없는 일이죠. 하지만 우리 입장에서는 좀 더 좋은 것들을 추구해나가는 게 맞고, 공연의 질을 높이는 게 맞으니까. 사실 어떤 분들은 큰 차이가 없다고 느끼실 수도 있어요. 무조건 원 캐스트로만 가야 한다고 주장하는 것도 아니고요. 그래도 조금은 배우들끼리의 호흡에 집중할 수 있는 여건이 된다면 좋지 않을까 싶어요. 그랬던 시절에 대한 그리움이 있죠. 너무 '꼰대' 같은 말인가요? (웃음)

아뇨, 전혀요. 실제로 쿼드 캐스팅까지 가면 저도 작품의 핵심을 찾아내기가 때때로 힘들더라고요. 그런데 필석 씨는 그런 와중에도 한 가지 키워드, '예민함'이라는 단어로 정의 내려지는 뚜렷한 색깔의 배우로 남아 계세요.

일상적인 삶에서는 생각보다 예민한 편이 아니에요. 공연할 때 무척 예민해지는 건 사실이지만, 요즘은 좀 덜한 편이고요. 실수를 많이 했던 시기에 더 예민해졌던 것 같아요. 일상생활을 할 때 내가 실수하는 건 괜찮지만, 공연 때는 그러면 안 되니까. 어렸을 때는 공연하는 시기에 친구들도 못 만나겠더라고요. '집중하고 있어야 해. 저 사람은 어떤 호흡의 배우일까? 나는 이 태도를 계속 삶에서 유지하고 있어야 하는 거야' 이러면서 계속 스스로에게 세뇌를 했어요. 이렇게 피곤하게 연기를 했었죠.

그게 필석 씨만의 스타일로 남은 거니까 저는 긍정적인 거라고 봤어요.

장단점이 있죠.

지금은 그 정도로 예민하지 않다고 하셔서 궁금해졌어요. 태도를 바꿔놓은 특별한 계기가 있으셨던 건지.

딱 한 문장이 저를 바꿔놨어요. 〔레드〕라는 작품을 할 때였는데요. 영국 연출가분의 인터뷰를 보게 됐어요. 그 연출가는 지금 내셔널시어터에서 상임 연출도 맡고 있고, 그런 식으로 오랫동안 좋은 창작물을 내놓는 사람이었거든요. 그런데 당신은 어떻게 이 자리에 오랜 시간 동안 계속 있을 수 있냐, 원동력이 뭐냐는 질문을 받은 거예요. 그 질문에 대한 답이 제가 생각했던 것과 반대였어요. 저는 "새로운 시각을 갖기 위해서 여러 가지 연구를 한다" 뭐 이런 걸 예상했는데, "불안함"이라고 이야기하더라고요. 자기가 일을 계속할 수 있는 이유가 불안 때문이라고요. 자기는 연습실에 가기 전에 너무 불안하고, 오프닝 나잇 전에 심장이 터질 것 같이 불안하다고. "관객들은 안정적인 걸 원하지 않는다" 면서요.

사실 삶에서도 그 불안정성을 느낄 수 있어요.

삶에서는 몸이 아파서 불안하면 병원에 가면 되고, 직업이 불안하면 안정적인 직업을 찾을 수 있어요. 하지만 무대는 다르다는 거예요. "삶에서는 그럴지 모르지만 무대에서는 불안을 그냥 놔둬야 한다." 저는 연습이 잘 안 돼서 준비가 부족해지면 불안했고, 그게 싫어서 계속 안정적인 상황을 만들기 위해 연습을 해왔던 거잖아요. 그의 말을 듣기 전까지는 연습을 그렇게 하는데도 왜 이렇게 불안한지, 왜 이렇게 만족스럽지 않은지 괴로웠는데, 그 말을 듣고 갑자기 이런 생각이 확 드는 거예요. '오케이, 불안한 상태로 그냥 놔둬볼까?' 사실 그 사람의 말을 잘못 해석했을 수도 있죠. 그런데 저는 제 식대로 받아들였고, 그 후로 연습 방향을 좀 바꼈어요.

어떤 식으로요?

그전까지는 저를 위한 연습을 많이 했거든요. '내가 이렇게 하면 이 사람이 이렇게 하겠지?'라는 질문을 하나 던져놓고 이 사람의 100가지 행동을 시뮬레이션으로 돌리는 거죠. 그런데 이게, 만약에 100가지 외에 다른 걸 해버리면 '어, 뭐지?' 이렇게 돼버리잖아요. 사람은 그만큼 알 수가 없는 거였는데, 제가 너무 불안해하면서 그 사실을 인정하지 못했던 거예요. 그래서 그때부터는 불안한 마음 상태 그대로 상대 배역을 만나는 연습을 했어요. 난 아무것도 준비가 되지 않았고, 그 상태로 상대방의 호흡을 이해해보자. 이게 2012년쯤의 일이에요.

굉장히 큰 변화를 준 거니까, 새롭게 발견하신 것들이 있지 않았을까 싶어요.

그동안 생각하지 못했던 많은 것들을 찾았어요. 상대 배우를 아주, 아주 자세히 봐야 하더라고요. 그전까지는 제가 상대 배우를 잘 파악하고 있다고 생각했거든요? 그런데 훑어본 것에 불과했죠. 이 사람의 컨디션이 좋은지 아닌지, 이 사람의 기분이 좋은지 나쁜지 표정과 공기만으로도 알 수 있어야 했는데, 저는 그걸 못 보고 있었던 거예요. 제 것만 보고 있었으니까요. 상대 배우가 자신의 감정과 상태를 크게 크게 표현해줘야만 연기를 시작할 수 있었던 제가 제 걸 버리니까 상대를 훨씬 빨리, 제대로 인지할 수 있었어요. 다시 [쓰릴 미]를 예로 들면, 상대 역할인 '그'가 범죄 행각을 들킬까 봐 늘 불안해하고 있는 건 아니잖아요. 즐거울 때 웃고, 기분 좋을 때도 웃을 수 있는 건데. 이런 상황을 오로지 제 입장에서, 너무 편협한 시각에서 본 거죠.

한 개인으로서 강필석의 삶에도 큰 변화가 일어났을 것 같아요.

네, 맞아요. 연기할 때 변한 것처럼 '그렇지 않을 수도 있어', '그냥 이럴 수도 있어'라는 식으로 지금 벌어지는 일을 대하는 태도가 훨씬 편해졌어요. 자, 그러면 이제 벌어지고 있는 일을 마음껏 그냥 해보자. 편하게 해보자. 이렇게 마음이 바뀌었어요.

이 이야기를 듣고 저를 포함해 많은 분들이 스스로를 돌아보게 될 것 같아요.

음, 사실은 저도 그렇네요. 한창 배우로서 생각이 많아질 나이예요. 한곳에 10년, 20년씩 있다 보면 생각이 많아지잖아요. 이런 생각도 불안감이고요. (웃음) '내가 언제까지 뮤지컬을 할 수 있을까?', '난 어떤 일을 할 수 있을까?' 이런 비슷한 고민을 3~4년째 하는 것 같아요. 이제 앞으로 나는 어떤 사람이 될 것인지를 포함해서요.

작품이 끊임없이 들어오는 배우인데, 이런 생각을 하신다는 점이 좀 낯설어요.

원래는 3~4년 전쯤 공부를 하고 오려는 마음을 먹었어요. 이미 늦었지만요. '유학을 다녀와서 좀 더 다양한 걸 해볼 수 있지 않을까'라는 생각을 가졌는데, 결국은 과감함이 모자랐던 것 같아요. 작품이 계속 있다 보니까 더 깊이 생각할 여유도 없었고요. 공부하고 와서 그걸 일하는 데 써먹든 써먹지 못하든 정신적으로 수련도 하고 마음도 다독일 그럴 생각이었는데, 작품을 계속 이어서 하다 보니 시간이 계속 가는 거예요. 물론 지금의 제 모습이 만족스럽지 않다는 건 아니에요. 하지만 조금 앞을 내다보면 뭔가를 해야 할 것 같다는 생각이 끊임없이 들고. 생각이 왔다 갔다 해요, 요즘.

삶 자체에 대해 고민이 많은 편이신 것 같아요.

완전히요. 20대 중후반쯤에는 말로만 철학가였어요. 소위 '개똥철학' 하는 청년. (웃음) 그런데 다들 그렇지 않나요? 사회로 나오기 직전에, 학교라는 테두리에서 더 이상 보호받지 못하고 나와야 하는 순간부터 고민이 생기잖아요. 대학 졸업식 하자마자 저는 이런 생각이 들었거든요. '나 내일 어디 가지? 모레는 어디 가?' 그래서 등산을 했어요. 취업이 안정적인 직업이 아니니까 눕기만 하면 '아, 잠깐만. 아, 내 인생 망했어!' 여기까지 생각이 가고. 그러지 않으려고 어디서 읽은 것 막 얘기하고 그랬죠. 이렇고, 저렇고, 인생이 어떻고.

계속 그렇게 말로만 철학하면서 살고 싶어 하시는 분들도 있는데, 그런 분이 아니신 것 같아서 정말 좋아요. (웃음)

어렸을 때는 '그래? 굶어 죽어도 그 작품은 안 해!' 이런 생각으로 살았었어요. 배우들이 대부분 그럴 거예요. 좋게 얘기하면 이상적인 부분을 생각하는 사람들, 나쁘게 얘기하면 현실감이 떨어지는 사람들. 하지만 이제는 제 나이도 나이고, 삶에서 책임져야 하는 부분들이 있다는 걸 알게 되니까 자연스럽게 그 비중을 조절하게 되는 거예요. 다만 지금도 작품을 선택할 때 기준은 분명해요. 첫 번째로는 책이 좋아야 해요. 책, 그러니까 대본이요. 그게 별로면 배우들이 뭘 어떻게 해도 힘을 못 받아요. 그리고 돈에 대한 생각도 그대로고요.

돈이요?

가족을 비롯해 소중한 사람들을 위해서, 내가 사랑하는 것들을 위해 쓸 게 아니면 돈 왜 버나 싶어요. 그냥 휴지지. 안 그런가요?

너무나 활발하게 활동하고 있는 그에게서 "내가 언제까지 뮤지컬을 할 수 있을까?"라는 고민을 듣자마자 나는 고개를 갸웃했다. 그렇지만 이내 그 고민이 누구에게나 주어진 인생의 한 과정이라는 것을 깨닫고 그의 이야기에 더욱 조용히 귀를 기울였다. 우리는 누구나 지금 하는 일을 언제까지 계속할 수 있을지에 관한 불안에 시달린다. 하지만 이런 불안을 어떻게 받아들일지 결정하는 것은 각자의 몫이다. 그리고 강필석처럼 망설이고 인내하고 질문하면서 다음을 준비할 수 있는 사람은 자기 안의 불안을 이용해 더 나은 다음을, 내일을 준비할 수 있을 것이다.

"인생은

아름다이"

―강필석 ♡

26

〔맨 오브 라만차〕, 〔팬텀〕, 〔명성황후〕, 〔오케피〕, 〔웃는 남자〕, 〔레베카〕, 〔마리 앙투아네트〕, 〔영웅〕, 〔엘리자벳〕, 〔그레이트 코멧〕 등의 작품에서 음악감독을 맡았다. JTBC 〈팬텀싱어〉 시즌 1, 2, 3에 모두 출연해 따뜻한 응원의 말과 냉철한 조언 사이의 어떤 지점을 늘 보여주며 대중에게서도 신뢰를 얻었다. 그런 그에게 가장 공적이면서도 사적인 예술의 모먼트에 대해 물었다.

음악감독
김문정

"예술가들은 평범함이

특별함으로 다가가는 순간을 만들어내요."

오케스트라 피트에서 지휘를 준비하시는 느낌, 늘 궁금했어요.

"공연 시작하겠습니다." 이 이야기가 나오면 일단 오케스트라가 악기 튜닝부터 시작하는데요. 소리를 하나로 모으고, 음정을 하나로 맞추는, 즉 우리 모두가 하나가 되기 위한 첫 번째 수순을 밟는 거예요. 사실 이때가 되면 긴장해서 종종 배가 아프기도 했어요. (웃음) 이 시간은 저를 비롯해 오케스트라 단원들 모두가 가장 긴장하는 순간일 거예요. 배우들도 그러더라고요. '아, 이제 진짜 시작이구나'라는 생각이 든대요. 관객 입장에서도 그런 느낌을 받겠죠?

맞아요. 우아한 소리가 하나로 뭉쳐지기 직전의 그 느낌이 정말 너무나 좋아요. 그러면 지휘를 시작하시는 그 순간, 그때는 어떤 느낌이세요?

튜닝을 끝내고 나서 저에게 라이트가 주어지고, 뒤돌아서 인사를 하잖아요. 첫 지휘의 순간은 단아해요. 아주 짧지만 단아한 시간이죠.

단아한 시간⋯⋯. 표현이 아름다워요.

인사 한 번 하고 바로 시작하는 것보다는 저 혼자서 2~3초 정도 정지하는 시간을 갖는 거예요. 그 정지된 시간에 굉장한 고요함이 느껴지거든요? 모든 관객들이 박수를 치고, 이제 오케스트라가 악기를 드는 순간에 많게는 몇백 개의 눈동자가 저를 보고 있다는 사실을 인지해야 해요. 선장이 된 기분이죠. 항해를 시작하는 마음을 안고 보내는 그 시간을 단아하다고 표현했어요.

행복한 순간이실 것 같아요.

책임감 같은 것들은 너무 당연하기 때문에 특별한 것처럼 이야기하고 싶지 않아요. 그저 그 시간이 아주 좋을 뿐이에요. 제가 스스로 그 시간을 즐기고 있다는 느낌을 받고, 그 시간이 좋고 소중하다는 마음이 제 안에서 피어오르죠. 그러면서 '자, 이제 중요한 것을 너에게 맡길게'라는 소리가 들려오는 것 같이 느껴지고, 마치 기사 작위를 받는 것 같은 느낌이기도 해요.

기사 작위라는 건 '책임감'을 얘기하시는 감독님만의 표현이 아닐까 싶어요.

음, 그러니까 함부로 칼을 휘두르면 안 되고, 정곡을 찔러야 하고, 선의를 위해서 노력해야 한다는 책임감일 거예요. 멋있는 기사들이 부여받은 소명을 저도 받은 느낌이라, 지휘봉을 처음 든 순간에는 굉장한 기쁨과 무게감이 동시에 오는 거죠.

그리고 그 정곡을 찌르고, 선의를 위해서 노력하는 여러 명의 예술가들을 한데로 모으는 역할을 하고 계시고요.

맞아요. 각자 솔리스트로도 활동할 수 있는 능력과 자질이 충분한 사람들인데 일단 오케스트라라는 공간에 들어오면 단체의 일원이 되는 거잖아요. 오케스트라의 연주력을 위해 하나로 뭉쳐야 하고, 하나의 연주력을 갖춘 우리는 이제 공연의 일부가 되어야 하죠. 그 부분을 컨트롤하는 게 제 역할이에요. 일하면서 늘 이 소리들과 배우들의 합이 모나지 않게 조율하는 게 중요하고, 예리한 통찰력이 필요하다는 것도 늘 되새길 수밖에 없어요. 그러기 위해 열심히 그들을 지켜보는 게 저의 일이고.

아무래도 책임감이 첫 번째 원동력이 되어야 하지 않을까.

그런 부분에서 아주 유심히 그들을 지켜보는 '열심'이 필요하다는 생각이 들어요. 저 친구는 어떤 성향으로 연주를 하고, 어느 연주에 더 자신감이 있고, 저쪽 파트에서는 위축되어 있고, 또는 저 부분을 아주 잘하고 반대로 저 부분은 하나로 소리를 합치지 못하고 있고, 너무 뽐내고 싶어 하고⋯⋯. 연주자들도 마찬가지예요. 다들 예술가들이기 때문에 그런 부분을 조율해줘야 하는 게 제 역할인 거죠. 또 그 자리에 서 있는 만큼 모두를 대표해서 책임감 있게 말해야 하는 순간에는 말을 다 하는 타입이고, 그런데 어떤 단원들은 그래요. "감독님의 가장 큰 장점은 정이 많은 건데, 가장 큰 단점도 정이 많은 거예요." JTBC〈팬텀싱어〉때 모습과는 많이 다르죠? (웃음)

참 많은 게 보이는 자리라는 생각이 들어요.

훤히 다 보이죠. 학교 선생님이 교탁에 서면 아이들이 다 보이듯이 모든 게 훤히 보이는 자리예요. 어떤 마음으로 공연에 임하고 있는지도 다 보이죠. 아마 사람들은 잘 모를 거예요. 연주자들과 배우들의 겉모습과 마음가짐이 그렇게 잘 보이는 줄.

저는 그래서 그 자리가 자긍심이 필요한 자리라고 생각해요.

아무래도 공연은 라이브로 진행되는 것이다 보니까, 나의 판단을 믿어야 할 때가 있어요. 왜냐하면 지휘봉을 쥔 지휘자는 단순히 오케스트라를 떠나서 무언가를 이끄는 사람을 뜻하는 말이잖아요. 공연에서 돌발적으로 어떤 사고가 발생했을 때, 제가 멈칫하게 되면 와르르 무너져버려요. 그러니 약속된 상황대로 흘러가지 않더라도 판단을 내려야 하죠. '그냥 가야 해' 혹은 '기다려' 같은 식으로.

순간적으로 판단하는 과정에서 실수를 하셨던 경험도 있나요?

다행히 없었던 것 같아요. (웃음) 그런데 이게 제가 잘했다는 뜻으로 없었다고 말씀드리는 게 아니라요, 사실은 저도 그 순간이 어떻게 흘러갔는지 모르겠어서…… 본능에서 나온 선택들이었던 것 같거든요. 만약에 좋게 봐주시는 분들이 있다면 그게 저의 숨겨져 있는 능력이라고 칭찬해주실 것 같아요. 오죽하면 공연이 끝나고 나서 제가 다른 사람들에게 "근데 잠깐만, 아까 어떻게 지나갔니?" 이렇게 물어볼 때가 있어요. 배우가 가사를 훌쩍 건너뛰고 바로 뒷부분으로 갔는데, 단원들이 이야기해주더라고요. "감독님 손이 바쁘게 움직였고 뭔가 이야기를 하셔서 저희는 그냥 따라갔어요." (웃음) 가슴을 쓸어내렸죠. 아, 잘 넘어갔구나. 한번은 가사를 아예 통째로 잊어버린 배우도 있었거든요. 아예 넘버 하나를요.

그때 어떻게 하셨어요? 와, 상상만 해도 너무 아찔해요.

이리로 갔다, 저리로 갔다, 한 곡 내에서 앞장으로 넘기라고 했다가, 결국에는 더 멈추고 피아노만 치게 했어요. 다 엉켜버렸으니 가장 깔끔한 수준으로 연주를 이어가자는 판단을 한 거죠. 다행히 그동안 공연을 많이 해왔고, 그 경험들이 뒷받침이 됐는지 위기의 순간에 저도 모르는 순발력과 판단력이 발휘돼요. 물론 자각을 하고 일을 진행시킬 때도 있는데, 그보다는 저도 모르는 대처 능력이 나올 때 스스로도 놀라서 '아, 이게 나의 천직인가' 생각해보게 돼죠.

처음에 오케스트라를 창단할 때는 어떠셨는지 궁금해요. 어려움이 많으셨나요?

오, 아니에요. 쉬웠어요. 저희는 동호회처럼 모였거든요. 2005년에, 그러니까 뮤지컬이 지금처럼 성행하지 않았을 시기에 〔맨 오브 라만차〕를 했어요. 그때 오케스트라 칭찬을 많이 받았거든요. 개인적으로 이 멤버들과 오래오래 같이 가고 싶다는 생각을 했죠. 그렇게 모인 게 엠씨(The M.C) 오케스트라예요. 오케스트라를 만들 테니까 연습 시간은 언제고, 월급은 얼마고, 총무는 누구고, 이런 개념이 없었고 아주 편하게 모였어요. 덕분에 서로를 구속하는 압박감도 없었고, 저희끼리 십시일반 해서 조그마한 연습실을 하나 구했죠.

지금도 그런 분위기는 계속 유지되고 있나요.

네, 지금도 월급제가 아니에요. 그래서 이제는 시스템을 좀 갖춰보려고 노력하고 있어요. 더 피트(THE P.I.T)라는 회사도 만들었고요. 이렇게 할 수밖에 없는 게, 국립이나 시립 같은 곳에서 지원을 받지 않으면 뮤지컬 오케스트라는 지속적인 활동을 할 수가 없는 구조거든요. 예를 들어서 매 작품마다 트럼펫이 나오는 건 아니에요. 그러면 엠씨 오케스트라 단원이라고 하더라도 저와 1년에 한두 작품밖에 못 하는 친구들도 나와요. 해당 악기가 작품에 없으면 무대에 설 수가 없는 거죠. 그런 친구들을 월급이라는 이름으로 붙잡아놓을 여력도 없고, 그 친구들이 다른 일을 찾는 걸 마냥 붙잡을 수도 없는 상황인 거예요. 그렇지만, 그럼에도 불구하고 엠씨 오케스트라라고 저희가 이름을 짓고 활동을 하는 데 프라이드는 항상 있어요. 작품이 들어왔을 때 우리가 하는 작품만큼은 우선순위로 두고 일을 한다는 생각이 다들 머릿속에, 그리고 마음속에 있죠.

'더 피트'라는 회사 이름도 인상적이었어요. 지금 말씀하신 부분이 다 녹아 있는 이름인 것 같네요.

오케스트라 피트를 의미하는 거니까요. 연주자들과 함께 만든 회사예요. 오케스트라 단원들에게 좀 더 안정적인 연주 활동을 할 수 있게 만들겠다는 의도로 세운 회사죠. 뮤지컬 음악의 가치를 바깥에 제대로, 더 널리 알리고 싶은 마음을 담았고. 그리고 제 얼굴이 조금 알려져 있으니까, (웃음) 저를 선두로 해서 연주자들이 안정적인 생활 기반을 닦을 수 있으면 좋겠다고 우리끼리 얘기를 하면서 만들었어요. 그런데 팬데믹 사태 때문에 저희가 잡아났던 모든 계획과 연주 일정들에 엄청난 차질이 생겼죠.

첫 번째 콘서트에 갔었어요. 정말 좋은 배우, 음악가분들이 많이 오셨었죠.

처음이리 그렇게 화려하게 할 수 있었어요. 그때 출연진분들은 사실 제가 따로 모시려면 엄청난 개런티를 드려야 하는 분들이었죠. 만약

다음에 또 콘서트를 한다면 염치없어서 두 번은 절대 부탁드리지 못할. (웃음)

오케스트라 피트가 어떤 공간이라고 생각하세요?

음, 배 같아요. 일단 물리적으로 제가 위에 있고 아래에 오케스트라가 있는데 이게 정말 황홀하거든요. 소리가 제가 있는 곳으로 올라오니까. 개인적으로 즐거운 점은 제가 손을 높이 올리면 소리가 커지고, 내리면 작아지고……. 마치 파도를 주무르는 듯한 환상을, 황홀함을 느낄 수 있어요.

손의 움직임만으로도 파도의 크기가 결정된다는 거죠.

거세게 파도가 휘몰아칠 때의 느낌도 짜릿하고, 잔잔하게 파도가 흘러갈 때의 느낌은 우아하고. 우리끼리 합이 정말 잘 맞아서 파도가 올 때는 같이 출렁했다가, 같이 기류에 흔들리기도 했다가, 물살에 흔들리기도 하는 거예요. 그러니 늘 물 위에 둥둥 떠 있는 느낌이에요. 아, 그러면 배가 아니라 바다라고 해야 할까요? 아니다. (웃음) 파도에 몸을 맡기고 흔들리는 배 같다는 게 정확한 표현 같아요. 물결 위를 자유롭게 노니는 배요.

공연이 끝나고 나서도 오케스트라 연주가 끝날 때까지 기다렸다가 박수를 치고 나가는 관객들이 많이 늘었어요.

그때 정말 감사해요. 안전 문제 때문에 어셔들이 와서 오케스트라 피트를 들여다보는 관객들을 저지하는 곳도 있긴 한데요. 저는 나중에 관객들이 그 안을 들여다보는 것도 극의 연장선이자 하나의 재미라고 생각하거든요. 그렇게 뮤지컬 음악에 대한 관심이 높아질 수도 있고요. 뮤지컬 〔오케피〕가 오케스트라 연주자들의 이야기잖아요? 거기서 처다보는 사람들에게 연주자들이 "여기는 동물원이 아니야 / 우리들은 원숭이들이 아니야" 이렇게 얘기하는 노래 가사가 나오는데, 반대로 그 넘버가 참 재미있기도 해요. 개인적으로는 우리 안에 있을 법한 이야기를 다 해줬기 때문에 실제로 제가 손에 꼽게 재미있어하는 공연 중 하나예요. 결국 사람늘은 나 사람 사는 이야기를 좋아해요.

맞는 말씀이에요. 아무리 거창해 보여도 사실 핵심은 다 비슷하죠.

우리가 〔레미제라블〕을 좋아하는 게 프랑스 혁명을 알아서 그런 건 아니고, 〔오페라의 유령〕을 좋아하는 게 오페라를 이해해서 그런 건 아니잖아요. 그저 다 인간군상의 이야기인 거죠. 〔오케피〕도 소외된 인간에 관심을 갖기 위해 노력하는 누군가의 따뜻한 마음에 관해 얘기하고 있는 극이었고요. 참 똑똑한 작품들이 많아요.

뮤지컬 공연에서 가장 예술적이라고 말할 수 있는 부분은 무엇이라고 생각하세요.

질문이 참 어려운데요. 저는 그렇게 생각해요. 평범함이 특별함으로 다가가는 순간. 사실 이런 흐름을 만들어낼 수 있는 건 예술가들의 능력이죠. (찻잔을 가리키며) 이렇게 아주 평범한 걸 보더라도 특별하고 의미 있는 존재로 누군가에게 전달하는 게 예술가의 역할이자 사명이라고 생각해요. 그림을 그리든, 노래를 만들든, 글을 쓰든 뭐든지. 물론 우리에게는 작품을 만들고 전달하는 게 노동의 현장이기는 해요. 하지만 관객 누구에게는 오늘 이 순간이 굉장히 특별하게 다가갈 수 있는 거잖아요. 그게 바로 예술이라고 생각해요. 어떤 한순간이라도, 한 장면이라도 특별하게 다가갈 수 있는 것, 그게 결국 예술인 거예요. 저에게도 그런 순간들이 있는걸요?

어떤 작품에서 그런 순간을 맛보셨어요?

〔맨 오브 라만차〕를 15년 동안 했는데, 어느 날 저에게 콕 박히는 대사들이 있어요. 예를 들어 그날 너무 화가 난 상태에서 공연을 시작했는데, "에이, 뭘. 미친 사람도 신의 자식이에요" 이러면 고개를 끄덕이게 되죠. "악이란 게 그렇게 호락호락 없어지는 게 아니에요" 이 대사도 그랬고. 어느 해인가는 해바라기 신, 그러니까 이 작품에서 가장 밝은 신에서 모든 걸 뺏기는 주인공을 보며 그런 생각이 들더라고요. 아, 인생의 가장 화려한 순간에 모든 것을 다 잃을 수도 있겠구나.

이런 장면들을 지휘봉을 들고 가장 좋은 자리에서 보고 계신 거예요. (웃음) 정말 특별한 위치에서.

그럼요. VVIP, VVVIP 자리죠. (웃음) 배우들의 숨소리나 땀방울, 머리카락이 얼굴에 붙어 있는 것까지 다 보이는 자리. 그렇기 때문에 모든 공연이 다 똑같지 않다는 걸 더 잘 느껴요. 저도 회전문 관객이나 마찬가지일 거예요. 배우들의 동공이 흔들리는 모습까지 보니까. 사실은 매너리즘이 와도 그냥 흘러가게 놔둬요. 피할 수 있다고 해서 피할 수 있는 게 아니에요. 특히나 저는 컨디션이 안 좋다고 해서 쉬거나 지각을 하고, 병원에 다녀오고 그럴 수 있는 위치가 아니다 보니 더 그렇죠. 그런데 견디다 보면 또 언제 그랬냐는 듯이 지나가요. 피트라는 배 위에 있다 보면, 어느새 어려움은 파도에 다 씻겨나가는 거예요.

아직 역량이 부족한 배우들을 다 감싸 안고 가야 하는 것도 감독님의 몫이라…….

당연히 제가 해야죠. 최근에 하고 있는 작품에서 새로 데뷔한 배우가 있는데, 그 친구에게도 어제 이야기했어요. "나는 네가 무대에서 음악적으로 훌륭하게 해낼 수 있도록 만드는 게 임무야. 내가 여기서 돈을 받고 하는." (웃음) 사실이죠. "이 친구가 이번에 같이하실 배우입니다"라고 소개를 받으면, 그 외의 전사는 필요하지 않아요. 캐릭터에 맞게끔 이 친구를 음악적으로 성장시켜야 하는 게 제 의무일 뿐이에요. 물론 뮤지컬을 자신이 하는 여러 활동 중에 하나로만 생각하는 친구들도 있어요. 하지만 유난히 스스로 조바심을 내고, 두려워하고, 뭐라도 더 챙기려고 하는 모습이 보이는 친구들이 있거든요. 무대라는 공간에 대한 두려움이 있고, 공연에 대한 소중함을 아는 사람은 저에게도 각별해요.

감독님은 어느 순간에 스스로를 예술가라고 느끼세요?

아까 운전하고 오면서 그 생각을 했어요. "당신이 예술가일 수 있다고 생각하는 부분이 있습니까?" 이런 질문이 나올 것 같다고. 그런데요, 저는 제가 생각하기에 특별한 능력을 가진 예술가 같지는 않아요. 다만 감사하게 생각하는 건, 특별함을 볼 수 있는 능력을 저에게 주셨다는 거예요. 전 살리에리 같은 사람이에요. 연극 (아마데우스)를 보면서도 펑펑 울었죠. 모차르트는 평범한 것도 특별하게 만드는데, 나에게는 왜 평범함만을 줬느냐, 모차르트 같은 사람을 알아볼 수 있는 능력만을 줬느냐. 저는 참 스스로 평범하다고 생각해요. 오로지 좋은 배우들, 연주자들을 알아볼 수 있는 힘, 그게 저에게 주어진 예술적인 사명이 아닌가 싶어요.

인터뷰가 편치는 않으셨겠어요.

맞아요. 내가 무슨 예술가라고……. (웃음) 그래도 스스로 만족하는 순간이 있기는 하니까 다행이죠. 제가 하는 음악적인 해석에 스스로 만족할 때처럼요. 팬텀의 심장 소리 같은 악기 소리를 찾아낸다거나, 불안한 마음을 표현한 악기 소리를 찾아낸다거나. 아, (도리안 그레이)를 작곡했을 때라거나.

이게 마지막 질문이 될 것 같아요. 한국 사회에서 예술은 어떤 역할을 할 수 있을까요?

역할론으로 얘기하기보다는, 공존해서 살아가야 하는 한국 사회의 한 부분이라고 생각해요. 지금 이 이야기를 안 할 수가 없는 게, 팬데믹 시대에 당장 의식주가 해결이 안 되는데 무슨 문화 활동을 하냐는 소리를 들으며 지내고 있으니까요. 하지만 예술은, 사람들의 마음을 달래주는 힘이 있어요. 그렇게 달래주는 예술의 힘으로 힘든 시기를 극복해나갈 수 있다면 참 좋을 거예요. 공존이란 표현을 그래서 쓰는 거고요.

감사합니다. 이 인터뷰를 부담스러워하시는 분들이 참 많았는데, 수락해주셔서요.

예술이라고 이야기하면 그렇게 반응하게 돼요. 너무 큰 무게를 진 것처럼. 이해가시죠? (웃음)

김문정 음악감독은 "아직 예술가라고 불리기에는 이룬 게 없어서"라는 말을 여러 차례 했지만, 나는 그 겸손이 사실은 가장 큰 프라이드라는 것을 사람들에게 알리고 싶었다. 그리고 오케스트라 피트에서 홀로 스포트라이트를 받고 선 그가 얼마나 아름답게 빛나고 있는지, 그와 함께 있는 단원들이 얼마나 멋지게 각자의 세계를 보여주고 있는지도 그에게 말하고 싶었다. 사실 나는, 모든 인터뷰이들에게 그 말을 전해주고 싶어서 이 책을 썼다.

"평범함"을 "특별함"으로 만들어주는
"예술"의 힘을 믿습니다!!

MD 김현정

음악감독 김현정

대중문화 전문 저널리스트
박희아

"사람이 점점 더 좋아져요."

「강원일보」, 「뉴스엔」, 「뉴스에이드」, 「IZE」에서 기자 일을 했다. 이 중에는
아주 잠깐 스치듯 지나간 매체도 있고, 좀 더 오래 함께하고 싶었지만 사정이
여의치 않아서 그만둔 매체도 있다. 케이팝이 대세가 되며 산업적으로 들여
다보는 책이 필요하다고 생각해 『아이돌 메이커』를 냈고, 음악을 직접 만드는
아이돌의 이야기가 듣고 싶어서 『아이돌의 작업실』을 냈다. 그 후로 무대 위에
서 퍼포먼스를 잘하는 아이돌에게는 어떤 노하우가 숨겨져 있는지 궁금해서
『우리의 무대는 계속될 거야』를 기획했다. 전 보이그룹 B.A.P의 리더 방용국
과 함께 『방용국 포토 에세이: 내 얼굴을 만져도 괜찮은 너에게』를 작업하면
서는 모든 사람들에게 숨은 자기만의 역사가 있다는 점에 책을 내고 오래 울
었다. 이런 사람의 인터뷰를 이 책의 인터뷰이 중 한 명인 안희연(EXID 하니)
씨가 도와주었다. 감사의 인사를 전한다.

기자 일을 하면서 정말 많은 사람들의 이야기를 들으셨어요.

사실 저는 그렇게 많은 사람들을 만나지 않았어요. 오히려 일간지나 연예 매체 기자분들이 더 많은 인터뷰를 진행하고, 더 많은 글을 쓰셨을 거예요. 왜냐하면 거기에서 일할 때 저도 일주일에 많으면 서너 건씩 인터뷰를 진행하고 그랬으니까. 하지만 깊이 자체가 다른 걸 부정하지는 않을 거예요. 그리고 바로 그 점 때문에 제가 인터뷰집이라고 불리는 책을 내기 시작했다는 것도요. 예술인들의 이야기를 한 주의 가십으로 흘려보내기가 싫었어요. 포털 사이트 메인에 한 번 뜨고 마는 인터뷰 기사로는 제가 만족할 수가 없어서 이 작업을 시작한 거예요.

누군가는 그 포털 사이트 메인을 더욱 중요하게 생각해요.

한때 가깝게 지내던 기획사 관계자분이 예전 인터뷰집 섭외 때문에 연락한 저한테 그러시더라고요. "하시는 일이 좋은 의도인 건 알겠는데, 다른 기자들처럼 좀 평범한 부탁을 하세요. 이렇게 하신다고 기획사들이 좋아하지 않아요." 그래서 제가 말했어요. "소속 아티스트분들은 좋아하시죠?" 그분도 그건 맞다고, 하지만 기획사 사람들은 특별히 자본으로 환산되는 일이 아니기 때문에 좋아하지 않는다고 하셨죠. 몰라서 한 일이 아니니까요. 저도 알아요. 포털 사이트 메인이 더 중요하다고 생각하시는 거.

그런데도 왜 굳이 이 일을 하셨고, 하고 계신 거예요?

그러게요. 하지만 저에게는 명확한 이유가 있었으니까. 예를 들자면, 적어도 케이팝의 부상이라는 키워드를 접했을 때, 그걸 '방탄소년단의 부상'으로만 읽히지 않게 할 이유가 있다고 생각했어요. 예를 들어서 방탄소년단 안에는 제이홉이라는 멤버가 있고, 그 멤버는 방탄소년단이지만 댄서 정호석이기도 해요. 그가 가진 이름이 방탄소년단 내지는 BTS라는 하나로 환원되지만은 않는다는 것, 그리고 그렇게 환원되는 순간이 있다 할지라도 그게 가능해진 이유가 '정호석'이 있기 때문이라는 것. EXID의 하니와 안희연도 같은 사람이지만, 하니가 있기 위해서는 안희연이 꿋꿋하게 서서 버티고 있어야 했던 것, 그래서 이제는 안희연이라는 이름으로 다시 서면서 더 건강할 수 있잖아요. 이게 얼마나 중요한 일이에요? 대중에게 그 이야기를 하고 싶었어요. 그러려면 가장 효과적인 수단이 인터뷰라고 생각했고.

주제를 깊게, 혹은 남들과 조금 다르게 파고드는 과정에서 지치기도 할 것 같거든요. 섭외도 어렵고, 그 외에도 고려해야 할 부분들이 워낙 많으니까.

주변에서 많이들 물어봤어요. 지치지 않냐고. 그래서 솔직하게 대답했어요. "당연히 지치죠." 특히 이번에는 팬데믹 때문에 인터뷰이분들의 안전을 생각해야 하니까, 그것부터 굉장히 힘들었어요. 선배와 친구의 스튜디오를 두 군데 섭외해서 잠깐씩 빌렸고, 나중에는 엄마가 운영하시는 디저트 가게의 공방으로 모셔서 얘기하고, 사진도 찍고 그랬어요. 중반쯤 되니까 거의 정신을 못 차리겠더라고요.

단순히 체력적인 문제는 아닐 것 같아요.

그렇죠. 체력적으로 힘이 달리는 건 이 일을 하며 익숙해져서 어느 정도는, 정말 어느 정도는 괜찮거든요. 책이 나왔을 때를 생각하면 분명히 버틸 만한 범주 안에 있어요. 그런데 50명이 넘는 사람들의 이야기를 듣는 게 감정적으로 정말 쉬운 일이 아니었어요. 8년 정도 기자 일을 하면서 느꼈는데, 제가 가진 유일한 장점이 공감 능력이 뛰어나다는 거였거든요? 그게 가장 큰 장점이자 가장 큰 단점이었던 것 같아요. 남의 말을 옮겨 적고 그의 진심을 파악하려고 최대한 노력하지만, 거기에 어느 순간 동화되면 말과 글이 감정에 지나치게 휘둘려버려요.

다른 인터뷰집을 기획했을 때보다 좀 더 자신이 소모되는 느낌을 받지 않으셨을까.

아무래도 만나야 할 분들이 많았으니까요. 그게 저를 가장 즐겁게, 동시에 힘들게 만들었던 부분이죠. 하루는 내가 너무 누군가의 이야기를 '듣기만' 한다는 게 유난히 괴롭게 느껴졌어요. 글을 쓰는 사람으로서 내 안의 것들을 어느 정도 뱉어낼 수도 있어야 하는데, 인터뷰어는 듣는 직업이다 보니까 그걸 느낀 순간에 조금 서글퍼지더라고요. 주변 사람들이 "이제 네 얘기 좀 해"라고 몇 년 전부터 그랬는데 왜 그런 얘기를 했는지 스스로 깨닫고 나니 좀, 슬펐어요.

힘든 상황들을 겪으면서도 이 일을 하시는 이유가 뭔가요.

그럼에도 불구하고…….

저, "그럼에도 불구하고"라는 말을 정말 좋아해요. 그래서요?

저도 아주 좋아하는 말이에요. (웃음) 그저 인터뷰라는 작업이 아주 좋아요. 내가 드러나지는 않지만, 짧은 질문 하나에도 고민에 빠져서 저를 보면서 멋쩍게 "생각이 잘 안 나요"라고 말씀하시는 분들을 보고 있으면 미소를 짓게 돼요. 그런 분들의 생각을 꺼내서 그만의 통찰로 다듬는 과정을 함께하고 있다고 생각하면 웃음이 나요. 글을 쓰면서도 그런 모습들은 하나도 빼놓지 않고 모두 기억나죠. 남들이 고민에 빠져 있는 시간을 함께할 수 있는 직업이 얼마나 되겠어요. 특히나 그 고민 이 스스로에 대한, 예술에 대한 상념에 가깝다면 더더욱.

일하면서 들으셨던 말 중에 가장 인상적이었던 말은 무엇이었나요.

"우리 이야기를 들어줘서 고마워요." 눈시울이 붉어지더라고요. 사실 이 말을 해준 분은 저와 따로 인터뷰를 한 적도 없고, 그저 『아이돌의 작업실』, 『우리의 무대는 계속될 거야』 등의 책이 나왔다는 사실만 알고 계신 분이었거든요. 그 말을 들었을 때 아주 따뜻한 물이 담긴 욕조에 몸을 담그고 있는 기분이 들었어요. 누군가가 포근하게 안아주는 느낌에 가까웠던 것 같아요. 그리고 (방)용국이와 에세이집을 만들면서 용국이가 "이 작업 다른 아티스트들과도 계속하면 안 돼요? 저처럼 말하고 싶은 사람 많을 거예요"라고 했을 때.

그러면, 단도직입적으로 물을게요. 이게 제일 궁금했거든요.

무슨 질문이길래…….

이렇게 많은 사람들을 만나고 나서 사람들이 더 좋아지셨나요, 아니면 싫어지셨나요?

더 좋아졌어요. 더, 더, 좋아졌어요. 사람들이 비슷한 삶을 사는 것처럼 보여도 모두가 각자의 이야기를 갖고 있다는 사실을 깨달은 순간에 황홀했어요. 그중에는 저도 포함된 거잖아요. 저뿐만 아니라 제 옆에 있는 모두가, 그리고 제가 알지도 못하는 지구 반대편의 그 누군가도. 사람이 자기의 이야기를 갖고 있다는 것은 정말 놀라운 일 아니에요? 하나씩 다 반짝거리고 있다는 뜻이에요. 그리고 그걸 누군가는 저처럼 글로 쓰고, 누군가는 그림으로 그리고, 누군가는 음악으로 만들죠.

아, 정말로 마음이 따뜻해지는 답을 얻었어요. "싫어졌다"고 이야기했어도 그것대로 받아들였겠지만, 더 좋은 답을 얻은 것 같아요.

배우 전나영 씨가 "사랑은 전부예요"라고 얘기했고, 음악가 겸 배우 정은지 씨가 "사람이 사랑에서 파생됐다는 말을 믿어요"라고 얘기했었는데…… 저는 사람이든 사랑이든 닮은 단어에는 이유가 있을 거라고 생각하고 싶어요. 사람들은 저에게 "일을 너무 많이 해서 문제"라고 하는데, 사실 사람 만나는 걸, 그리고 그들이 사랑하는 것에 대한 이야기를 듣는 걸 일이라고 생각해본 적이 없어서 여기까지 온 것 같죠. 겉으로는 힘들다고 너스레를 떨어도, 인터뷰를 일이라고 생각해본 적은 진심으로 단 한 번도 없어요. 사람이든 사랑이든 저에게는 다 최고로 소중한 것들이에요. 케이팝, 인디 음악, 뮤지컬, 연극 이런 분류는 다 그저 사람에, 사랑에 따르는 소주제들일 뿐이죠.

그래도 이번 책의 의미에 대해서 적어도 이 질문은 던져봐야겠죠? 예술이 삶에 왜 필요하다고 생각하세요?

제가 던졌던 질문을 거꾸로 받으니까 굉장히 어려운 질문이었다는 게 몸소 느껴지네요. 예술은 우리의 삶을 구성하는 모두예요. 사람들은 의식주 다음에 예술이 있다고 하지만, 저는 예술이라는 게 오히려 의식주의 모든 순간을 포괄하고 있다고 봐요. 그러니 쓸모가 없다는 말도 믿지 않아요. 재봉한 실선에 얼마나 많은 공이 들어가 있나요? 그 옷은 아마도 누군가가 입고 뿌듯해할, 자신의 모습을 이리저리 비춰보며 즐거워할 순간을 선사해줄 거예요. 음식도 마찬가지고, 집도 마찬가지예요. 제각기 다른 모습을 띠고 사람들은 그 다름을 자신이 선택했다는 사실에 만족스러워해요. 우리는 어디서든 뭔가를 만들고 있는 거예요.

계속 예술가들의 인터뷰를 하실 거예요?

잘 모르겠어요. 다만 이제는 말을 바꿔보고 싶어요, 인터뷰 말고, '대화'라고. 책을 내면서 "잘 모르겠어요"라고 말씀하시는 분들이 '내가 부족해서 이 질문에 대답을 못 하는 걸까?'라고 자책하지 않으셨으면 좋겠거든요. 기자라는 호칭 자체를 별로 좋아하지 않아서 더 그런 건지는 모르겠는데, 어쨌든 대화를 하고 싶어요. 사실 이제껏 그러려고 노력했지만, 마음만큼 잘됐는지는 저와 만났던 인터뷰이분들만 아실 것 같고. (웃음)

…사랑합니다! (웃음)

저도요!

예술을 거창한 것이라고 생각하는 사람들에게, 그렇지 않다는 것을 보여주고 싶었다. 늘 화려하고, 창의적이며, 침잠하는 내면을 들여다보기만 하는 게 예술이 아니라는 것을, 이 많은 사람들이 가진 이야기 자체가 예술의 한 바닥 바닥으로 거대한 퍼즐마냥 맞춰진다는 것을 말하고 싶었다. 사람의 마음을 움직이는 것은 그 조그만 바닥 한 조각일 수도, 거대한 퍼즐일 수도 있으니까. 고등학교 3학년 때 한 대학교의 예술대학에 합격했었고, 그때 만일 그 길을 택했다면 지금보다 더 거대한 예술의 정의를 말하고 있을지도 모르겠다. 하지만 아마 언젠가는 깨달았을 것이다. 사람이 하는 일, 그 일을 하는 시간이 쌓여 '예술적'이라고 말할 수 있는 순간이 온다는 것을. 이 책에 함께해주신 52명의 예술가분들에게 감사와 경의를 표한다. 각자가 미로에서 헤맨 순간에 얻은 통찰을 나눈다는 것은 결코 쉬운 일이 아니기 때문이다.

충분히 예술적입니다.

당신을 기록한, 박희아

섭외부터 제작과 마케팅에 이르기까지 이 책을 만들면서 감사한 분들이 크게 늘었다.

일렉트릭 뮤즈, 한다 프로덕션, 안테나, 블러썸 크리에이티브, 피엘케이 굿프렌즈, 나인스토리, 알앤디웍스, VMC, 달 컴퍼니, 뮤지컬 (듀엣) 팀, 신시컴퍼니, 정옥희 님, 유니버설 뮤직, 판타지오, 커넥티드 컴퍼니, 네오 프로덕션, 블루보이, SM C&C, 쇼노트, 쇼온컴퍼니, 클립서비스, 더 피트 등 눈에 보이지 않는 곳에서 예술가들을 돕고 그들의 이야기를 담는 작업에 아낌없는 도움을 주신 많은 관계자분들께 진심 어린 감사의 인사를 드린다.

갑작스런 연락에도 믿음으로 기꺼이 인터뷰이가 되어주신 김목인, 오성민, 나하나, 이진아, 김금희, 고상호, 박영수, 정세랑, 이재균, 조형균, 넉살, 박소영, 최정원, 배나라, 장강명, 림 킴, 양지원, 위키미키 최유정, 황인찬, 이예은, 김동연, 정동화, 이자람, 유성재, 강필석, 김문정 님께 보내는 감사의 인사는 당연히 드려도 드려도 모자랄 것이다. 자신의 이야기를 바깥으로 꺼내는 데에는 큰 용기가 필요한 법이다.

이 책을 만드는 내내 정신적으로 버팀목이 되어준 소중한 가족들, 모든 게 서툴렀던 대학생 때부터 간신히 기자가 되어 마냥 쉽지 않게 일을 해온 지금까지 쭉 응원해주시는 신지연 멘토님, 늘 곁에 있어준 최민선 님께도 고개 숙여 감사를 표한다. 스튜디오를 아낌없이 내어주신 코이웍스 이진혁 선배, 토푸 스튜디오 황윤지, 사진 작업을 도와준 이은 작가님께도 감사드린다. 아주 훌륭한 어시스턴트로, 친구로 함께해준 최은혜 님께는 특별한 감사의 인사를 전한다.

마지막으로, 이 책이 만들어지기까지 섬세하게 나의 의견을 살피고 조언을 주신 카시오페아 최유진 팀장님, 대표님 이하 직원분들께도 참 감사하다. 더불어 이 책을 통해 어떤 영감을 얻게 될 독자분들이 계시다면, 그분들께도 내가 감사하는 마음이 조심스레 가닿기를 바란다.

살아가면서 계속 선량한 마음들에 빚을 진다. 에필로그 인터뷰어가 되어준 안희연(EXID 하니) 님과, 박규원 님과의 인터뷰를 기꺼이 연결해준 양지원 님께는 한 번 더 인사를 드리고 싶다.

글을 쓰는 반쪽짜리 예술가의 나머지 반쪽을 영감으로 채워주신 이분들이 없었더라면, 나는 벌써 현실에 지쳐 나가떨어졌을지도 모른다. 누구도 다음을 예측할 수 없다. 다만 내가 받은 것 이상을 또 누군가에게 돌려주겠다는 다짐과 함께 이 책의 마침표를 찍는다.

사진 제공

안테나(이진아), 김금희, 민영주(정세랑), 나인스토리(이재균), 박소영, 최정원, 방문수(장강명), 유니버설뮤직(럼 킴), 위키미키 최유정, 김동연, 블루보이(이자람), SM C&C(강필석), 더 피트(김문정)

직업으로서의 예술가: 열정과 통찰

초판 1쇄 발행 2021년 5월 31일

지은이 박희아
사진 박희아, 이은 | **어시스턴트** 최은혜
펴낸이 민혜영
펴낸곳 (주)카시오페아 출판사
주소 서울시 마포구 월드컵로 14길 56, 2층
전화 02-303-5580 | **팩스** 02-2179-8768
홈페이지 www.cassiopeiabook.com | **전자우편** editor@cassiopeiabook.com
출판등록 2012년 12월 27일 제2014-000277호
책임편집 최유진 | **책임디자인** 고광표
편집 최유진, 위유나, 진다영 | **디자인** 고광표, 최예슬 | **마케팅** 허경아, 김철, 홍수연

ⓒ박희아, 2021
ISBN 979 11-90776-68-4 03810